新潮文庫

# ホワイトラビット

伊坂幸太郎著



11310

# ホワイトラビット

「そう、難しいのは、どうやってここにとどまるかということだな」

「いや、ちがいます」とフォーシュルヴァンが言った。「どうやってここから出るかということですよ」

ジャン・ヴァルジャンは心臓の血が逆流するのを感じた。

「ここから出る！」

「そうです、マドレーヌさん。はいり直すには、まずここから出なくてはならないのですわい」


『レ・ミゼラブル』（ヴィクトール・ユゴー）

白兎《しろうさぎ》事件の一ヶ月ほど前、兎田孝則《うさぎたたかのり》は東京都内で車を停め、空を眺めていた。「白兎事件の一ヶ月ほど前」という言い方は間違っているのかもしれない。その場面は白兎事件の一部で、事件の幕はすでに上がっているとも言えるからだ。ただ、それを言うならそもそも世間で、仙台市で起きたあの一戸建て籠城《ろうじょう》事件のことを白兎事件と呼ぶ人間など一人もいないのだから、細かいことは気にしないほうがいい。

とにかく兎田孝則は、ワンボックスカーを暗い車道の端に停め、冬の空に目をやり、新妻《にいづま》、綿子《わたこ》ちゃんのことを考えていた。外にいる時には常に彼女のことを考えており、早く会いたいな、いちゃいちゃしたいな、と思っているのだが、その時は、たまたま見上げた夜空にオリオン座があり、そこから綿子ちゃんが教えてくれた神話を思い出していた。

オリオンは巨人で、海の神ポセイドンの子供。狩りが上手《うま》いからっていい気になっていて、それを面白く思わない女神がサソリを送り込んだんだよね。地面を這《は》って、姿を隠したサソリは、そっとオリオンに近づいて、尻尾《しっぽ》でぐさっと刺したんだって。さすがのオリオンも毒には勝てず、一巻の終わり。

「だからサソリ座が空に見え始めると、オリオン座は逃げるように沈んでいくんだよ。オリオンの死には別の説もあるんだけど」綿子ちゃんの口にした、初歩の初歩とも言える星座の薀蓄《うんちく》に、兎田はいたく感動した。

ただの小さな点としか捉《とら》えていなかった星座に、そのようなドラマが隠されていたのか、さすが俺の妻は一味違う。

オリオン座は、肉眼で見つけやすい星座の筆頭だ。三つ星と呼ばれる二等星を目印に、上下に光る星を探すことができる。五角形の下に台形をくっつけたような形だとも言える。楽しみを奪うようで恐縮だが、このオリオン座が、白兎事件全般に大きく絡《から》んでくることは、物語の下地に織り込まれていることは、先にお伝えしておいたほうがいいかもしれない。

「でも星座って分かりにくいよ。無理やり点を結んで、これはサソリに見えます、と言われても、ぴんと来ないし、こじつけがひどい」

「そんな無粋なことを言わないで」綿子ちゃんがむっとしたように言うものだから、

「冗談でちゅよ」と兎田孝則は、二人きりの時専用の赤ちゃん言葉で答えた。

「おまたせ、おまたせ。悪いね」と猪田勝《いのだまさる》が戻ってくる。道路脇《わき》の電信柱の陰に隠れ、小便を済ませてきたところだ。

兎田は運転席に乗り込み、エンジンをかける。

「中で待ってくれて良かったのに」と猪田が申し訳なさそうに言う。年上の、ほとんどおじいちゃんと呼べる年齢の男だが、責任感も自尊心もないのか、指示をもらわなくては仕事ができず、兎田の言われた通りに動くばかりだ。

「星を見てたんだよ、星を」

「星かあ」

彼らのグループは、若い起業家によるベンチャー企業のようなものだった。人を誘拐するのだから、まともな会社とは呼べなかったが、まともな会社の大半がそうであるように、業務分担がなされている。有能で冷酷なトップと少数の幹部、あとは各現場担当者、といった構成で、兎田孝則たちは言うなれば、仕入れ担当、指定された人間を連れ去ってくる役割だった。猪田とはペアとなってずいぶん経《た》つが、お互いの素性や私生活のことはほとんど知らない。猪田勝にとって兎田孝則は、年は若いとはいえ、厳しく怖い上司で、まさか彼が家では新妻相手に、「でちゅよ」を連発しているとは思ってもいないはずだ。

「そういえば、今日の『倉庫』、何番だったっけか」

「ちゃんと覚えておけよ、馬鹿《ばか》。二番」

「ごめんよ」

「ったく」

後ろで物音がした。猪田勝が少し振り返る。「後ろ、大丈夫かい？　梱包《こんぽう》うまくいってなかったのかな」

「転がっているだけじゃねえか？　さっき、停めてる時もごろごろ動いてる感じだった」

女を車に押し込んだのは三十分ほど前のことだ。まず西麻布の裏通り、食事を終えて出てきたところを追い、話しかけた。無視されたのは予定通りで、そのあいだに先回りした猪田勝が女の頭から袋をかぶせた。顔を寄せて、すぐに警告を口にする。二年前、初めてこの仕事をさせられた時には、決められた言葉を間違えずに発するだけでもいっぱいいっぱい、声を震わせ、つかえながらどうにか喋《しゃべ》ったのが、今や余裕たっぷりで、「約束の一つ目、人質中のおしゃべりは×」「二つ目、人質中の携帯電話の使用は×」「三つ目、人質中に周りの人に迷惑をかける行為は×」と映画上映前の注意事項のように、というよりも実際にそのパロディのつもりで、愉《たの》しげに述べるようになっていた。

この朗らかなアナウンスじみた言い方は存外に効果的で、聞かされた人質に落ち着きを取り戻させることが多い。恐怖で教え込むよりも、ゆっくりと教え諭すほうがいいのだろう。その日の女もすぐに大人しくなり、もちろん少しは暴れたが、猪田勝に担《かつ》がれ、ワンボックスカーの後部まで運ばれた後も、運搬用の袋に入れられるまでは大きな抵抗を見せなかった。袋のファスナーを閉められた時にはじめてパニックを起こしかけたものの、それも、「空気は吸えます。約束の四つ目、こちらはあなたに危害を決して加えません。こう見えて、うちはプロなんで」と言い含めると収まった。

いったん細い道に入り、車が少し揺れる。空き缶を弾《はじ》いたのか、犬の鳴き声じみた音が響いた。

「この間、テレビで観《み》たんだが、チベタンマスティフってあるらしいね」猪田が言う。

「病気の名前か？」

「犬だってよ。チベットのでかい犬。お金持ちの間で流行《はや》ったらしくてね。何億とかの値段がついていたんだって。すごいよなあ、億、億の犬」

「億？　誰が買うんだよ」

「犬好きよりも、お金好きかねえ」

「うちの会社も、それ扱ったほうが手っ取り早いんじゃないのか？　人なんて攫《さら》ってくるより、犬育てたほうが」

「それが違うようで」

「そりゃ犬と人間は違うだろうが」

「そうじゃなくて、流行りが終わっちゃったんだってさ。バブルなのか、そういうのも。チベタンマスティフ人気も下がって、値段も下がって、犬も余っちゃってるみたいで。犬の扱い、大変なことになってるって」

兎田孝則は、倉庫の中で座布団《ざぶとん》のように平らにされたチベタン何とかが山積みになった状態を思い浮かべる。「なるほど、そういう意味では、俺たちのビジネスは、賢いよ」

「どういう意味で？」

「犬が欲しいかどうかは気分次第、相場次第だろ。だけど、家族はいつだって大切だ。流行なんて関係ない。相場に関係なく、家族の価値はずっと高値だ。人の命は金には換えられない。犬と違って、安定している。しかもうちは、その金とは換えられない大事なものを金と交換してあげようってわけだから、良心的じゃないか」

「ああ、そうだねえ。言えてるねえ」

誘拐にはリスクがある。ビジネスとして割に合わない。一般的にはそう言われている。正確には、誰も、誘拐がビジネスたりえるかなど考えないのだが、事実として割には合わない。だから彼らの属する組織は、そのリスクをできる限り低くするように工夫を凝らしていた。どのような業種においても、成功するのは、困難に対する対策を考える、創意のある者だから、彼らのグループがうまくやっているのは当然かもしれない。

どのようにリスクを低くしているのか。

たとえば、身代金の額は相手の出せる範囲内に収める。無理をさせない。金銭にもこだわらない。身代金の授受が、犯人にとってもっとも危険なポイントであるなら、受け取らなければいい。逆転の発想、というほど逆転はしていないかもしれないが、つまりこうだ。人質を返すかわりに、相手に何かをしてもらう。結果的に、利益が出るのならば、少々遠回りでも良く、金銭に固執する必要はない。「すぐ手に入るけど危険」なのと、「ゆっくり効くけど安全」なら、それはもう後者のほうを！というスタンスだ。

大量の株を買わせる。法案を通させる。法律に違反させる。法律を遵守《じゅんしゅ》させる。手術をさせない。手術をさせる。事故を起こさせる。物を盗ませる。芸術家を後押しさせる。芸術家の名誉を失墜させる。

人質と交換に、そういったことを頼む。

「警察の中にも、グループの言いなりになる奴《やつ》がいる」という話を兎田は耳にしたこともある。人質を取られたのか、借りがあるのか、警察に勤めながらも情報を流してくる者がいる、と。

「警察がしっかりしてくれないと、何を信じたらいいのか分からねえよな。犯罪を犯す側からすれば、ありがたいけどな」

誘拐する対象は、子供ではなく成人がほとんどだ。子供は天使だから、という理由ではない。大人は大人しくさせやすいからだ。利害を説き、説得することができる。論理的に説明をし、狭い部屋に閉じ込めておくにも管理がしやすい。

兎田の運転する車は、ヘッドライトでもって車道の中央線を浮かび上がらせる。夜の車道は暗いほう暗いほうへとつながっていく。

「そういえば、あの話、聞いてるかい？　経理の話」

「犬の話の次は経理の話かよ」猪田勝の話はあっちへこっちへといつも自由自在だ。

「逃げてるんだろ。どうせ捕まるのにな」

グループの資金管理をしている女が行方を晦《くら》ましたのだ。

「もう捕まったらしいね」

「あ、そうなんだ？どうなったんだよ」兎田は訊《たず》ねたものの、答えを聞かずともおおよその展開は想像できた。「次からは気をつけようね」で済むわけがない。「だいたいどうして逃げたんだ。あの経理、ずっと昔から働いていて、俺たちより古株じゃねえか。長年の恨みが溜《た》まっていたのか？」

セクハラでもあったのか、と言いかけたものの、自分たちのグループを取り仕切る男、来歴を含む詳細はあとで当人が物語に登場してきた際に伝えることにするが、そのトップの男やほかの幹部たちは合理的な考え方をするタイプで、感情や欲情よりも論理を大事にするほうであったから、立場を利用し、経理担当者に嫌がらせをするとは思えなかった。

「あれは、単に男が理由みたいだねえ」猪田が言う。

「単に男？」

「男にうまく言い包《くる》められて、うちの金に手をつけちゃったらしくて。ほら、あいつだよ、あいつ、折尾《おりお》。コンサルタントのオリオオリオに」

「まじか」兎田は、何度か会ったことのある折尾の顔を思い浮かべた。丸顔に眼鏡、頭頂部の髪は少し薄く、小太りだった。姓は折尾で名前は豊《ゆたか》だが、グループのほとんどがフルネームを知らず、かの偉大な漫画家の名前にちなんだのか、それとも回文を楽しみたいのか、たいがいはオリオオリオと呼んでいた。

「コンサルタントって何なんだろうねえ」猪田勝が遠くに呼びかけるように言った。

「知らねえよ」

「俺はあの、オリオオリオみたいに爽《さわ》やかな顔して、口が達者な奴がどうしても信用できないんだよなあ」と言いながら猪田はスマートフォンを、年齢の割には滑らかに、操作している。兎田からは見えないが、「コンサルタント」と検索画面に打ち込み、調べているのだ。

「ここまでは正しいと言えそうだ、と推論するのが得意」と読み上げる。

「何だよそれ」

「書いてあってね。コンサルタントは、『ここまでは正しいと言えそうだ、と推論するのが得意』なんだとさ。正しいと言えそうだ、なんて、ずいぶん曖昧《あいまい》じゃないの」

「そんなことを言ったら、真面目《まじめ》なコンサルタントが怒るぞ」

「まあ、いいコンサルタントもたくさんいるんだろうけど」

「根拠なく断定する占い師よりはいいじゃねえか」

「どうかなあ」猪田は懐疑的に言う。「断定するほうがまだ潔《いさぎよ》い、って考え方もあるよ。あやふやな言い方をするのは、無責任でずるいような気もする。それにほら、あいつは占いまがいのことばっかり言ってきていたんだろ。何かといえば、あの星の、ええと」

「オリオン座」

「そうそう、オリオン座。あの話ばっかり。あれって、絶対、自分の名前がオリオだからだろうね」

「オリオン座と言えばオリオ、オリオと言えばオリオン座」兎田孝則も、オリオが紙に点を打ち、「ほら、物事の重要なことはオリオン座のような形で表せるんですよ」うんぬん、と得意げに話していたのを思い出す。

たとえば、真ん中あたりに三つの点を並べ、「御社にとって大事な理念を三つ掲げます」と言い、もちろん兎田たちからすれば、何が御社だ馬鹿にしてるのか、という気分ではあるのだが、「今後の目標を二つ、上に書きましょうか。下には、過去の反省点を二つ」と記入していく。砂時計形と呼ばれるオリオン座の星の並びを模している。「この図が大切なんですよ」

「あんなの無理やり、オリオン座の形にしているだけだよなあ。なんでもかんでもオリオン座で」

「確かにな」先述した綿子ちゃんによるオリオンとサソリの話も、兎田が家で、「オリオンという男がいつもオリオン座の話ばかりしている」と喋った流れから出てきたのだが、当の兎田はそのことをすっかり忘れている。

「星座なんて、適当に点をつなぎ合わせて、でっち上げてるだけなんだから、無理やり点を結んで、これはサソリに見えます、と言われても、ぴんと来ないじゃないの。こじつけだよ、あんなのは」

「無粋なことを言わないで」兎田は意識する前に、綿子ちゃんに昔言われた台詞《せりふ》をそのまま発していた。

「え?」

「で、そのオリオがどうしたんだよ。経理をそそのかしたのか」

「どうせ、『君は、女神アルテミスだ』とか適当なことを言ったんだろうね」

「誰だよ、それ」

「オリオンの恋人の名前」

「なんで知ってるんだよ。というかおまえ、その年で、女神とか言うなよ。気持ち悪い」

「別に年齢は関係ないだろうに」猪田が少しむっとする。「それもオリオオリオに聞かされたんだよ。アルテミスの話ってのを。あの、いんちきコンサルタントは、オリオン座の話となるともう、だれかれ構わず講釈垂れ始めるだろ。オリオン座界の第一人者とでも自負してるのかねえ」

「ねえよ、オリオン座界なんて。それで、アルテミスってのは何だよ」

アルテミスの兄アポロンは、二人を結婚させたくないがために、ある恐ろしい作戦を実行する。「あの海に見える岩を、弓で射ることができるか?」と妹を煽《あお》る。妹アルテミスは、「もちろんよ」と矢を放つが、実はそれは岩ではなくオリオンの頭、という驚愕《きょうがく》のオチが待っている。騙《だま》すほうも騙すほうだが、騙されるほうも騙されるほう、恐るべきギリシア神話の世界、だ。

「どうして、恋人の後頭部と岩を間違えちゃうんだよ」兎田も、猪田の話を聞いた後で顔をしかめた。

「そういう意味では、あいつのやってることはそれに近いかもなあ。頭を岩だと思い込ませるというか、口八丁手八丁で、『ここまでは正しいと言えそうです』と自信満々で胸を張っちゃうような」

「で、経理は捕まったわけか」

「ああ、はい。まだ解決はしていないようだけれど」

「どうして解決していないんだよ」捕まえたならそれで終わりじゃねえか。

「経理がうちの金をどこかの口座に移しちゃったって」

「金を？」

「ほとんど全部どっさりと。資金が行方不明中、ってことらしく。オリオオリオに唆《そそのか》されたんだろうねえ」「やるな」「しかも、そのことが分かった時には、すでに経理は」「喋れないわけだな」

「金を移した痕跡《こんせき》がどこかにあるんじゃないか、とみんなで必死に捜してるようだよ」

「オリオオリオが知ってるんじゃねえか」

「だから、オリオオリオのことを追いかけているらしい」

「ふうん」兎田は、サソリ座が出てくるたびに、必死に遠ざかるオリオン座の図を思い浮かべた。

「笑ってるけど、他人事《ひとごと》じゃないかもしれないよ」猪田は言いながらもどこか能天気だ。

「他人事だよ。俺たちは仕入れだろ。会社経営や経理は関係ねえよ。下っ端《したっぱ》はあくまでも下っ端。そっちはそっちの奴らの仕事だ。胡散臭《うさんくさ》いコンサルタントに騙されていたのは、上の奴らなんだから」

「聞いた話だと、近々、取引相手に金を送らないといけないんだと。なのに、今のまじゃ」

「金がない。ってわけか。事情を説明して、許してもらうしかねえだろ。経理の子が隠しちゃいました、と」

「事情を聞いてくれる相手だったらいいんだろうけど」

「だったら一生懸命、金のある場所を捜すしかねえだろうな。もしくはオリオの居場所を」

「ほんと他人事だねえ」

「まあ、どうにかなるだろ？　そういうもんだよ」

フロントガラスの向こうの夜の町並みは、ライトの照らす明かりにより刳《く》り貫《ぬ》かれ、その穴の中を車が進んでいく。

やがて細くなった道は林の中につながり、古ぼけたマンションが見えはじめる。仄《ほの》かに光るライトが、彼らのその日の仕事の終わりを照らしていた。綿子ちゃん、寝ないで待ってくれているかな、と兎田孝則はアクセルを踏みながら、そわそわする。

マンションに到着後、仕入れてきた人質を別の担当者に引渡し、そこで彼らの仕事は終わり、解散となる。

兎田孝則は、次の仕入れの指示を待つまでの間、のんびりと過ごした。

ボウリング場で朝からボールを投げ、よく顔を合わせる趣味ボウラーのみなさんたちと世間話をしたり、もしくは映画を鑑賞したり、そうでなければ家で、古着をネットオークションで売買したり、と楽しんだ。

会社勤めの綿子ちゃんが帰宅してくれば、赤ちゃん言葉でお互いをつつき合った後、指でくすぐり合い、そのまま抱き合う。

俺は幸せ者だな、と兎田孝則は感じていたはずだ。こんな日々がずっと続いて欲しい、きっと続くだろう、と。諸行無常《しょぎょうむじょう》であろうが、盛者必衰《じょうしゃひっすい》であろうが、俺と綿子ちゃんの幸福な日々はずっと続くのよ、ごめんね祇園精舎《ぎおんしょうじゃ》、悪いね沙羅双樹《さらそうじゅ》、と軽口まじりに唱えたくなるほど、実際には兎田が『平家物語』を知っている可能性は低く、そんなことは言っていないのだろうが、彼は日々を楽しく暮らしていた。

誘拐グループに入って二年だが、いい仕事に就いたもんだな、としみじみ思うほどだ。

が、それは長続きしなかった。

春の夜の夢のごとくあっけなく、彼の余裕ある日常は消え去る。

その日、綿子ちゃんは深夜になっても帰宅してこなかった。結婚後はもちろん、交際中を含めても、初めてのことだ。妻のスマートフォンは電源が入っていないというアナウンスを繰り返すだけだ。どうしたらいいのか、と慌《あわ》て、警察に電話をすべきかどうか悩んでいるうちに時間がすぎる。

恐ろしい想像が次々と浮かんできたのだが、彼は家の中でおろおろするばかりとなった。

その夜、深夜零時直前に彼のスマートフォンに着信があった。通話ボタンを押した時には、すでに何が起きているのか、彼も察した。

この二年、天に向かって吐き出した唾《つば》が、巨大な一粒となって、自分の頭に落下してきたのだ。

「おまえの妻を誘拐している」

真っ暗のテレビ画面に映る自分の顔を見ながら、兎田は茫然《ぼうぜん》とするほかなかった。

仙台での人質立てこもり事件、誰も白兎事件とは呼ばないその事件の、序盤の大きな出来事の一つは、銃を持った男が一戸建てに入ってきたことだろう。日は沈み、一日の終盤戦に入りつつある時間帯だ。その家の長男、勇介《ゆうすけ》が何を感じていたかといえば、「母はこれほど強かったのか！」という感嘆の思いだったはずだ。二十代の自分よりも体は華奢《きゃしゃ》であるにもかかわらず、必死に守ろうとしてくれている、と。

黒ずくめの服にキャップをかぶった男が拳銃《けんじゅう》を向けているにもかかわらず、母は勇介を守るために身を盾にし、「何なの。何なの。人の家に勝手に入ってきて。出て行って！　この子に、勇介に危害を加えないで」と高い声を出している。彼女自身、何が起きているのか分からず混乱しているのだろうが、危険を顧みずにわが子を守ろうとする姿は、感動的だ。まだはじまったばかりとはいえ、白兎事件における数少ない、涙を誘う場面の一つだろう。

いいから静かにしろ、と黒ずくめの男は母親を脅しつける。いいから座れ、いいから黙れ、いいから大人しくしろ。男は銃を撃つかわりに、というわけではないだろうが、「いいから」という掛け声と命令を次々と発射し、威嚇《いかく》した。

勇介の母親はそれが聞こえないのか、喚《わめ》き続ける。「どうしてなの、どうして」

急に入ってきて、何なの？

どうしてこんなことが！

勇介も同じ気持ちだった。

真面目に、誰にも迷惑がかからないようにと生きてきたつもりなのに、常に目立たぬようにと日陰を選んできたというのに、いつも割を食う。どうしてなのか。自分たちが何をしたというのか。

「おふくろ、まずいよ。落ち着いて」と勇介は声をかけた。

言った彼自身が、何が何だか、いったい何がどうなっているのか、と混乱している。

男がインターフォンを鳴らしたのは、つい先ほどだ。勇介と母親は話し合ったわけではなかったものの、その音を無視した。居留守を使えば、来訪者も立ち去ると踏んだのだろうが、玄関の施錠《せじょう》を忘れていたことはよろしくなかった。訪問者はドアを勝手に開けてしまったのだ。

男ははじめ、静かに家に入ってきた。抜き足差し足忍び足の要領で、彼もその時点で、事を荒立てるつもりはなかったのだが、ただ、たまたま二階から階段を降りてきた勇介の母親に見咎《みとが》められ、悲鳴を上げられたことで、事を荒立てるほかなくなった。

「家の中には、おまえたちのほかに誰がいる」と男は拳銃を出し、勇介と母親を問い質《ただ》した。「ほかに家族は。父親はいないのか」

勇介は首を左右に振った。この質問で、彼が自分たちの家族構成も知らないことは分かる。事前調査万全の計画的犯行ではないわけだ。

「今いるのはわたしたち二人だけです」母親は興奮まじりに答えた。

「父親は仕事か？」

勇介はすぐに返事ができなかった。果たしてあの男を父親と呼んでいいのか、と考えてしまったからだ。と言えば、勇介の父親がどのような人物か想像を巡らしてもらえるだろうか。よそから見れば、礼儀正しい会社員、誠実で優しい父親、という印象を持たれているが、家庭内の顔はまるで異なる。妻や息子に対しては、暴言や暴力をためらわない。勇介は以前から、「男性ホルモンのかたまり」を見るような気持ちで、父親を見ていた。攻撃的で、競争や順位に敏感、支配的に振る舞うことが好きだからだ。おまけに、当然の如《ごと》く、よそで女を作っている。

あれを父親とは認めたくない。

そうこうしている間に、男はバッグの中から粘着テープを取り出し、まずは勇介を、次に母親の手をそれで巻いた。もちろん、彼らも無抵抗だったわけではない。特に母親のほうは、息子が拘束される際に体から、ぐわっと獣が飛び出したかのように食って掛かろうとした。

彼女を黙らせたのは、勇介に向けられた銃口だ。すなわち男は、母親に言うことを聞かせるには、本人よりも子供に危害を加えるほうが有効だと知っているほどには、人を脅し慣れている。

二人は自由を奪われ、リビングの壁に背中をつけ、座る。

「家の中を探ってくるからな」勇介たちの足をテープで縛った後で男は言った。

すると勇介の母親は、「ちょっとやめてください。人の家を勝手に。誰もいないんですから」と先ほどよりも大きな声を出した。「信じてください。勇介とわたしだけです！」

残念ながら、男は信じていなかった。彼には彼の、勇介の母親の言葉を素直に受け取れない根拠があった。直感などではなく、GPSをもとにした位置情報であるから、それなりの確度を持っていたのだが、それを説明するつもりはない。

「今、この家にはわたしたちしかいないんです」

「それなら別に、調べたところで問題はないだろ」男はむっとした。「どこかに隠れていた父親が反撃してくるような展開は避けたいしな」

その言葉に、勇介はびくっとする。

男は、勇介たちの手足がしっかり拘束されていることを確認すると、「おまえたち、こいつを知らないか？」とスマートフォンを出した。表示されているのは男の写真だ。遠くからズームで撮影されたものだろう、男は撮られていることには気づいておらず、斜めを向いた姿だ。

「その人がどうかしたんですか」勇介が訊ねる。

「この家にいるだろ」

「この家に？」母親は目を見開き、勇介に視線をやった後で、「どうして」と言った。どうしてうちにいるんですか、と言うつもりだったのか、それとも、どうしてそう思ったんですか、と問うつもりだったのかは分からない。

「この家に、どうしてその男がいなくちゃいけないんですか」勇介は自分で思った以上の大きな声を出してしまう。

その時、天井がみしりと音を立てた。自然に軋《きし》んだというよりは誰かが移動し、慌《あわ》てて立ち止まったような、つまりは明らかに人の気配がした。

母子は反射的に、天井に目をやり、男はすぐに階段を駆け上がっていく。

勇介とその母親は顔を見合わせる。

この隙《すき》にどうにか拘束を解けないかと、尻《しり》をつき、膝《ひざ》を折り曲げた恰好《かっこう》のまま、相手の後ろに回り込んだり、自分の手首を相手に向けたり、口でテープを嚙《か》み切ろうとしたり、とフォーメーションを変え、試行錯誤をはじめる。

が、うまくいかない。

やがて男が戻ってきて時間切れ、母と子は不謹慎な遊びがばれかけたかのように、さっと体を離し、大人しくしているふりを装《よそお》った。

男が階段を下りながら、「おい、おまえ、ちゃんと付いて来い」と言うのが聞こえてくる。「やっぱり、父親が隠れてたな。おまえたち、しらばっくれやがって」

その時、銃を持った男の頭に浮かんでいたのは、昔観たいくつかの映画だった。悪人たちに乗っ取られたビルや船の中、凄腕《すごうで》の主人公が一人、見つからないように気を付けながら、反撃していくパターンのものだ。もしかするとこの父親もそれを狙《ねら》っていたのではないか？　危ないところだった、と思ったわけだ。

「不意を突くつもりだったんだろうが、残念だったな」リビングに入ってきて男は言う。「ほら、家族に謝っておけよ。作戦失敗だ、とな」

「勇介、おまえ、すまなかった。もう少し隠れているつもりだったんだが。銃を突き付けられて、どうにもならなかった」

「父親ってのは大したもんだな。家族のために、必死じゃねえか」

「撃つな。撃たないでくれ。そして、俺の家族に危害を加えるな」

「おい、これ以上、ほかには誰もいないんだろうな」

勇介と母親は、こくり、とうなずく。

「きっとどうにかなる。俺も怖いが、だが、きっと大丈夫だ。こういうときこそ、家族で乗り切らないとな」

いつも自分たち家族に威張り散らし、下僕に命令を出すかのような態度の父親とはあまりに違うため、勇介は困惑する。

そうこうしているうちに勇介たちは口にもテープを貼《は》られ、顔の下半分を塞《ふさ》がれた。

こうして白兎事件は、少しずつ進んでいく。

人質立てこもり事件には警察との交渉が不可欠であるから、一刻も早く、現場に向かう警察捜査員、特殊捜査班の隊員たちについて語りたいものの、この事件のことをよく知ってもらうために、少し時間を遡《さかのぼ》ることにする。

仙台市内の別の場所、仙台駅東口のファミリーレストランに、三人の男たちが集まっているところだ。

「ようするに」

「黒澤《くろさわ》、まとめるな」

「まとめるな？」

「おまえはすぐに要点をまとめようとする。俺が懇切丁寧に語ろうとした事の顛末《てんまつ》を、一行で説明するだろ。それじゃあ伝わらないんだよ」中村《なかむら》が言う。「なあ、今村《いまむら》」

「そこがいいところでもあるんですけどね」

いいところとは、どっちのだ。そう訊《き》かれたら困る、と今村は思ったが、なぜならそこまで考えずに頭の中の、相槌《あいづち》ボキャブラリーから、手っ取り早く見つかったものを口にしただけだったからだが、幸いなことに中村が指摘してくることはなかった。

「だがな、おまえが言いたいことはようするに」

「黒澤」

「分かってる、ようするに、は言わない。ただ、ある詐欺師《さぎし》が海外に行ってる隙にそいつの自宅に入って仕事をしてこい、という話なら、その場所の説明をいれても、三分もかからない。それがおまえ、この店に来て、どれだけ話をしている。十五分は」

中村と今村の二人が仙台駅東口の釣り堀に出向いたのは三十分前だ。折り入って話がある、と鯉《こい》釣り中の黒澤に声をかけた。黒澤は竿《さお》を鋭く振り、釣り糸を天井に激しく当てた後、「鯉釣りが終わったら行くから、隣の店で待っていてくれ」と言った。だから中村と今村の二人は、指示通りにファミリーレストランで十五分待ったのだ。

向き合った途端、黒澤は溜め息をつき、「おまえたちは本当に仲がいいんだな」と洩《も》らした。空き巣を生業《なりわい》とする中村と若い今村は、たいがい一緒に仕事をしている。今村は中村を、「親分」と呼ぶが、二人の間にあるのは師弟関係や親子関係とも思えず、かといって二人で欠点を補い合っているのかといえば、楽観的で素朴、という意味では同じ欠点を抱えており、穴を塞ぐどころか大きく広げている印象がある。

「黒澤、いいか、その詐欺師はろくでもないやつなんだ。年寄りばかりを狙って、なけなしの貯金を奪う。投資を持ちかけて、ごっそり」

「その老人も金に目が眩《くら》んだのなら自業自得《じごうじとく》じゃないのか」

「もちろん、欲張り爺《じい》さんが損しました、という場合もあるだろうけどな、年寄りの寂しさやら不安やらに付け込んで、金を奪うってのはいけ好かない」

「おまえは騙された老人に同情しているんじゃなくて、犯人にむかつくだけのようだな」

「そうなんだよ。俺はな、弱い相手を陥《おとし》れて、『どうだ、俺はうまくやってるだろ』なんて思ってる奴が一番嫌いなんだよ」

「俺もそうっすね」今村も言う。「これって何なんすかね」

「何がだ」黒澤は感情のこもらぬ声で訊ねた。

「いや、そういう犯人って、腹が立つじゃないすか。でも、別に俺自身が被害に遭ったわけでもないし、自分の母親が騙されたならまだしもで、そうでもないですし。関係ないじゃないすか。どこかのいじめっ子のことも、むかつきますし。関係なくても、許せないな、って思うのはどういう理屈なんすかね」

「人間というのは集団で生きているからな」黒澤が言う。「ルールを守ることに関しては敏感なんだ。ルールは自分たちから自由を奪う。ただ、そのルールによって秩序が、集団が守られている。ルールを破りたいが、破らないように、と昔から教え込まれている」

「誰に教え込まれたんすか」

「渡り鳥に、渡る時季を教えたやつだろうな」本能、と口にするのは大袈裟《おおげさ》に感じ、黒澤はそう言い換えた。

「それ、誰でしたっけ」

「ようするに」黒澤は、中村をちらと窺《うかが》う。「俺たちは、ルールを破る奴は許せないんだ。せっかく自分たちが我慢して、ルールに従っているのに、何でおまえは我慢しないんだ、そのせいで秩序が壊れてしまう、と感じるようにできている。影響の小さいルール破りだろうが、瑣末《さまつ》な反則だろうが、どんなものでも腹が立つ。しかも、相手が悪びれていなければ、許せるわけがない。集団を危機に陥れる可能性がある。だから自分に被害があろうがなかろうが、不愉快になる」

「渡り鳥に、渡る時季を教えた奴が？」

「そうだ。そう決めた」

「あ、そういえばこの間、あれ読み終わったんですよ」今村が言う。

「何だ」

「『レ・ミゼラブル』っすよ。前に親分に薦めてもらったので」

「俺は映画で観ただけだけどな。だって、あれ、長いだろ」

「そうなんすよ」今村が拳《こぶし》を振り回さんばかりに力説した。「何冊もあったんすよ。五年かかりました」

「そんなに？」中村が目を丸くした。

「だって、話の途中で、歴史の話とか言葉の話とか入ってきて、寄り道が結構あったんですよね。まあ、それ、面白かったんですけど」

「なんか悪かったな、薦めて」

「でも面白かったですよ」

「あれは、面白いな」

「黒澤さん、読んでるんすか?」

「あれも泥棒の話だからな」

「泥棒の話?　まあ確かに、ジャンさん、パン盗んでましたけどね」ジャン・ヴァルジャンのことをジャンさん、と今村は当然のように呼ぶ。「あれで、ジャンさんのライバルみたいなのがいるじゃないですか」

「ジャヴェール警部」

「そうそう。ジャヴェールさん。あの人もまあ、やな感じですけど、悪人じゃないんですよね。法律を守って、犯罪者を捕まえようとしているだけだし」

「間違えた時には、ちゃんと謝ってる」

「あ、黒澤さんの時もそうでしたか」

「俺の時、も何も、同じ話だろうが」

「あの小説って、ところどころ、変な感じですよね。急に作者が、『これは作者の特権だから、ここで話を前に戻そう』とか、『ずっとあとに出てくるはずの頁《ページ》のために、ひとつ断っておかねばならない』とか、妙にしゃしゃり出てきて」

古くからある手法だ、と黒澤は言いかけたが、そもそも、『レ・ミゼラブル』が古い小説であるし、わざわざ言うことでもないか、とやめた。

「俺が驚いたのは、あれすよ、小説の中で、おわりのほうで、誰かが演説してますよね。十九世紀は偉大だけど、二十世紀は幸福になるだろう、って。二十世紀には、古い歴史にあったようなことは何ひとつ、征服も侵略も飢餓も略奪もなくなるだろう、って。何だか、しょんぼりしちゃいましたよ。ぜんぜん、今もありますよね」

「人は変わらない。同じことを繰り返すだけだからな」

「そういうもんなんすねえ」

「黒澤、話を戻すけどな、俺が回りくどく一生懸命、長々と語ったのはな、その詐欺師がどれだけいけ好かないかってことを伝えたいからなんだ。それを伝えないとおまえだって、家に忍び込んで盗んでくるのにもやる気が違ってくるだろ。背景説明は大事なんだよ」

「やる気はそんなことでは変わらない。どんな時も一緒だ。俺はそいつの家から」

「金庫に入ってるものを持ってきてくれればいい」

「何が入っている」

「金庫があるのは確かだ」

「中には何が入っている」

「いいものだろうな」

「だろうな？」

「名簿は入ってる。それは間違いない。そいつがカモにした被害者たちの名簿が、金庫にな」

「それが金になるのか」

「ならない」

「鯉を釣りに戻っていいか」

「黒澤さん、あれなんすよ。被害者のおばあちゃんが、自分の名簿が残っているとまた脅しの材料にされそうで、夜も眠れないって。だから可哀想《かわいそう》だし、名簿を奪ってあげようという作戦で」今村が口を挟んだ。

「その詐欺師は長期旅行か」

「かなりの長期。宇宙旅行に近い」

「死んでるってことか」黒澤は察しよく言う。

「どこかの誰かと揉《も》めて」

「どこかの誰か」

「弱い草食動物を倒す肉食獣も、縄張り争いで喧嘩《けんか》する。どの業界にも、ねたみ、そねみ、恨みはつきものだ」

「肉食獣が肉食獣にやられたというわけか」

「そうだ。同じような仕事をしている何者かに。ただ、死体は見つかっていない。どこかで死んだのは間違いないが」

ある詐欺師が、同業他者により命を奪われた。誰がいったいどういう方法で？　と気になるむきもあるかもしれないが、この物語において、その詳細は重要ではない。むろん、それらしい説明をすることも可能だが、省くことにした。詐欺師が一人、死亡しながらもまだその事件は発覚していない、おかげでその家へ盗みに入りやすい、そのことだけを頭に留め置いてくれれば、特に支障はない。

「詐欺師は消えて、自宅はまだそのまま。楽に上がりこめる」

「もし死んでるなら別に、おばあさんも心配することはないだろう。名簿を奪ってくる必要はない」

「黒澤、おまえ、おばあさんに、あいつはもう死んだので大丈夫です、なんて言えるか？　だいたい高齢者に死の話をするのも気がひける」

「宇宙旅行の譬《たと》えにすればいい」

「一番簡単なのは、名簿を持ってきて、ほら、ありましたよ、燃やしますよ、これで安心ですね、と言ってやることだ。そうだろ？　それにそういうやつの金庫なら、ほかにも金目の物が絶対に入っている」

「絶対に、という言葉を、絶対に言うな」

「だから、おまえにその家に入って、金庫を開けて欲しいわけだ」中村は言った後ですぐに右手を、ストップ標識がわりに前に出した。「黒澤、言いたいことは分かる。どうして俺がやらないといけないんだ、だろ？」

「どうして俺がやらないといけないんだ」

「理由は二つある。一つ、俺は金庫を開けるのが苦手だ。細かい作業が苦手だからな」

「おまえは仕事を変えたほうがいい。そのほうがいい。絶対に、だ」

「もう一つの理由は、おまえの仕事ぶりをこいつに教えてやってほしいんだよ。いや、教えなくてもいい。見せてやってほしいんだ」中村が、今村に目配せをする。

「ありがたき幸せ」と今村はすぐに応《こた》える。

「まだ、引き受けるとは言ってない」

「ありがたき幸せ」


日が経《た》ち、いよいよ詐欺師の家に侵入することと相成ったが、まず黒澤は、「頼んだ側が遅れてくるとはどういうことなんだ」と今村に言った。目的の家の前、門扉《もんぴ》のところで、だ。

「早めに着いてはいたんですけどね」今村は悪びれることもなく、「家を間違えちゃいまして」と言う。

目的の家を間違えてはいけない。そこから教えなくてはならないのか、と黒澤は溜《た》め息を吐《つ》きたくなった。

インターフォンを押す。留守宅だという情報を疑っているわけではない。ただ、留守だと思った家に人がいたら面倒であるから、いつだって応答のあるなしの確認をするのが黒澤の癖だった。

玄関脇《わき》に生えたシダレウメが白い花を咲かせている。花びらや雌しべが俯《うつむ》いているのは、黒澤たちの侵入から目を逸《そ》らしてくれているかのようだ。私たちが見ていないうちにやりなさい。

外は暗く、町には街路灯がつきはじめている。

黒澤はガス局員の制服を着ている。後ろにつづく今村も同様だ。職業の分かりやすい制服を着て、堂々と振舞うほうが怪しまれず、他人を不安にさせない。このような夜に、ガス局員が家を訪問するのかどうか、むしろ怪しまれるのではないか、と感じる者もいるかもしれないが、それでも制服は人を安心させる。夜にガス点検が必要な事態が起きたのだな、と勝手に解釈する。

「黒澤さんに影響を受けたのか、うちの親分、いろんな制服揃《そろ》えてるんすよ。消防服やらガソリンスタンドのやらヘルメットとか」

「女子高生の制服は買わないでくれよ」

「さすがの親分もそこまでは」

「親分だかカナブンだか」

「カナブンじゃないっす。親分です」

黒澤は玄関ドアの前にしゃがむと、鍵穴《かぎあな》を見た。ドアを介して、家の中と対話をするかのような時間があり、もちろん実際にはただ鍵の形状を観察しているだけだが、取り出した器具を穴に挿し込んだ。

うしろから今村が慌てて近づいたのは、中村から、「いいか、黒澤の技術を盗んでくるんだぞ。技ってのは教えてもらうものじゃなく盗むものなんだ」と言って聞かされていたからだ。必死に覗《のぞ》き込む。

直後、黒澤が立ち上がる。

「アンコール！」

「何だ?」

「見てませんでした。もう一度やってください」

黒澤はそれには応えず、家の中に入る。今村もすっと滑り込むように体を入れてきた。「あの、黒澤さん、もう一回今の」

「気にするな」黒澤は靴を脱ぐ。靴とはいえ、薄っぺらなゴム素材で、ただつっかけるだけのもので足から外した後は二つ折りにし尻ポケットに入れられる。「別に難しいことをやったわけじゃない。最近は器具が発達しているからな。こいつを挿せば、たいがい開く」

「はあ」

「方法は何でもいい。こだわりは不要だ。より早く、より家主を傷つけずに仕事を終えればそれでいい」

「そういう意味ではこの家は平気ですね」

「平気?」

「家主、もうこの世にいないんすから」

黒澤は階段を気にもせず、一階のリビングに入る。いつの間にかライトを手に持ち、室内を照らした。

「家の電気、点《つ》けたらまずいすかね」

「近所の人間に怪しまれるかもしれない。いつもは暗いのに、今日だけ点灯していたらな」

リビングは立派なもので、家具屋の見本として飾られていたものをそっくり移動してきたように、一式が揃っていた。大型テレビもあればテーブルもあり、立派な食器戸棚も並んでいる。人の住んでいる気配はどこにもなく、それが余計に家具屋の展示を思わせた。

黒澤は黙々と部屋を見て回る。扉を開き、じっくりと眺めていったかと思えば、クローゼットの前を一瞥《いちべつ》するだけで通りすぎる。

「どうやって、金庫の場所を見つけているんですか」

「勘だ」と素っ気無い返事がある。「二階じゃないかもしれないな。上に行くぞ」

「何を探しているんでしたっけ」

「金庫だろ」

「金庫、あるんでしたっけ」

　黒澤はそこで足を止め、振り返り、今村をまじまじと見つめる。本気で言ってるのか、と問いたいところだったが、間違いなく本気だろうから質問しなかった。

　二階に辿《たど》り着いた黒澤は、ライトで廊下を照らす。「意外に大きい家だな」

「数年前には、家族みたいなのもいたらしいすよ」

家族みたい、とは家族とは違うのかどうか。「今はいないのか」

「逃げられたという説もあれば、どこかでひどい目に遭ったという説もあれば、ただの詐欺師仲間だっただけという説も」

「説ばっかりだな」

「黒澤さん、どんなことも、説っすよ」

「どういう意味だ」

「前に親分が言ってたんすよ。自分が正しい、って思っている奴《やつ》は怪しい。俺の言うとおりやれば間違いないのに！　と考えている人間は、そのためには手段を選ばなくなるって。そういう意味では、『俺は正しい』というのも、そういう説もある、くらいに思っているのが一番いいっすよね。相手が正しいという説もあれば、相手は間違っているという説もある。あ、でも、『世の中にはいろんな説がある』という説もあれば、『世の中には説なんてない』という説もある、とか、ややこしくなりますね。ねえ、黒澤さん、これ、どういうことっすか」

黒澤はすでに今村のそばから離れ、二階の部屋を探索しはじめている。一階以上に二階は殺風景で、カーテンすらない部屋もあった。

金庫があったのは、フローリングの六畳間のクローゼットの中だった。逃げ遅れたがために、膝を抱えて息をひそめているかのようだ。

ライトを当てながら黒澤は金庫を触っていく。ウェストバッグを開き、中から聴診器めいたものを取り出した。

「ここから黒澤さんの、金庫破りの技術が披露されるわけですね」

「そんなたいそうなものじゃない」

「出し惜しみしないでくださいよ」

「こんなものはどうってことない。ダイヤルをゆっくり回していくと、シリンダーが落ちる音がする」

「あ、手袋とかしなくていいんですか？　指紋残っちゃいませんか？」

「おまえも前に付けたことがあるだろうが」黒澤は手の指を、今村に向ける。専用の接着剤じみた塗り物を指先につけることで、指紋が付着しないようになる。空き巣をやる際には、必要な準備の一つだ。

黒澤はダイヤルを回転させていく。今村はいつの間にか間近で、まばたきすら惜しむ様子で目を見開き、顔を近づける。

「鼻息がうるさい」黒澤がぼそっと言う。

「金庫って鼻息するんですか」

黒澤は黙々と作業を続け、時間としては十分近くかかったものの、比較的、旧式でよく出回っているタイプの金庫だったこともあり、手こずることはなく開錠に成功した。それはまるで、堅牢《けんろう》強固な砦《とりで》に立てこもっていた犯人を、丁寧に粘り強く説得することで投降させる捜査員のようでもあった。という比喩《ひゆ》を使ってもいいかもしれないが、なぜならこの白兎事件では後ほど人質立てこもり事件に対応する特殊捜査班が登場してくるからだが、ここでは自重《じちょう》しておく。

今村は、黒澤の技術に感嘆し、「アンコール、アンコール」と拝むような恰好《かっこう》になった。

もちろん黒澤は、右から左へと受け流している。

金庫の中には通帳と実印と思《おぼ》しきもの、紙の束とUSBメモリが入っていた。口座の名義人は一つではなく、詐欺師がいくつかの名前を騙《かた》っているのだとは想像できた。現金はない。黒澤はそれらを出しながらライトを当て、一つずつ確かめていく。「これがその名簿か？　USBの中にもデータがあるのかもしれないな」

「これで、おばあちゃん、ほっとしますかね」

「俺には分からない。ただ、おまえが、これで安心すね、と嬉《うれ》しそうに言ったら、安心するかもしれないな」

「名簿がなくてもすか？」

「おまえにはそういう説得力がある」

黒澤は立ち上がり、窓際《まどぎわ》に立った。特に外が気になったわけでもない。窓の横に身を隠しながら、尖《とが》らせた視線をレースカーテンの向こうへと走らせ、街路灯により、ふんわりと明るく照らされた近隣の住宅を窺った。

「こうやって眺めると静かですけど、みんな黙ってるわけではないんすよね」

「それぞれの家の中では」

「食事していたり、親子喧嘩《おやこげんか》をしていたり、裸で抱き合っていたり」

「眠っている者もいるだろうな」

ですねえ、と今村は夜の空を、墨で塗ったような色だなあ、と眺めていたが、ほどなく、「ああ、オリオン座ですよ」と言った。

黒澤が怪訝《けげん》な視線を向けた。「何がだ」

「いえ、ほら、あそこに見えるじゃないですか。三つ並んでいる星があって」

「それは知ってる。どうしてそんな風に感慨深そうに言ったんだ」

「ちょうど、今日、話を聞いたばかりなんすよ、オリオンの」

「オリオンの話」

「ええ」

仙台駅構内の喫茶店にいた時に今村は、見知らぬ男から声をかけられたのだ。眼鏡をかけた小太りの男に、だ。

「見知らぬ男」

「俺、例によって暇だったんで、紙に三角形とか描いていたんですけど」

「三角形」

「黒澤さん、引っかかる単語をただ読み上げる仕事の人みたいになっていますよ」

「それも副業の一つなんだ」

「あ、そうなんすか」真に受けた今村は話を続ける。「とにかく、そうしたら、紙に星座を描いていると思ったのか、隣にいた男が話しかけてきたんすよ」

「怖いもの知らずだな」

「怖かったのは俺のほうすよ。オリオン座のポスターとか、ぺらぺら喋《しゃべ》ってくるし、何か買わされるのかと思いましたよ。オリオン座のポスターとか」

「何だったんだ、そいつはいったい」

「単に話をしてきただけでしたね。おかげでオリオン座のこと詳しくなりましたよ」

「たとえば」

「三つ星の左上に、明るい星があるじゃないですか」

「ベテルギウスか」黒澤が言う。「巨人の、腋《わき》の下という意味だろ」

「何だ知ってるんすか」今村は少し落胆する。「で、そのベテルギウスって直径が十四億キロもあるんですよ。太陽の千倍の大きさで。地球からは六百四十光年離れているんです」

「ぴんと来ないな」

「俺もすよ。ただ、いつ爆発してもおかしくないんですってね」

「らしいな」

「え、知ってるんですか」

「テレビで前に観《み》た。今見えるあれは」黒澤は空に置かれた、オリオン座のあたりを指差す。「六百四十年前に光ったやつ、昔の残像みたいなものだ。だからもしかすると、すでに爆発している可能性はあるんだろ」

「ですね」

ここで、『レ・ミゼラブル』の文章を真似《まね》すれば、こうなる。「読者はおそらく、この今村が喋ったという相手がオリオオリオにほかならないことを見抜かれたことだろう！」と。

その男こそ、誘拐《ゆうかい》グループのコンサルタントをやり、経理の女に横領を唆《そそのか》したがゆえに追われている折尾、通称オリオオリオだった。今村と会ったのは偶然に過ぎない。では、どうしてオリオオリオが赤の他人であるところの今村に話しかけたのかといえば、隣で図形を描く今村があからさまに怪しく「もしや追手じゃないよね」という疑念から、正体を探りたかったからだ。

「黒澤さん、ベテルギウスが爆発すると凄いらしいですね」

「何が凄い」

「爆発の明るさで、地球は三ヶ月くらい、三十日だったかな、太陽が二つあるような感じになるんですよ」

「太陽がいっぱい」

「いえ、二つですけど。満月の百倍、明るいらしいですからね。すごくないですか？しかもすでに爆発している可能性もありますからね。もし六百年前に爆発していたら、今から四十年後に地球で見えるわけですし、六百四十年前とかに爆発していたら、来年あたり見えちゃうかもしれないんですよ」

「そんな話を見ず知らずの男と」

「盛り上がりましたね」

「面白いものだな」

「ですよね」

「すでに起きてる出来事も、時間がずれないと見えないわけだ」

「はあ」自分が思っていたのとは違う観点で、黒澤が面白がっていることに、今村は当惑したが、実は黒澤の言葉は、彼自身の意図とは無関係に、この物語自体の構造を示唆《しさ》してもいる。

「黒澤さん、そういえば、例の紙はどこに置きましょうか」

「例の紙？」

「空き巣に入った家に残していくやつですよ。不安がらせないための」

「ああ、あれか」

空き巣に入られた側の人間は、金銭を奪われたこと以上に、いくつかの不安を覚えるはずだ。どうして我が家が狙われたのか。恨みを買っているのではないか。もしくは、防犯の観点から狙われやすい要素があるのでは？　また空き巣が来る可能性もあるのじゃないかしら。金銭以外にも、通帳や印鑑、もしくはクレジットカードなども奪われたのでは？

つまり被害者は、盗難自体よりもそれに付随する恐怖や不安のほうに悩まされるのだとも言える。

だから黒澤は、自分が空き巣に入った際には、どこからいくら盗んだのかを記した上で、恨みの上での犯行ではないこと、落ち度もそちらにはないこと、繰り返し同じ家は狙わないこと、などの但《ただ》し書きを記したメモを置いていくことにしていた。

「あれって罪の意識というか、相手を思いやってのことなんですか？」

「本当の思いやりがある奴はそもそも空き巣に入らない」

「でも、ジャンさんは罪を犯しましたけど、どっちかといえば正しい人だったじゃないですか」

飢えている甥《おい》っ子、姪《めい》っ子たちのためにパンを盗んだジャン・ヴァルジャンと、ただの空き巣の自分とではまったく比較にならない、と黒澤は思った。

今村はのんきなもので、「じゃあ、紙、どこに置きましょうか」と自分のポケットを探り始めている。

「今日はいらない。ここの住人はいないんだろ？　誰も困らないはずだ」

どうやら今村の耳にはその声は届いていないらしく、あれおかしいな、と服を触っており、その一生懸命な様子は黒澤を少し不安にさせる。

「どうかしたか」「あ、そうか」「おい、何があったんだ」「あ、いえ、大丈夫です」

どう見ても大丈夫とは思えなかったため、黒澤が問い詰めれば、「中村親分にコピーをもらっていたんすよ。黒澤さんの但し書きの。仕事のやり方を教えてもらうなら、それもやらないと、と思って」と肩をすくめる。

「いつの間にコピーを取っていたんだ」

「ただ、見当たらなくて。ああ、そうか、分かりました」

「俺にはおまえの考えることは何一つ分からない」

今村は窓の外に指を向ける。「さっき言いましたけど、ここに来る前に家を間違えちゃったんですよ。すぐ隣なんすけど。で、黒澤さんが来る前に、予行演習と思って玄関のドアを見てたら、開いたんです」

「見るだけで開くとはな」

「あ、正確には触りました。引っ張ったら開いちゃって。それで、これなら楽勝じゃん、と思って中に入って、金庫を探したんですよ。だけどぜんぜんなくて。おかしいぞ、って」

「家が違ったからだ」

「少ししたら、人が帰ってくる音がしたので、慌《あわ》てて逃げ出したんですけど」

「お手柄じゃないか」黒澤は皮肉でそう言った。

「それほどでも」

「で、但し書きのコピーは」

「置いてきちゃったみたいですね。そういえば、ポケットから落ちたような気がします」

「落ちた気がしたなら、拾っておけば良かっただろ」

「ちゃんと拾った気もしたんすよ」

黒澤は大きく息を吐く。窓に近づき、カーテンをめくると、外を眺めた。

「大丈夫すよ。あれが置いてあったところで、見知らぬ領収書があるな、と思うだけでしょうし。気にしなくて大丈夫す」

「俺の口からその言葉が出るならまだしも、どうしておまえの口から平然とそれが飛び出してくるんだ」


仙台の街を見下す高台にある仙台の街！

これは、事件の舞台となる住宅地〈ノースタウン〉が売りに出された際の、チラシに大きく書かれたフレーズだ。

このフレーズで情景を説明する意思があるのかないのか、仮に「高台にある」ことを売りにしたいにしてももっと別の表現があったのではないか、頭と末尾を揃えて回文じみた雰囲気を出しているのは狙《ねら》いなのかたまたまなのか、と首をひねりたくなる箇所が多々ある。小学生が考えたほうがもっといいものが生まれたに違いない、と思われるかもしれないが、実は、小学生男子が考えたものだった。大手デベロッパーの上役が、自分の小五息子がぽろっと洩《も》らした言葉を、「これはいい」と絶賛し、さらには取り巻きたちも持ち上げたものだから、ほかの人間が反対意見を述べづらくなり、もちろん彼らにしても、これが正式キャッチコピーになると思っていたわけではなく、決定前に誰かが正気に返るだろうと甘く見て、積極的に阻止しようとしなかったのだ。結果、無人のゴールによれよれシュートが決まるが如《ごと》く、そのコピーが最終決定まで残り、大きく広告に載ることになった。

家を購入するにあたり、キャッチコピーがどれほどの影響を与えるのかは不明だ。ただ、すでに日本経済は下り坂にあったにもかかわらず売り出された土地は完売した。「見下す」を「見くだす」と読み間違えた者が多かったのか、もしくは、価格設定が高かったからか、購入者はいずれも富裕層が多く、仙台でも随一の高級住宅街となった。

その〈ノースタウン〉の家から警察に電話がかかってきたのは、夜の九時近くだ。

宮城県警の通報受付担当者の、「事故ですか。事件ですか」の問いかけに、「た、た、立てこもりです」と答えがある。

めったに聞くことのない言葉に、担当者は一瞬、戸惑った。

携帯電話からの発信だった。

囁《ささや》くような口調は、周囲にばれないように必死な状態であることを想像させる。

「犯人は一人です。うちに急にやってきて」若い男の声に聞こえた。住所も言う。

この時点で担当者も、悪戯《いたずら》ではなく深刻な事態の可能性を考え始めていた。

「あなたは？」と訊《たず》ねると、「あ、佐藤です。長男の勇介です」と言う。「父と母も縛られています。今、犯人が二階に」

「ご自分の携帯電話から？」

「いえ、犯人の携帯電話です。今、たまたま使えて」

自分たちの携帯電話は取り上げられたのだろう、と担当者は察する。

人質立てこもり事件、と頭にその文字が浮かんだ。

次々と情報を端末に入力していきながら、SITの出番、と彼は考えている。特殊事件の捜査班が宮城県警にも設置されており、立てこもり事件となれば、SITが対応することになる。電話を受けた彼の頭には、数年前に発生した、やはり市内住宅街における人質立てこもり事件のこと、その顚末《てんまつ》が過《よ》ぎる。SITの夏之目《なつのめ》課長を一躍有名にしたあの事件だ。夏之目とは誰だ、と首を傾《かし》げる方もいるだろうが、すぐに登場してくるので、慌てないでいただきたい。

電話の向こう側から荒々しい声が聞こえた。

がさがさと雑音が響いたかと思うと、先ほどの若者が緊張した面持ちで、うろたえているのが伝わってくる。

立てこもり犯に見つかったのかもしれない。

もしもし、と呼びかけるべきかどうか彼は悩んだ。うかつに話しかけてこちらが警察だとばれてしまえば、人質である彼らの身が危険だ。電話を切るわけにもいかず、黙ったまま、耳に神経を集中させた。

物音と小声のやり取りがする。電話が床にでも落ちたのだろうか。そう思ったところ、「おい」と先ほどとは違う声が聞こえた。

返事はできない。

「警察だな」

彼はやはり答えることができなかった。

「おい、おまえ、警察かよ。くそ、何で通報しやがったんだ。こうなったら、仕方ねえな。責任者に電話をかけるように言え。この電話にだ」

ここから白兎事件は、宮城県警察本部の、特殊捜査班ＳＩＴが受け持つことになるが、以降はしばらく、ＳＩＴ隊員の視点から語ることにする。捜査の中心にいるのは、現場で指揮を執る夏之目だが、この、「外から見れば陽、中身は陰」と評すべき人物をよりよく知ってもらうためには、彼自身ではなく、彼の身近な人物の目を借りるのがいいだろう。

　私とは違い、夏之目課長は落ち着いている。そっちから電話をかけてこい、と犯人が言ったからには少しでも早く電話をかけ、犯人の要求を聞いたほうがいいのではないかと思ってしまうが、課長はといえば、「大丈夫だ。心配するな」の一点張りだ。実際のところ、急ぐそぶりはまるでなく、淡々と各担当者に指示を出している。

　打ち合わせが終わり、隊員が、いっせいに散らばった。

「春日部《かすかべ》、久しぶりの大仕事かもしれないな、これは」夏之目課長が私を見て、目を細めた。事件が起きたことを楽しむような言い方は不謹慎かもしれないが、夏之目課長はふざけているわけではない。野球チームの監督が、リラックスしていこうぜ、と声をかけるようなものだ。監督は決して、くつろぎたいわけではない。

「電話、そろそろ犯人に電話をかけないとまずいんじゃないでしょうか」

「春日部はほんと真面目《まじめ》だな」と私を見る。

「真面目だから、というわけではないですが」

「真面目な奴ほど痛い目に遭う。架空請求だってそうだろ。身に覚えのない請求が来れば、問い合わせて、誤解を解こうとする。その結果、悪いやつに電話番号を知られる。不真面目な奴は、身に覚えのある請求だって無視してる。結果的には、そっちのほうが被害は少ない」

「真面目な人間ほど損をする、というのは否定しません」

「とにかく、犯人へはもちろん連絡する。慌《あわ》てるな。犯人もこの時点で、自棄《やけ》を起こしはしないはずだ。立てこもり犯との交渉も恋愛みたいなもんじゃないのかな。一に駆け引き、二に我慢、三四がなくて五に強行突破」

「課長、恋愛に強行突破は良くないんじゃないですか」すぐ横にいた若手隊員、大島が言う。

私が笑うと、夏之目課長はワンクッションを置くように、一瞬ずれたタイミングで笑い声を立てた。課長は本心から笑っていないため、時折、そうやって反応にずれが出る。

「大島、おまえのＳＩＴ入隊記念で、事件が起きたのかもしれないな」夏之目課長が言う。

「自分のせいみたいじゃないですか」

夏之目課長はまた笑い、その場から離れ、先に行く。

私と大島は課長と一緒の車で出ることになっていたため慌てて後を追うが、そこで大島が、「課長って、どうしてあんなに余裕があるんですか」と少し声を抑えて、言ってきた。

「課長だって、余裕があるわけじゃない」仙台で人質立てこもり事件が起きるのは珍しい。

「でもいつも通り明るいし、軽口を言う余裕もあるじゃないですか」

「ふりだ」

「リラックスしていこうぜ、と明るく振舞う監督みたいなもんですか」

「いい譬えだな」誰でも考えることは同じか。

「あの、こんなこと訊くことじゃないかもしれないですけど」

何を言いたいのかはそのあたりで察しがつく。

「課長、昔と今ではだいぶ違うんですか？　春日部さん、付き合い長いんですよね？」

「今の課長は、昔の課長を真似しているだけだ」

「ああ」大島は小さく声を上げ、それから、「ですよね」と肩を落とした。

七年前のその時、私は、課長のすぐ目の前にいた。昔の課長が今の課長になるまさにその境目を目撃した。課長の応援する読売巨人軍の話で盛り上がり、二十歳の娘さんからは野球の結果に一喜一憂しすぎていると指摘された、と嬉しそうに嘆いていたのだが、そこで携帯電話に着信があった。応対した課長の表情が電話の声を聞いているうちに、見る見る青ざめたため、良くない知らせが入ったのだとは想像できた。私の頭には、ご家族の身に何かあったのでは、たとえば交通事故のような、と予感が過ぎったが、まさか、奥さんと娘さんが二人とも、とは思わなかった。

運転していたのは娘さんで、助手席に奥さんが乗っていた。娘さんは免許取り立てとはいえ、だからこそと言うべきか、安全運転を心がけていたらしく、その日も例外ではなかった。問題だったのは、信号を無視して交差点に進入してきた高齢の女性だった。理不尽な世の常で、夏之目家の二人は即死、ぶつかった女性のほうは、頭を打ったものの命は無事、という結果になった。

「まったく、こういうのは本当につらいな」葬儀の帰りに、部長が私に言った。「明らかに最低最悪なことが起きたってのに、誰が悪いのか分からない」

無論、悪人がはっきりしているケースも十分につらいが、私も彼の言葉には同意した。お互い、黙り込んでしまいそうな上に、雑談を交わす気持ちにもなれない。何か漠然とした嘆きを、ぽろぽろと漏らしたかった。

「婆《ばあ》さん、占い師にカモられていたんだと」

「ええとそれは、あっちの運転手のことですか」婆さんとはいえ、七十前で、まだしっかりしている。

「女占い師が、資産目当てに寄ってきた。何をやるにも、ご相談、ご相談で金を取られて。水晶を見て、星の並びで占って」

「ずいぶんオーソドックスな」

「伝統の技、とも言える」

「信号を守らなかったのも、占いのせいじゃないですよね」

「あながち冗談とも言えない。星の並びやら、誕生日がどうこうと言われて、地図を広げれば、この方角がいい、この道がいい、いくら払えば、一生、交通事故からは免れられる、と言われていたそうだ。金をごっそりやられたせいで、心配になって寝不足で、あの事故だ」

「その占い師が悪いじゃないですか」と言った私も、もちろん、その占い師を逮捕しようとは思わない。

「心情としてはな。ただ因果関係はない」

厳密に言えば、「法律上の因果関係」だろう。その占い師がいなければ、その高齢女性は疲弊しなかっただろうし、そうであれば事故は起きなかったはずだ。つながりはある。ただ、法では裁けない。

「大学生の時の法律の授業を思い出します」

民法の、損害賠償についての話だったのではなかったか。取引に向かう人が、走ってきた車の跳ね上げた泥で服が汚れてしまい、慌てて着替えをしたところ、遅刻し、先方に怒られ、商談失敗となった場合、その車に責任が問えるかどうか、という問題だ。

因果関係は認められない。

車が泥を跳ねたことと、商談失敗は直接的に結びつかない。関連はあるかもしれないが、服が汚れなかったら取引はうまくいっていたかといえば、そうとは限らない。遅刻しなくても失敗していたかもしれない。

ただ、と私は、学生時代同様、今だって思わずにいられない。完全なる因果関係があるとまでは言いませんが、少なからず関係はあるんじゃないですか？　車が泥を跳ねなければうまくいった可能性は高かったかもしれないじゃないですか、と。車の運転手にも、責任を取れ！　と詰め寄るつもりはないものの、「申し訳なかったな」と感じてはほしい。

「占い師はどう思っているんでしょうね、今回のこと。ニュースで知っているんでしょうか」

「実は、週刊誌が取材したらしいんだ。記者から聞いたんだがな」

「どうだったんですか」

部長は下唇を出し、諦観《ていかん》まじりに息を吐いた。「端的に言って、やな感じ、だったらしい。わたしになんの関係が？　ってなもんだ」

「それ、夏之目課長は知っているんでしょうか？」

「言うわけないだろ」

「ですよね」

夏之目課長の内面は、あの時、空白になった。私はそう想像している。

死なずに生きるために、心情や感情を全部、捨てたのではないか。最悪の出来事によりぐしゃぐしゃになった心のキャンバスを、その表面を削り落とすことで、強引に白の無地に戻した。

それ以降、夏之目課長にとってはどのような感情も、白いキャンバスに水で絵を描いているようなものに違いない。いつだって課長は、ふりをしている。楽しいふりを、悲しいふりを、生きているふりを、昔の自分のふりを、だ。

ビルの灯り、街路灯やブレーキランプ、ヘッドライト、さまざまな光が、暗闇《くらやみ》に道を浮かび上がらせている。緩やかに蛇行する車道を進む私の眼に、そういった明かりが滲《にじ》んで、伸び、揺れた。

市内を南北に結ぶ県道は二十一時を過ぎているせいか渋滞もない。程よい距離をあけて、走行できている。

運転席の大島はサイレンを鳴らしたい様子だったが、よほどの混雑がない限りは目立つな、と指示が出ていた。

情報はまだ少ない。

犯人の目的はもちろん、精神状態や被害者との関係、所有している武器の種類、分からないことばかりだ。

緊急事態だからといって派手に到着したら、そのことが犯人を煽《あお》ってしまうこともありえた。煽られた犯人がどう行動するのかは予測できない。

「そろそろ、先行隊、着いている頃ですよね」

「大島、緊張しているわけじゃないだろうな」運転席の横顔が少し強張《こわば》って見えたため、声をかけた。

「そりゃ少しは。ただ、課長がいるから大船に乗った気持ちでいますよ」大島が言う。

「ワンちゃん大作戦の夏之目課長ですからね」

五年前、宮城県警のＳＩＴが対応した人質立てこもり事件のことを言っているのだ。

「おまえ、茶化してるだろ」窓の外を無言で見つめていた夏之目課長が視線を車内に戻し、苦笑した。

「滅相もないです」その言い方がまた茶化しているように聞こえるが、課長は怒ることもなく、乾いた笑い声を上げた。

「あのな、あれは本当に大変だったんだ。事件も大変だったが、その後がまた」

「事件の後もですか？」

「犬好きの方たちからの抗議が殺到だよ。なあ、春日部」

私は肯定するつもりで肩をすくめた。

「本当ですか」大島が言う。「でも、あのおかげで、森さん、助かったんですよね？　自分はまだ、この仕事に就く前でしたけど、テレビで観てましたよ。絶対、あの警察の人、死んだと思いましたから。警察は見殺しにするんだ、怖《こえ》えな、と」

元亭主が母子の住む家に数日間立てこもり、テレビでその模様が中継された。私たちからすれば、実戦の難しさを、演習やシミュレーションをいくらやったところで、予想外のことは起きるのだということを痛感せざるをえない経験となったが、一番の誤算は、隊員の年長者、森さんが撃たれたことだろう。

　犯人が拳銃《けんじゅう》を持っていたことを知らず、無防備に家に近づこうとしたところ、突如、撃たれてしまったのだ。家の前に倒れ、立ち上がることができなくなった。

　犯人は猜疑心《さいぎしん》と恐怖心から興奮状態で、こちらが森さんを助けるために近づくことすら許してくれず、「隊員を救出するためだ」と説明したところで、「そのおっさんを助けるふりして、突入してくるんだろ」と聞き入れてくれなかった。「警察が近づいたら、人質をすぐ殺してやるぞ」と宣言した。

　時間が経《た》つに連れ、森さんは動くことがなくなり、生きているのか死んでいるのかも判断がつかなくなった。

　唯一《ゆいいつ》、落ち着いていたのが、現場責任者たる夏之目課長だった。犯人に気づかれぬように近隣住宅の陰に隠れながら森さんに近づく計画を練り、実行に移すことを決める。が、そこに立ちはだかるものがあった。隣家の飼い犬、オスのドーベルマンだ。彼は彼なりにただならぬ空気に気づいていたのだろう、普段以上の番犬力を発揮し、そばに人が近づこうものなら、ぎゃんぎゃんと吠《ほ》えた。

「飼い主はどこだ」「不在のようです」

部屋の電気は消えており、チャイムの呼びかけにも応じないものだから、すっかり不在だと思っていた。実は飼い主である高齢男性は寝室で熟睡中だったと分かるのは、事件解決後だ。

とにかくその時は、ドーベルマンがことあるたびに吠えた。犯人に、警察接近を伝える警報装置となってしまったのだ。犬の名前が「センサー」だったと分かるのは、これも事件後だったが、とにかく、その時は犬の存在が私たちの前に立ちはだかっていた。

人が近づけないことには、森さんを救うことは難しい。ロープを投げて引っ掛けてはどうか、と真剣に検討されたが、現実的ではなかった。ロープのような道具がうまく使えるかどうか分からず、さらには、その道具自体に犬が反応する可能性もあった。いっそのこと、犬に大きな肉を与えて吠えさせないようにはできないだろうか、その肉に眠らせる薬を混ぜておくのはどうか、という案も出て、こちらは実行されたが、犬は賢明で、投げ込まれた食べ物に口をつけようともしなかった。

時間経過とともに、路上で倒れたままの森さんがどんどん冷えていくように感じ、隊員はみな無力感を覚えずにはいられなかった。若い隊員の何人かは、早く救出しましょう、と大声を張り上げたが、それを夏之目課長が制した。

慌てるな、何か策はあるはずだ。森は何としても助ける。慌てるな。

穏やかな物言いながら断言する課長の言葉には、みなを落ち着かせる力があった。

親しい人間を失う恐ろしさを、課長は知っている。肉親が突然、消える恐怖を、だ。

その課長が言うのだから、従うべきだ。

「あの時、課長のアイディアがなかったら、森さん、まずかったですよ」私は思い出しながら、言う。

「いや、あとから思えば、ほかにいくらでももっといい作戦があった。動物好きからクレームが来ないような、やり方が」

「でも、森さんの命が救われたのは間違いないですよね。犬がどうこう、とか抗議するのは変ですよ」運転席の大島はぶつぶつと言う。

「森より犬のほうが人気があるってことだろうな。俺もどっち派かと訊《き》かれりゃ、そりゃ犬派だ」

私と大島は笑い、遅れて夏之目課長が笑った。立てこもり事件に向かう車中で談笑していたことがばれれば、世間からお叱《しか》りを受けるのだろうか、と私はそんなことを気にしてしまう。

先行隊から無線が入ったのはその後だ。〈ノースタウン〉に到着し、すでに現場と思われる佐藤家の前にいるのだと言う。

「本物ですね」無線の向こうで隊員が言った。悪戯電話などではなく、本当の立てこもり事件だろう、と。

「二階の窓から犯人と思《おぼ》しき男が姿を見せました。こちらが着くのを待っていたと思われます」と隊員は言った。「黒ずくめの恰好《かっこう》でした。カーテンがありましたし、電気は消えていたので、よくは見えませんでした。ただ、銃のようなものを構えて、若い男に突きつけているのが分かりました。縛られているようです」

「大島、あとどれくらいで着く」夏之目課長が、運転席に声を投げる。

「十分くらいですかね」

課長は体を伸ばし、運転席脇《わき》に設置された無線機を操作した。マイクを口に近づけると、先行隊に十分ほどで着くこと、最初の犯人への連絡は自分がやるということを伝えた。

「了解しました。待機のあいだ、何かしておくことはありますか？」

「近所に犬がいないか調べておいてくれよ」

隊員もそれが、過去の事件を踏まえた冗談だと分かったのだろう、「ワンちゃん合唱団も呼んでおきますよ」と返した。

五年前の人質立てこもり事件の際、例の課題「森さんを助けるために、吠える犬をどうやって吠えさせないか」に対し、夏之目課長が出したアイディアは、「吠えさせる」だった。犬にこちらの事情を知ってもらうことは困難だ。吠えないで、と頼むのも難しい。

「だったらもう彼には吠えてもらおう。そのかわり、ほかの犬にも吠えてもらう」

隊員たちは、知り合いのペットショップや犬好きに電話をかけ、たくさんの犬を集め、大きなトラックの荷台に載せた。もちろん犬たちは予期せぬ扱いに狼狽《ろうばい》し、怒り、シュプレヒコールよろしく吠え立てたものだから、犯人から、何事かと連絡が入った。

課長は説明した。「分からないんだが、近くで野良犬たちが騒ぎ出したんだ。すぐに大人しくさせるから待っていてくれ」

あくまでも、警察とは無関係の突発的事態と思わせたのだ。「怪しまれますよね」と私が言えば、課長は当然のようにうなずいた。「そりゃそうだろう。ただ、向こうも確信は持てない。こっちは、野良犬をどうにか黙らせるから待ってくれ、と懇願すればいい」

あとで課長は次のようなことを教えてくれた。自暴自棄で、破れかぶれの犯人と違い、それなりに話の交わせる奴なら、時間が経過すればするほど、どうにかこれを終わらせたいと思っているものだ、と。「あっちはあっちでうんざりして、投降するエネルギーもなければ、立てこもりが長期化するのも不安なんだからな、俺たちがそれとなく終演に向けて動いてもばれないことはある」

結果から言えば、森さんの救出はうまくいった。犬たちが吠え続けることで、隣家のドーベルマンの鳴き声はかき消され、課長が犯人と話をし、注意を逸《そ》らしているうちに、隊員が倒れている森さんに接近し、担架で助け出したのだ。

事件自体はその後、疲労困憊《こんぱい》した犯人が眠った隙に人質がこっそり外に出て、隊員が突入したことで終息したが、課長の愚痴る通り、犬を危険に晒《さら》すな、という苦情が殺到した。

立てこもり現場の佐藤宅は派手さはないが、しっかりとした構えだった。門扉《もんぴ》の先に広い庭があり、道路から家屋までは距離がある。

私たちは近くの車道に車を止め、先行隊と合流する。

小型バスほどの大きさの車両があり、その中が臨時の捜査本部となっていた。無線や録音機器、モニターが置かれているため少し狭いものの、三、四人程度であれば、向き合える。

「おつかれさん」とのんびりした調子で夏之目課長は言う。目つきは鋭い。「まわりの住人はどうだ」

「課長の指示通り、一軒ずつ回って、避難させてます」

人質立てこもり事件は、その危険度により対応が変わってくるが、拳銃を持っている今回の場合は緊急性と危険度が高い。周辺の二百メートル区域内の住人には、半ば強制的に避難してもらうことになっている。今も、大島を加えた隊員が各戸を回っていた。

「ぎょっとしつつも、避難指示に従ってはくれているので助かります」

「中には、ネットで中継して人気者になろうって奴もいるんじゃないのか?」

「いてもおかしくはないですが、幸い、まだ。一応、目ぼしい配信サイトは随時、チェックしています」

「不在の家も多いか」

「まったく応答がない家は、それほどありません」隊員は言い、広げた地図を指した。

不在だった家には印がつけられている。

「不在だと思っていたら、家主が熟睡中とかはないだろうな」

五年前のドーベルマンの飼い主のことを思い出しているのだろう。

「あるかもしれませんが、そればっかりはどうにもなりません」

家に無断で入り、眠っているかどうかまで調べるわけにもいかない。

「規制線を張り、町に入る人を規制しはじめています」

「平和で、こぢんまりとした町にどうしてこんな事件が起きちゃうのか」夏之目課長は詠嘆口調で、つまり軽口のつもりなのだろうが、言い、「とりあえず、最初の一手と行くか」と自らのスマートフォンを取り出した。向こうの声はスピーカーから出る仕組みになっていた。

「緊張しますね」私は言った。

コール音が何回か続いた後で、「はい」と低い声がする。

「宮城県警の夏之目と言う。電話が遅くなったことをお詫《わ》びする」課長は淡々と、へりくだることもなければ見下すこともない口調を選んでいる。どのような人間関係においても大切なのは対等であることだ、とはよく言う。

犯人は少し間をあけた後で、「いいか、変な真似《まね》をしたら、人質の命はないからな」

と言った。

「佐藤家のみなさんは無事なのか？　というよりもそっちには誰がいる。教えてくれ」

犯人はすぐには答えない。

部屋を見渡し、自分が縛り付けている人質を数えている姿を私は思い浮かべた。即答しないのは、この犯人が慎重で、生真面目な証拠ではないか。

「この家に住む家族、三人だ。父親と母親と一人息子。怯《おび》えてるけどな、無事だ。今はまだ、な」

「そうか」夏之目課長は答えながら、やはり犯人像を思い浮かべようとしているのだろう、視線を宙にやっている。

「今はまだ、だぞ。そこをよく覚えていろ」男の声は高揚しているのか、少し上擦っていたが、静かにこちらへ向けた課長の目はこう言っている。

相手は話が通じそうだ、良かった。

私も同感だった。

第一声が、「宇宙の声に従っています」であったり、「もう俺はおしまいだ」であったりすると、交渉班の私たちとしては、どう交渉すればいいのかと途方に暮れる。

「要求は何だ。そもそも、どうして佐藤さんの家に入ったんだ」

課長は意図的に、人質の名前を頻繁に口にする。そうすることで犯人に、自分が相手にしているのは、物や道具ではなく人間であると教えているのだ。そういった、細かい印象付けの積み重ねが、後になって効く。

「この家の住人には恨みはない。別の人間に用があっただけだ」

「別の人間？ その、別の人間には恨みがあったわけか」

「そいつを捜している。捜しているうちに、この家に来た」

「なるほど」

「要求はそれだよ」

「それ？」

「今から言う人間を連れてこい。話をさせろ」

「分かった」夏之目課長は間髪いれずに答える。ためらいは微塵《みじん》も見せない。「誰だ」

犯人が口にしたのは、当たり前かもしれないが、私たちの知らない名前だった。苗字《みょうじ》は折尾、名前は分からないという。オリオオリオとでも呼べ、と犯人は続けた。

「年齢は四十代だか五十代だか、とにかくそのへんだ。コンサルタントをしている」

「コンサルタント？ 何のだ」

少し間がある。「何かのだな」

「コンサルタントの折尾、その情報だけで見つけられるのか」

「この近くにいる」

「この近く？」

「そうだ。絶対にいる。もし許されるなら自分で捜し回りたいところだが、残念ながら俺はここからは出られない。なぜなら」

「こっちのせいじゃないよな」夏之目課長が言う。

「そっちのせいだって」舌打ちが出る。

「一つ訊きたいんだが、警察が来る前に、その家から出ることは考えなかったのか」

「もちろん考えた。ただな、ここから出たところでおまえたち警察がうろうろする中、人捜しは難しいだろ。それだったら、いっそのこと」

「かわりに私たちに、警察に捜してもらおうと思ったわけか」

「どうだ、賢いだろうが」

「ああ、いい判断だと思う」

「とにかく早く、そいつを捜せ。見つけたら電話口に出せ。話はそこからだ」

「ちょっと待ってくれ」

「夜明けまでに見つけろ。朝になっても、折尾が見つからなかったなら、見つかっても電話がなければ、俺は人質を殺害して、自分も死ぬ」

「ちょっと待ってくれ」

「いいか」

「いや、待ってくれ」課長は相手が遮ろうとする隙《すき》に、言葉を何度も何度も滑り込ませる。「その人質はとばっちりだ。無関係なんだろ？　どうして道連れにする」

「簡単なことだ。そうしなければ、おまえたちは真剣に、俺の話を聞こうとしない」

「私は真剣だよ。明日にはみんな無事に、普段の生活に戻ってほしいと思ってる。むしろ人質を解放してくれたほうが、より真剣になる可能性もある」

犯人が笑った。「さすがにそれはねえだろ」

「みんなが平和に暮らすのが一番だ。佐藤さんたちだけじゃない。できれば、君も。あ、ええと、誰さんと呼べばいい？」

犯人は一瞬黙り、その後で、「ふざけるな」と返事をした。

相手が本名を名乗る可能性は低いかもしれないが、何か呼称を選べば、そこから素性を知るヒントが得られる場合がある。自分で自分にニックネームをつける際、関連のあるものを選びがちだからだ。

夏之目課長はそのあたりの問いかけを繰り出し、さり気なく情報を引き出すのが上《う》手《ま》かった。

犯人はそこで、げほっげほっと咳《せき》をした後で、吐き捨てるように、「あのな」と言った。「あのな、ここの父親のせいで喉《のど》をやられて、痛えんだよ。腹立たしいったらありゃしねえ」

「痛々しい声だよ」

「とにかく、おまえたちは頑張って、折尾を捜せ」

「あまりに情報が少ない。そうだろ。折尾という苗字だけで調べられると思うか？プラカードを掲げているならまだしも」

「どんなプラカード」

「私がその折尾です、とか」

「そりゃいいな。まあ、あれだ」犯人はそこでいったん言葉を止めた後で、「オリオン座の蘊蓄《うんちく》が凄《すご》い」と言う。

折尾という苗字から思いついた冗談に違いない。私は笑うよりも腹が立つ。夏之目課長も同様の気持ちだろうが、例によって感情は見えなかった。「会う人会う人に、オリオン座について詳しいですか、と訊ねるわけにもいかない。無理だとは言わないが、時間がかかる。写真はないか。もしあるなら、今からこっちのアドレスにメールで送ってほしい」

「メールか」

「メールは便利だ」

「怖えよ」

「何が怖い」

「俺がそっちのアドレスにメールを送ったら、逆にこっちに変なメールを送ってくるとかな。ウィルスとかあるんじゃねえのか」

その物言いから、犯人はインターネットに関連した事には詳しくないのが分かる。知らない分野に対し、大胆に振舞う人間もいるが、多くは慎重になる。犯人は後者なのだろう。

「ずいぶん細かいことまで気にする」

「まあな。だいたい、誰かを騙《だま》す時ってのは、どうってことのない言い方をしてくるもんだからな」

「どういう意味だ」

「真正面から、暗証番号はいくつですか、と訊かれたら誰も教えない。そうだろうが。

ただ、さり気なく、星占いをしているんですけど、と誕生日を訊いてくれれば、教える可能性はある。暗証番号と誕生日が似ているなら、そこから分かる。やばい話は、あなたのために協力しますよ、というスタンスでやってくる。そうだろ？」

そうやって情報を得る手法は、私たちの得意とするところだ。財布をください、と言うのではなく、そこの荷物をこっちに置いてあげますよ、と言うほうが従いやすい。少なくとも断りにくい。

「それなら、こちらからはメールを送らない。そっちから送ってくるだけ。それでいい。俺たちは君たちの裏をかくつもりはない。ただ情報がほしいだけだ」

犯人が思案する時間はそれほど長くなかった。「なるほど分かった。画像を送ればいいんだな」

夏之目課長は、自分の捜査用スマートフォンのアドレスを伝えてから、「佐藤さんの無事を確認させてくれ」と言った。

犯人の要求に応《こた》えるにしても、人質の無事が大前提だ。

「無事に決まってるだろうが」

「それを信じてあげてもいいが、そうだとするなら、君が捜している折尾を見つけた時も、私の言葉だけで信じてくれるのか？　もし今、人質の声を聞かせてくれないのなら、俺もその折尾の声を聞かせない」

また犯人が静かになる。

「佐藤家の人間の状況を教えてくれ」課長が念を押すように言った。

「ちょっと待ってろ」犯人ががさごそと動いているのが分かる。おい、大人しくしてろよ、余計なことを言うな、脅しじゃないぞ、とぼそぼそと聞こえてきた。佐藤家の人間を脅しつけているのだろう。

少しして、「もしもし」と別の男の声がした。「あの」

若い男だ。

「佐藤さんですか。私は、宮城県警の夏之目と言います。ご主人ですか？」

「あ、勇介です。佐藤勇介。長男、というか一人っ子ですけど」

「勇介君、ご両親もそこに？」

「そうです。縛られて。どうしてこんなことになったのか、もうよく分からない」

訊ねたいことはたくさんあった。犯人の様子や拘束状態、犯人と面識はあるのかないのか、ないにしても気づいたことはないか、ここで情報が得られれば助かる。だがもちろん、犯人がそれを許すとは思えない。

「佐藤さん、よく聞いてください。佐藤さんたちは、今、とても不安で、大変な状態だと思います。ただ、私たちはこの仕事を専門にしています。佐藤さんたちを必ず助けますので、つらいかと思いますが、必要以上に恐れないでください」夏之目課長はそれだけは言わねばならぬ、という口調で伝えた。「必ず助けますから」の声は、私にすら力強く響く。

「はい」佐藤勇介は先ほどよりも声を弾ませた。涙ぐむような雰囲気すらあった。その後も何か話したがっているようだったが、がさごそと音がし、「無事なのは分かっただろ」と犯人の声にかわる。

「ありがとう。これで、こちらもそちらの話を親身に聞ける」

「今までは親身じゃなかったのか」

「実はそうだった」

犯人は怒るのではなく、少し笑ったらしく、ふっと柔らかい息が聞こえた。「じゃあ、あいつを早く捜せ」

「写真を送ってくれ。ほかに何か要求があれば、連絡をしてほしい」

それから、と夏之目課長が言いかけたところで電話が切られた。

さすがに長時間、話をしすぎたと思ったのだろうか、慌《あわ》てて切ったようだった。

「試合開始だ」課長が言う。

「まずは、メール待ちですか」私は、課長が置いたスマートフォンを見た。

「折尾という名前だけじゃどうにもならない。このあたりに絶対にいる、という言い方をしていたな」

「この街に住んでいるんですかね」

「それだったら、その家に直接行けばいいし、今もその家を指定するはずだ」

「仕事でこの住宅地のどこかの家に来ていたのでは？」

隊員の一人が言う。コンサルタントの仕事が何を意味しているのかは不明だが、可能性はある。

「だとしたら、それも確認して回らないといけませんね」私は言った。

「とりあえず、市内の折尾姓の男でも洗うか」

「珍しい苗字ではありますが」市内在住かどうかも分からない。「佐藤家の情報は不動産屋と税務署に問い合わせています」

「あ、一つ、気になる情報が」隊員の一人が、言い忘れていたのか、はっとしたような顔で言った。

「気になる情報募集中だ」

「何時間か前らしいんですけど、この町の隣、県道の一本裏手のあたりで、喧嘩《けんか》があったみたいなんですよ」

「喧嘩」その意味を確かめるように、夏之目課長が繰り返す。

「男二人が。口論でもしていたのかもしれないですが、どちらかが思い切り、突き飛ばしたのを、車で通りかかった主婦が目撃したようです。その主婦がこの町の住人だったので、さっき話してくれたんですが」

「喧嘩か。まあ、関係ないですかね」と私は言った。

「そうとは決めつけられない。後でその主婦に話が聞けるか？」

「ああ、いったん避難しちゃっているんですが、後で探してみます」

「喧嘩がひっかかりますか？」そのようないざこざであれば、普段から起きている。

「その喧嘩でむしゃくしゃして、立てこもり事件を起こした可能性だってある」

「その喧嘩のどちらかがこの犯人ということですか？　ありますかね」

「なさそうかな」

夏之目課長はどこまで本気なのか分からない。

ドアを開け、私は車から外に出た。両手を伸ばしながら首を傾ければ、空に張り付く月が美しい円を描いている。

白兎事件、〈ノースタウン〉で発生した立てこもり事件は警察を巻き込み、次の段階に進む。

隊員の一人が主婦から聞いた、路上での喧嘩の話、言うまでもなくこれもまた、この事件に大いに関係しているが、それが明らかになるのはもう少し後だ。警察はこの件をすっかり失念してしまうため、主婦から話を聞くのがかなり遅れてしまう。

ここで一度、時間を巻き戻し、警察がやってくることになる前の、勇介たちが縛られた直後の場面に戻そう。これは、当の、勇介宅に押し入った男の目から語るのが手っ取り早い。

縛った家族三人を眺めながら俺は、どうしてこうなっちまったんだ、とうんざりした。

オリオオリオのことは一度、仙台駅で見つけたのだ。

これでようやく、とほっとしたところで、眼鏡をかけたスーツ姿のオリオオリオはいつものように爽《さわ》やかな笑顔を浮かべ、「あれ、ご無沙汰《ぶさた》しております」と余裕の挨《あい》撲《さっ》をしてくるものだから、俺も油断してしまったのだ。脛《すね》を蹴《け》られ、その痛みに呻《うめ》いている間に逃げられた。失態に目の前が真っ暗になったが、そうなる前に、バッグにGPS発信機を入れておいたのは、我ながらファインプレーだった。

位置情報を定期的に検索した結果、一般家庭の戸建てに辿《たど》り着いた時には動揺したものの、それでも家の中にいるのだろうから、強引にでも連れ去ればいいと思った。

幸いなことに玄関の鍵《かぎ》は開いており、容易に中に入れた。どうにか大ごとにせず、時間をかけずに家捜しができないものかと思った矢先、母親に見つかり、恐れた通りの大ごとになった。

位置情報によれば、オリオオリオはこの一戸建ての敷地内にいる。GPS情報は、上空から見た平面としての位置は把握できるが、高度までは教えてくれない。誤差もある。あくまでも大雑把な、位置、にほかならない。

「ここに地下室とかはないのか?」俺は、家族全員、三人に訊《たず》ねるようにした。

彼らの口にはテープを貼《は》ってあったが、まず父親がかぶりを振り、それに合わせるように母親も首を左右に揺すった。息子は、その両親を気にするように眺めているだけだ。

「おまえたち、こいつを本当に知らないのか?」俺はスマートフォンに表示させたオリオオリオの写真を、それぞれの顔の前に順番に突き出した。

眼鏡をかけたスーツ姿、口が達者で調子のいいことばかりを語る、ぱっと見は有能そうな男だ。

父親は写真をじっと見つめた後で顔を動かし、否定した。

しらを切っているようには見えない。

ただ、母親と息子の反応は明らかにおかしかった。

写真を見た後の、目を見開く様子には狼狽が滲んでおり、慌てて否定するそぶりにも必死さがあった。

思えば、最初にこの写真を見せた時にも、母親は少し興奮していた。

「知っているんだな?」俺は断定するように、強く言った。「どこにいるんだ」

母親が言葉を発するが、テープで塞《ふさ》がれているため、もごもごとしか聞こえない。

舌打ちしてテープを剝《は》がすと途中までめくったところで、母親がこれはチャンスと言わんばかりに、がぶっと嚙《か》み付いてきたので慌てて手を引く。

ふざけるな、と俺は彼女の頰を叩《たた》きそうになった。怒りよりもその、恐れず立ち向かってくる姿勢が怖かったからだ。

銃を向け、「頼むから大人しくしろ。次は撃つぞ」と俺は言わざるを得ない。「撃たないと高をくっているかもしれねえが、撃つ時は撃つ。分かってるか？　命を奪わないまでも、太腿《ふともも》や脚を撃って、痛みを与えるくらいなら簡単にやれるんだよ」

「銃の音で警察が来ますよ」母親は強気で言い返してくる。

「もし警察が来たら、俺はここから出られない。立てこもる。おまえたちも面倒なことになるぞ」

息子がじっと睨《にら》んできていることに気づいた。その目つきは、こちらの隙を探っているように見える。どうにか逃げ、警察に通報でもするつもりなのか。

「どうして、その写真の人をわたしたちが知っていると思うんですか」母親が言った。

「どうして、うちにいると思ったんですか」

「本当に知らないのか？」

「知りません」彼女の強く宣言するかのような物言いは、真実を隠すためとも思える。

もう一度、家の中を捜してくるか。おおよその場所は見て回ったが、書棚の奥やベッドの下まではまだ確認できていない。

父親が頭をゆすっているのが目に入る。喋《しゃべ》りたがっているのだと察し、口に手を伸ばす。嚙みつかれないようにと警戒しつつ、テープを剝がした。腰がひけてしまう。

「もしかすると」父親が言った。

「もしかすると、何だ？」

まどろこしい返答に苛立《いらだ》たずにはいられない。この父親は家族のことを心配しているのかどうか分からない時がある。時折、現実逃避なのか、ぼうっとしているようでもあった。

「さっきからスマートフォンを使って、目当ての人物の居場所を探しているようだが」

「何だよ、その言い方は」銃を持つこちらを、見下すような口ぶりに腹が立つ。軽装のせいか頼りない男に見えたが、会社ではそれなりの役職に就いているのだろう。社内では威張っているに違いない。だから、こういう時にも、偉そうな言い方が出るのだ。

「探しているようですが」慌てて丁寧な語尾に直している。「それはGPSか何かの情報を元に追っているということでは？　頻繁に、位置情報の検索をしているようですが」

「だったらどうだって言うんだ」

「男の荷物に、位置情報を発信する何かを忍ばせてあるとか。今の写真にバッグが写っていた。だからそのバッグに」

「だとしたらどうなんだ」

「実は、先ほど、そのバッグを見つけて、拾ったんですよ。すぐそこの道路で。まさに、その写真の。もしかすると、あれの中に何か入っていて、位置情報を発信する何かが、それで勘違いをしているんじゃないか」

俺が睨むと父親は、「しているんじゃないですか」と言い直す。相手に気を遣って喋るのは数十年ぶり、とでもいうかのようなぎこちなさだ。普段の傲慢《ごうまん》さが知れる。

母親と息子が目を見開き、そうするとさすが親子と言うべきかかなり似た顔になったのだが、二人で父親をじっと見た。

三人とも手足を縛ってあり、こちらには銃がある。誰かを痛めつけたり、脅したりすることも初めてではない。だがやはり、三人を一人で制するのはそれなりに神経を使う。拳銃を向けながら俺は、「いいか、大人しくしていろよ」と念を押すように言った。

「そのバッグはどこにある」俺は訊ねたが、一方で、嫌な予感もあった。もし、この父親の言うことが本当だとすれば、GPSの機械だけがあるとするならば、オリオオリオはここにいないことになる。そうなったらお手上げだ。オリオオリオを捜す手はなくなる。

「二階に。私がいたのとは別の部屋に。変な場所に置いたので、私が一緒に行こう」

「そのバッグはどこで拾ったんだよ。道に落ちていたというが」

「本当に、すぐそこ、家の前に」父親は顎《あご》で家の外を示す。「うちの誰かが忘れたのか、それとも落としたのかと思って、一応、家の中に持ってきたんだが」

「おまえたちはそのバッグ、見たのか?」

母親と息子は顔を左右にぶるぶると揺すった。嘘《うそ》をついているようにも、正直に答えているようにも見える。

「位置情報を追ってきて、うちに辿り着いたんだろうが、それはたぶんここにバッグがあるからですよ。バッグだけ、ここにあるんです。これで解決じゃないか。あなたはバッグを追ってきただけなんだから。とはいえ、捜している男はこの近くにいるかもしれない。早く、外に捜しに行くべきで」

「うるせえよ」俺は答えたが、焦《あせ》りを感じていた。もしこの家にいないのであれば、確かにすぐにでもあの男を捜しに行かなくてはいけない。ここでゆっくりしている余裕はなかった。

「タイムリミットでもあるんですか?」父親がまた、素朴な疑問を投げかけるかのように言ってきた。

「何だよそれは」

「さっきから時計を気にしていた。その男を何時までに連れ帰らないといけない、とかそういう約束があるのかと」

「うるせえな。黙ってろ。関係ねえだろうが」

タイムリミットはある。俺の大事な綿子ちゃんの命が懸かっている。

今、綿子ちゃんはどうしているのか。どれほど不安でいるだろうか。どれほど怯えているだろうか。こんな高級住宅地でのんびりしている場合かよ、と飛び出したい思いに駆られる。

待て、落ち着け、と俺は、俺をなだめる。

他人の家に入り込み、相手を縛り、銃で脅しているのだから、「のんびり」とは言わない。そして、これをやることがすなわち綿子ちゃんを助け出すことにつながる。別に俺が、怠けているわけではない。むしろ、これを投げ出してしまったら、それこそ一巻の終わりなのだ。

自分はてっきり、グループの内側にいるのだと思っていた。

急に、他球団へのトレードを言い渡された野球選手も似たような気分だろうか。

チームと自分は一心同体ではない。

いつ敵側に回るかも分からない。そのことを今、痛感していた。

自分が誘拐する側にいることに疑問を覚えたこともなく、妻を攫《さら》われ、脅される側になるとは考えたこともなかった。

「おまえの妻を誘拐している。いいか兎田、もし、無事に返してほしければ、こちらの言うことを聞け」

電話をかけてきたのは、俺の知らない声だったが、自分たちのグループの誰か、交渉担当なのだろうとは想像できた。仕入れ担当の自分とは関わりがなかっただけだろう。金銭ではなく、別のことを要求するやり口は、俺たちのものだ。

「おまえも知っていると思うが、今、おまえの妻がいる場所はそれほど劣悪ではない。だから、そんなに心配することはない」

電話の相手はそう言ったが、もちろんそこで、「それなら良かった」と思えるわけがなかった。

攫ってきた人物に対して俺がよく言うあれ、「こちらはあなたに危害を決して加えません。こう見えて、うちはプロなんで」の台詞《せりふ》を思い出す。安心できるわけがない。言葉にならない怒号が体の内側で鳴る。

「おい、何番だ。どこにいる。一番？　二番？」俺は電話の相手にそう嚙み付いた。もっと落ち着き、情報をうまく引き出す方法を取るべきだったのかもしれないが、さすがにそこまでの余裕はなかった。

「おまえの知らない場所だ」

綿子ちゃんがどこにいるのかが分かれば、今すぐ向かって、飛び込んでいくつもりだった。

「とにかく無事なんだろうな。いいか、彼女に何か危害を加えたら」

「おまえもよく知っているはずだ。要求に従えば、危害は加えない。家族は返す。ただ、従わなかった場合にどうなるのかも知っているだろ」

その通りだ。取引する商品の役割を失った人間が、まさに不良在庫よろしく、乱暴に扱われ、廃棄されるのを俺は知っている。

「ちょっと待ってくれ。こんな面倒なことをしないで、俺に仕事を頼むならそういえばいいだろう。何も、妻を誘拐する必要はない。違うか？　俺は命令されたことはちゃんとやる」

「まあな。ただ、これもおまえならよく分かっていることだろうが、人質を取ったほうが」

「何だ」

「一生懸命、必死に、やる」

「俺は一生懸命、必死にやる。人質なしでもだ。だから今すぐ、綿子を解放しろ」

訴えたが、それが通らないことも俺は知っていた。ルールは守らなくてはいけない。例外を作るな。ビジネスライクではなく、これはビジネスだ。俺たちは始終、上からそう言われている。

「いいからおまえは人を捜せばいい」

「誰だ」

「おまえも聞いてるだろ。経理係が金を」

先日、猪田勝との間でその話題が出たことを思い出した。「どこかに移したんだよな」

「金の場所を知ってる男がいる」

「オリオか」

「オリオリオな」

「オが足りなくないか」

「おまえも顔は知ってるだろうが、この後、写真を送る。捜してこい」

断る選択肢はなかった。あったのかもしれないが、俺には見えなかった。

「どうして俺なんだ。どうして俺にやらせるんだ」

「詳しくは分からないが、おまえが買われたんだろう。一生懸命やると」

取引材料となる弱味、つまり大事な家族がいたからかもしれない。たとえばあの猪田には、人質に取られて困るような家族はいないし、財産もないだろう。上の人間は、自分たちの部下の身辺を調査した結果、俺の綿子ちゃんに目をつけたのではないだろうか。綿子ちゃんのためになら俺が必死にやる、と見込んだのだ。

電話の後、頭の中が空っぽになる。

そしてすぐに、その空洞に、黒々とした恐怖が流れ込んできた。

監禁された綿子ちゃんのことを想像するだけで心が掻《か》き乱され、頭がおかしくなりそうだった。ここで自分がしっかりしなければ、彼女を助けることができない、というそのことだけが自分に正気を保たせた。

過去に自分がやってきたこと、攫ってきた者を思い出し、残された者のことを想像し、何てひどいことをしてきたのか、と遅ればせながら気づいた俺は、おいおいと泣いた。自業自得《じごうじとく》、因果応報ではあるが、綿子ちゃんを巻き込むことはなかっただろうに、と祈る恰好《かっこう》で、見えない何者かを罵《ののし》った。

「いつまでにその男を連れて行かなくてはいけない、という約束が？」父親は性懲《しょうこ》りもなく、訊ねてきた。

あるよ、あるんだよ、と俺は言いたかった。

時間制限はある。今日だ。今日中に、俺はオリオオリオを連れて行かなくてはいけない。

あと数時間しないうちに、今日は終わる。

間に合わない。いや、まだだ。俺は自分に言い聞かせる。

グループの上の奴《やつ》らがオリオオリオを捜している理由は二つある。

ひとつは、裏切り行為に対するお仕置きだ。

グループを今後、統制していくためにも、裏切り者にはきっちりとひどい目に遭ってもらわなくてはいけない。

もうひとつは、こちらのほうこそ重要だが、金のある場所を吐かせるためだ。金がなければ、取引相手に送金ができない。期日は決まっており、それが明日だ。必死にオリオオリオを捜していることからも、取引相手は交渉や懇願が通用するタイプではないのだろう。だから俺も、今日中、と期限を切られているのだが、厳密に言えば、朝までにオリオを見つけ出せれば、ぎりぎりセーフとなる可能性はあった。交渉の余地はある。

「よし、おまえも一緒に来い」俺は父親に命じていた。「そのバッグってのを見せろ」

父親は、ずっと同じ姿勢だったからか、足の痺《しび》れを気にするように、ゆっくりと立ち上がる。このままでは歩けない、と言ってくるため足首のテープを外してやった。

「無関係だと分かったら、うちから早く出ていってくれ」

うるさい早くしろ、と俺は父親を銃で突く。その時、銃を見つめた父親の目が光ったようにも見えたが、それ以上は気にかけなかった。

二階に行き、父親が奥の部屋へと向かう。右足を引きずるようだった。こちらの視線を察したかのように父親が振り返り、「若い頃から足が」と言った。「手を自由にしてくれないか」と訴えてきたが、無視する。

さっき一通り家の中を見て回った際にも、その部屋には入った。本の詰まった棚が並んでいる。いかにも頭が良さそうな、俺には縁のなさそうな部屋だと思った。

「おい、バッグはどこだよ」

「そこの本棚に」

父親が顎で指すようにした書棚の前に立つが、ガラス戸の中に小難しそうな本が並んでいるだけで、上から下まで眺めたものの、バッグは見当たらない。ないじゃねえか、と言いかけたところ、書棚が二重構造になっていることに気づいた。仕掛けというほど大袈裟《おおげさ》なものではなく、表と奥に分かれており、手前の棚を横にスライドさせられるのだ。俺は深く考えず、目の前の棚を左にずらしたのだが、そこで現れた後ろの棚の中身に、一瞬、言葉を失った。

せいぜい本やＤＶＤが並んでいるものだと思っていたのだが、ガラスケースの中に、どこからどう見ても、ライフルにしか見えないものや、どこからどう見てもヘルメットにしか見えないもの、つまりどこからどう見ても武器にしか見えないものが並んでいたのだ。

一般人の家にどうしてこんなものが？

そこで、体が揺れた。父親が後ろから、ぶつかってきたのだと遅れて分かる。両手は後ろで縛られているが、そのままタックルしてきたのだ。

やられた、と思った時にはすでに遅い。

俺は体を机にぶつけていた。腰に痛みが走りよろけてしまう。

父親が馬乗りになってくる。手を後ろで縛られた恰好のまま、膝《ひざ》でこちらの腕を押さえた。関節をうまく押さえ込んでくるものだから、身動きが取れない。

見た目は華奢《きゃしゃ》だが、侮《あなど》れない。

そのうち父親は体の位置を変え、脚をずらし、膝の部分を俺の首に押し付けてきた。体重がかけられ、喉が痛くなる。

只者《ただもの》ではない。先ほど目にした、武器の数々のことを思い出す。常識から考えて、あれが本物とは思いにくい。何しろ、さっきの棚には、手榴弾《しゅりゅうだん》のようなものもあった。アーミーグッズを収集する趣味があるのか？　こうやって両手が不自由な状態で、自分を押さえつけてくるところからすると、もっと実践的な、軍事訓練を齧《かじ》ったことがあるのかもしれない。

息ができなくなり、意識が薄れてくるのが分かる。いや、その、分かる感覚すら薄れてくる。

まずいな。弱気の芽が頭に生まれた。これで万事休すなのか。

そこで自分の体から限界以上の力が飛び出したのは、やはり、綿子ちゃんのことが頭に浮かんだからにほかならない。

ここでやられてしまったら、綿子ちゃんを助け出すことはできない。そして俺がいなければ、綿子ちゃんの未来は絶望的だ。

くそ、と思った瞬間、底力が出た。がばっと相手をひっくり返す。どこか体を無理に捻《ひね》ったのか関節に痛みが走った。気にしている余裕はない。

咳き込みながら、息を吸う。喉が痛く、試しに発声すれば、声がかすれているのが分かる。

倒れた父親の襟元をつかむと、思い切り引っ張り、書棚にぶつけた。

俺はすぐに銃口を向けた。引き金に指はかかっている。人を撃ったことはある。ただ、これほど至近距離は経験がない。状況がより悪化する予感が、冷静さを取り戻させる。ここで出血されても面倒になるだけだ。

「手を上げろ。ふざけんじゃねえぞ。おい、これは何だ」俺は書棚に目を向ける。

「物騒なものがあるじゃねえか」

父親はむすっとしたまま答えない。打ち付けた個所を気にしながら、肩で息をしている。

俺は喉の調子を確かめるように何度か咳をするが、血がこぼれるのではないかと思えるほど痛い。

バッグはどこだ、と言おうとしたが、声がまともに出せなかった。

その時、階下で音がした。椅子《いす》が倒れたのか？　とにかく、下に残してきた二人が、大人しくしていないことは明らかだ。

この父親の目的は、一階から俺を離すためだったのか?

「ふざけやがって」俺は慌てて父親を引っ張り、階段を下りた。それはほとんど荷物を乱暴に引き落とすような感覚だったが、そのままリビングに駆け込む。

「おまえたち動くな。父親を撃つぞ」と声を張り上げた。

息子のほうが電話を使おうとしていた。手足が使えないながらもスマートフォンを床に落とし、自分も寝そべる恰好で操作を狙《ねら》ったようだった。親子で協力したのだろう、息子の口からはテープが取れていた。

俺は言葉とは言えない言葉を喚《わめ》き散らしながら、それは自分の中の焦りや憤《いきどお》りや恐れを全部混ぜ合わせた塊だったのだが、拳銃をこれ見よがしに強調し、布団《ふとん》を投げるように父親を放ると、息子の頭に銃口を突き付けた。

「ふざけるんじゃねえぞ。おい、本当に撃つからな」こうなったら、撃つほかないんじゃねえか?

スマートフォンを拾い、耳に当てるが音はない。

警察に通報したのか?

もし、通報したのだとすれば警察が来る可能性がある。通報する前か?

ぞっとせずにはいられない。警察が来たら、その後の展開は、立てこもるか逃げるかの二択だ。

長期戦だけは避けたかった。恐れれば恐れるほど、頭には最悪の事態が思い浮かぶ。警察車両に囲まれ、時間が過ぎていく状況が想像できる。綿子ちゃんを人質にしたあいつらは、こちらの状況も分からずに、「はい、時間切れ。残念でした」と判断する。綿子ちゃんには、「廃棄」のシールが貼られる。

警察に泣きついたらどうか。

正直に状況を話し、綿子ちゃんを助けてくれ、と言えば、彼らも力を貸してくれるかもしれない。

ばれたら？

その恐怖もあった。

警察関係者の中に、俺たちのグループの仲間が、少なくとも情報を提供している人間がいるのは事実だ。過去にある家族が「身内が誘拐された」と警察に届け出たことがあったが、すぐにばれた。

どうすればいいんだよ。どうどう、と自分の中の、焦りの怪物を必死に宥《なだ》めるような気持ちになる。父親を床に押し付け、俺は体を駆け巡る苛立ちが抑えきれず、蹴った。それから両足首をテープで縛ったのだが、それも手間がかかった。銃で脅し、反撃を警戒しながらやらなくてはいけなかったからだ。

息子のほうは、俺が拘束にてこずっているものだから、隙《すき》を突こうとしたのか不自然に体を動かした。後ろで縛っているはずの手が前に出ており、あ、と思った時には俺の首をつかんできた。テープを外せたらしい。指が喉元にめり込み、苦痛に襲われ、俺はあわててその腕を振り払う。親子で考えることが同じ、と言うわけでもないのだろうが、先ほど父親が膝でぐいぐい押してきた場所と同じだった。

ふざけるんじゃねえぞ、とどうにか蹴り飛ばせた。

慌てて銃口を向けると、母親が、息子の前に体を出し、盾になる。

家族一致団結、仲良し家族、結構なことだが俺とは関係のないところでそういうのはやってくれ。

しばらく咳き込んだ。「いいか、もう絶対に俺を出し抜こうとするなよ」と脅し文句を口にすると、やはり、沁《し》みるような痛みがある。

何もかもが腹立たしい。

「おい、上のあれは何だ。本棚の後ろに隠してあったのは」

父親は自分の抵抗が空振りに終わったことで、がっくり来たのか、ぼうっとしたまま答える気配がない。

俺が、「おい、答えろよ」と蹴飛ばすと、母親のほうがびくっと体を震わせた。「父は、サバイバルゲーム」「サバイバルゲームの」口を開いたのは、息子のほうだ。「父は、サバイバルゲームが好きなんです」

父親は、自分のことを説明されているのだというのに興味がなさそうで、自分の作戦がうまくいかなかったことでへそを曲げてしまったかのようにも見える。

「サバゲーかよ。あんなにコレクションしてるとはな。エアガンとかか」

はい、と母親がうなずくと、父親も遅れて、「そうだ」と首を縦に振る。

危なかった。あれをもし父親が取り出し、構えてきたら、俺も一瞬、本物だと疑い、動けなくなり、形勢逆転となっていたかもしれない。

舌打ちしながら俺はもう一度、三人の手足にテープを巻き、口も塞いだ。

「意表を突けるのは一回きりだ。残念だったな。おい、おまえ、警察に通報したのか？」

口にテープをされた息子は答えなかったが、唐突に聞き慣れぬメロディが答えた。

何の音だ？

振動音もする。先ほど、息子が通報しようとしたスマートフォンは静かなままだ。

家族三人を見れば、母親が目を見開き、うーうー呻いている。

「おまえの電話か」と訊けば、うなずく。

テーブルの上で、携帯電話が着信していた。古い型の、折りたたみ式の携帯電話で、俺はそれをつかむと液晶画面に目をやる。発信者名に、「お父さん」と表示されている。

「お父さんってのは誰だ？」俺は母親に銃を向けたまま、近づく。意図していたよりも足音が出るほどには苛立っていた。嚙まれる不安も忘れ、女の口からテープを乱暴に剝がした。

「おい、これ、誰だ」

携帯電話をつかみ、彼女の顔に近づける。

母親はまず、隣にいる父親を見た。それから震えてメロディを発し続ける携帯電話を眺め、俺に視線を寄越した。動揺は明らかで、どうしたらいいのか、本当のことを言おうかどうか悩んでいる。つまり、嘘を言うつもりもあるわけだ。

俺は即座に、銃口を長男の頭に向けた。「この電話の相手と話せ。余計なことを言うな。ただ、今はちょっと手が離せないからかけ直す、とだけ言うんだ。いいか、余計なことを言ったら息子を撃つ。その時点でこれはおしまいだ。俺はもうここで全部を終わらせるしかない」と伝えた。

まず息子を撃ち、その後で自分の頭を撃つ、という動きをやってみせた。果たして実際にそれがやれるかどうかは分からなかったが、もう、そうなってもいい、という気持ちではあった。

母親は顔を引き攣《つ》らせ、こくっと顎を引いた。

通話ボタンを押し、母親の耳に当てる。

電話で会話をさせれば相手が誰かは分かる、と思った。

「あなた、申し訳ないですけど、後で折り返しますので」と母親がそう言うのが聞こえた。

あなた?


「春日部、マスコミ様がご到着だな」

私たちは、車両の外にいて、次々と集まってきた隊員たちに指示を出し、情報の取りまとめを行っていたのだが、夏之目課長がふと視線を遠くに向けてそう言った。振り返れば、道路の向こう側に照明を掲げた一団が目に入った。

規制線にいる隊員から少し前に連絡が入っていた。マスコミが入ろうとしている、と。

「入ってきたら撃つぞ、とでも言っておけ」夏之目課長が言うのを、私は苦笑まじりに聞く。

「どうやら犯人からテレビ局に連絡がいっているようなんです」

「どういうことだ」

「犯人から中継しろ、と言われたと」

無線で喋る隊員の背後で、こっちには中に入る権利があるんだぞ、と強気でわいわいと騒ぐ声が聞こえてくる。

「ちょっと待て、確認を取る」無線を切った課長はすぐさまスマートフォンで、犯人に連絡した。

犯人はそれほど待たずに電話に出た。こちらの出方を窺《うかが》うためか、無言だ。

「宮城県警の夏之目だ」

「見つかったのか」

「折尾のことは、必死で捜しているところだ。ただ、申し訳ない、一点だけ確認させてほしい。テレビ局が今やってきた。現場を中継しろ、と君から連絡があったと言うんだ」

「その通りだ」

「あ、本当に？」思わず、といった具合で課長が砕けた声を出していた。

「この家の状況をちゃんとテレビで放送しろ。おまえたちがいる場所あたりからカメラで映すんだ。ヘリはやめろ。音がうるさいと、おまえたちが妙な動きをした時に聞こえないからな。ただ、ここの家族が必死に訴えてる」

「何をだ」

「個人情報を出さないでくれ、ってな。このご時世、ずっと情報が残る。名前で検索しようとすれば、予測変換で、『人質』と出てくるぞ」

「君の場合は、『犯人』と出る」

「とにかく、マスコミには余計なことは言ってほしくないらしい」

「俺もそうしたいが、やめてね、と言っても調べるのが彼らの仕事だ。呼んだのは失敗だったかもしれない」

「別に俺は、こいつらの個人情報が出ても構わない。とにかく、テレビで情報が欲しいだけだ」

電話はそこで切れた。

「テレビ局に連絡を入れるのは、犯人にとって得策なんでしょうかね」過去の事件では、「放送するな。放っておいてくれ」と求める犯人もいた。

「情報を得るために利用できるのは事実だ。テレビが俺たちの隠したい情報を、大盤振る舞いで、世間に提供することはよくあるしな」

「テレビ局とグルだったりしませんよね」もちろん私は冗談のつもりで言った。テレビ局をはじめマスコミ関係者は、時に煩《わずら》わしい存在となることもあるが、一方で大事な情報をもたらしてくれるのも間違いなく、お互いの利害がたびたびぶつかるとはいえ、世の中を良くしたい、という最終的な方向は同じだろう。いや、同じだと信じている。視聴率のために事件を起こすとは考えにくい。

「春日部、俺が合図したら、それをマスコミの前で言え」

「え」

「グルじゃないですよね、と言ってやれ」「怒りますよね」「だからおまえが言え」

規制線ぎりぎりまでやってきたマスコミのところへ行き、「人質の無事を最優先させたいので、協力をお願いいたします」と私は説明したが、彼らは放送機器のセッティングに忙しそうで、聞く耳を持っていないようだった。あまりに聞き流されるため、「人命に関わることですからね」と念を押すように、プレッシャーをかけてみたが反応は変わらない。こちらのことを、コンサート前に注意事項を告げる、鬱陶《うっとう》しいイベンターとでも思っているのだろうか。

「犯人は拳銃を持っています。無闇《むやみ》なことはやめてください」夏之目課長が大きな声でやはり、脅すように言ったが、こちらはさすがに警戒心を煽《あお》ったのか、みながびくっと動いた。

それから課長は、犯人の情報は捜査中で、人数や人物像はまったく分からないと説明した。さらに、立てこもり事件の被害者に二次被害が及ぶ可能性があるため、被害者の氏名等も報道しないように、家もできるだけ特定できない形でお願いしたい、と頼んだ。

「それにしても何か情報を」とマスコミは詰め寄ってくる。

このあたりの対応は難しい。情報を閉ざしすぎると反発を呼び、それならば、と彼らは独自に取材をはじめてしまう。互助的関係、チームプレーで一緒に栄光を目指しましょう、と思ってもらわなくてはいけない。

課長もそのあたりは当然、私以上に心得ているから、警察への通報内容について説明をした。

「人質がこっそり電話をかけてきたということですか」

「隙を見つけて」課長は感心するように小さくうなずく。「必死だったんでしょう」と言い、その時の状況を、まるで見てきたかのように語る。「ただ、残念ながら、犯人にすぐ見つかってしまいまして」

その場を離れ、もとの場所に戻る際、並んで歩く課長は、「もともとこっちもほとんど情報がないから、正直に話せて楽だな」と私にぼそぼそと言った。「隠すもの自体がない」

「犯人側が細かい情報を公開するな、と要求してきてもいますからね、その点は、マスコミにも頼みやすいです」

犯人がやめてくれ、と言ってるんですからお願いします、人質に何かあったらどうするんですか、と話せば、マスコミも取材を自粛する。約束を完璧《かんぺき》に守るかどうかは分からないが、それでも歯止めはかかる。予期せぬことが起きた際、責任問題になるからだ。

社会において、人の行動を自重させるのは、法や道徳ではなく、損得勘定だ。

大島がどこからか近づいてきた。到着してから周辺住人の避難や情報収集のため駆け回っていたらしく、息を切らしていた。

「あの家のことは分かったか？　佐藤家のこと。不動産屋は」

「連絡がつきました。どうやら、新築で買った人とは代わっているようですね。海外転勤するとかで、中古で売ったそうです」

「買ったのが、佐藤家ということか」

「周辺住人にも、避難指示を出す際に話を聞いていますが、近所付き合いがほとんどないのか、情報はほとんどありません」大島が言う。

「まったくか？」

「昼間からうろうろしている息子を見かける、という話はありました。その女の人によれば、息子はバイトもしていないみたいで。まあ、ダメ息子といったところのようです」

「親にとっては大事な息子、大事なダメ息子だろうな」夏之目課長は、単純素朴に憤っている大島をなだめるように言ったが、その声の裏側で、暗く寂しげな音色が鳴っているのを私は感じた。生きていてくれればそれだけで、と独り言めいた小声が続いたようにも聞こえた。

　奥さんと娘さんのことを思い出しているのだろうか、それも表情からは分からない。外から見ている限りは、意思を持った普通の人間に見えるが、中に入り込んでみれば、そこには何もない。それが今の、夏之目課長だ。

「まあ、そのダメ長男が今回はファインプレーで、通報してくれたんですけど」

「ただ、ファインプレーってのは敵チームの怒りを買うからな。犯人が逆上して、大変なことになっていたとしてもおかしくはなかった。今回は運が良かったと言える」

「確かにそうですね」勇敢な行動を取ったがゆえに、致命的な事態を引き起こした可能性はある。

「近所付き合いのない家、か」夏之目課長は意味ありげに、ぼんやりと言った。

「どうかしましたか」

「いや、佐藤家には何かあるかもな、と思っただけだ」

「何か？　というかすでにもう何かありますよ。立てこもり犯がいるんですから」大島が真面目《まじめ》な顔で訴えた。

「外と交流のない家は、時々、自家中毒のようになるからな。親か子、どちらかが極端に力を持ったりしてな。もしかすると、今回のこの立てこもりも、親子喧嘩《げんか》か夫婦喧嘩がこじれた結果、ということもありえる」

ああ、と私もうなずく。

いざ事件、と駆けつけてみたところ親子や兄弟、家庭内の揉《も》め事の延長でした、ということは過去にもあった。

「親子喧嘩の結果、『人質立てこもり犯がいる』なんて嘘までつく必要がありますかね。大ごとになったら、目も当てられないですよ。というか、すでに大ごとです」大島は、マスコミが並んでいるあたりに目をやった。「自分でテレビ局を呼んだくらいですし、狂言にしては、さすがに自分の首を絞めすぎですよ」

「まあ、そうだけどな。ただ、たとえば、父親が暴力を振るって、予期せぬ深刻な何かが起きた。それを外部の犯行に見せかけるためにややこしくなった、ということもあるんじゃないか?」夏之目課長は言ったところで、「まあ考えすぎか」と打ち消す。

予期せぬ深刻な何か、と抽象的な言い方をしたのは、課長に考えがなかったのではなく、「誰かの死」などの物騒なことを口にするのは憚《はばか》られたからだろう。

家庭内で起きた偶発的な事故を隠すために、事件を捏造《ねつぞう》することは、よくあるとまではいかないまでも、ありうる。

「すまん、忘れてくれ、ちょっと気になっただけだ。引き続き、佐藤家の情報を集めてくれ」夏之目課長が言った時、別の隊員から連絡が入る。「折尾を見つけることができました。写真の男です。今から連れて行きます」

課長と目が合う。意外に早かった、と私はほっとする。

ほっとした春日部課長代理には悪いが、ここでいったん場面を区切る。隊員が車に乗せ、現場まで来るのにはもう少し時間がかかるのだ。

すでにお気づきだろうが、夏之目課長の「この立てこもり事件の裏側には、佐藤家の親子喧嘩があったのでは」という想像は外れている。サバイバルゲームが好きで、ミスター男性ホルモンとも呼ぶべき父親は、家庭内を支配していたものの、この時は事件を起こしておらず、外部からの侵入者、兎田の存在も現実のものだ。

が、夏之目の勘も捨てたものではない。「佐藤家には何かある」と想像したのはあながち的外れではないからだ。あの家族には何かある。隠し事があり、そのことがこの白兎事件を複雑にもしている。

テレビでの中継がはじまっていた。

放送を眺めている者からはどう見えているのか、についても述べておこう。見知らぬ視聴者を描くよりは、少しは事件に関係のある人物にテレビを観てもらったほうがいいだろうから、部屋でテレビを観《み》るのはこの二人だ。

「すごいことになってますね、この事件」今村はテレビの前に座り直す。

「何で正座して観なくちゃいけないんだよ」と面倒臭そうに言いながらも、今村の隣に並び、やはり正座したのが中村だ。

画面には、生中継の文字が映っている。仙台市内で立てこもり、とも書かれていた。

「こういう形で仙台が有名になるのも、嬉《うれ》しくはねえよな」

「まあ、そうですね」

「この脇《わき》にいるのが、警察か」と中村は腕を伸ばし、画面正面に立つリポーターの左横あたりを指した。ごちゃごちゃと人が集まっているようにも見える。

「みんなで顔を寄せ合って、作戦とか練ってるんでしょうね」

「警察も大変だよな」

「泥棒やってる中村親分が、そんなこと言っちゃっていいんですか?」今村は少し笑ってしまう。

「だってほら、よく考えてみろよ。この事件自体は、こいつらと直接、関係ねえんだよ。自分の家が被害に遭ったわけでもないし、ここで事件が解決しなくたって、困るわけがない。なのに、自分の大事な人生の時間を削って、頑張ってるんだからな。そりゃ同情もしたくなる」

「あ、それ分かりますよ。地震があると、新幹線の整備係とかみんな、線路の点検をするじゃないですか。深夜だろうが、雨降りだろうが。自分たちが悪いわけでもないのに。偉いですよねえ」

「だよな。ようするにそれが」中村は先日、黒澤に、「ようするに、と言うな」と頼んだのをすっかり忘れている。もしくは、黒澤の口ぐせがうつってしまったのか。

「仕事ってやつですよね」

「仕事ってのは大変なものだな。やっぱり俺たちみたいに、楽《らく》してどうにか暮らしていこう、と思ってちゃんとした仕事につかないのは良くねえのかもな」

「あのジャンさんも言ってましたよね」

「『レ・ミゼラブル』か。おまえ、あれ、本当に読んだんだな。偉いなあ」

「五年かかりましたけどね。で、ジャンさん、盗みを働こうとした人に説教するんですよ」

確かに、ジャン・ヴァルジャンは言った。労働なんてかったるい、と盗みに逃げるようなやつを待っているのは、刑罰としての労働だ！　と。楽しようとしても結果的には、苦労する、だから盗みはやめろ、と諭す。「それに前にテレビでサムライアリのドキュメンタリーやっていたんですけど、サムライアリは、別のアリの巣を襲ってそこの卵とか幼虫とか奪っていって、自分たちの奴隷《どれい》にするんですよ。ひどいですよね。俺、腹立ったんすけど、それって人の家から物を盗んでる俺たちと」

「一緒ではない」中村がそこで、ぴしゃりと撥《は》ね除《の》けるような言い方をした。

「え」

「今村、いいか、奴隷を取るようなアリさんとな、俺たちを一緒にしないでくれ」

「でもアリも別に」

「悪気はない。むしろ、そいつらはそういう生き物だからな、仕方がない。ただ、さすがに俺たちも奴隷制度には反対したいだろ」

今村は、そりゃそうですね、と強くうなずく。

その時、テレビ画面のリポーターが、自分の背後を気にするようにしながら、「何か動きがあったのかもしれません」と言った。

「どうした、どうした。何が起きてるんだ」と中村がテレビ画面を覗《のぞ》き込もうとする。

「やっと動いたか」

リポーターは、「犯人が警察に、食事を運ぶように要求していたようです。今から渡しに行くそうです」と心なしか声を弾ませた。

「この人、興奮しているように見えちゃいますね」

「まあ、これも仕事。あれも仕事、どれも仕事だ」中村は、さて、と正座に疲れたかのように立ち上がった。

「後で絶対、黒澤さんに怒られちゃいますよねえ」今村が寂しげに肩を落とした。

「だけど、別におまえが、あの家に行けと言ったわけではないんだろ」

「まあ、そうですけど。もともと、俺が家を間違えちゃったことがきっかけですし。そのせいで、黒澤さんがこの家に」

「間違いは誰にでもある」中村がそう言ったのは決して、寛大さや温情ぶりを見せたかったからではなく、自分の犯してきた数々の間違いを許してほしかったからだ。

まったくどうしてこんなことになったのか、と黒澤は両手両足を縛られた状態で思う。未来でも過去でもなく、常に現在のことだけを考えて生きてきた自覚があり、つまり将来設計にも後悔や反省とも距離を取っているつもりだったが、こうも面倒な状況になってくると、さすがに悔いる気持ちが強くなった。

紙の一枚や二枚、気にしなければ良かったのだ。

今村が、隣の家に紙を、例の但《ただ》し書きを置いてきてしまいました、と悪びれもせずに言い、黒澤はそれを取りにきた。たぶん落としたとすれば二階だと思います、という言葉を信じ、黒澤は家の裏側のフェンスやエアコンの室外機、雨樋《あまどい》を固定する金具に手足を引っ掛け、二階のベランダまで上った。その作業自体は、黒澤の本業に近いから難しくなく、室内に入るのも容易だった。

紙もすぐに見つかった。ポケットにそれを入れ、来た通りにベランダから出ようとしたところ、一階からどすどすと人がやってくる音がした。家に人がいるのは知っていたため、そのこと自体には驚かなかったが、銃を構えていたことは想定の外だった。「やっぱり隠れていやがったな」と目を光らせ、銃口を向けてくる。真剣な形相で余裕がなさそうだったため、逆らうのは良くないことがすぐに分かった。

抵抗するのは得策ではなく、すべて、イエスで乗り切ることにし、手を上げろと言われたので、手を上げ、うつぶせになれと言われたのでうつぶせになり、そして、

「おまえ、ここの父親だな」と言われたので、「そうだ」と答えた。

下手に正直なところを話すよりは、父親のふりをするほうが、相手がそう言ってくるからには父親がここにいてもおかしくはない状況なのだろうし、問題は起きにくいと判断したわけだ。

それから、立て、と命じられ、寝かせられたり立たされたりと慌《あわ》ただしいものだ、と呆《あき》れながらも従った。

今になって、悔やむ。こんなことになるのならば、あの時、いくら銃を向けられたからといっても大人しく従わず、抵抗して逃げておくべきだったのだ。

男がなかなか立ち去ろうとしない上に、明らかに焦《あせ》っているため、これは面倒なことになった、もっと面倒なことになりそうだ、と黒澤は嫌な予感を覚えずにはいられず、だから、一刻も早く事態を打開しようと、「バッグを拾った。上にある」と言い、二階に男を連れて行ったのが先ほどだった。

最初にベランダから入った後、その書斎じみた部屋の存在には気づいていた。まさにそこで、例の但し書きが見つかったのだが、職業柄、スライド式の棚が気になり、触ってみたところ奥の棚に、エアガンや迷彩模様のヘルメット、ゴーグルやトランシーバー、さらには手榴弾のようなものが並んでいた。ガラス戸に鍵《かぎ》がかかっているため、取り出せなかったものの、よく見れば本物でないのは明らかで、趣味のグッズなのだろうと分かった。

男もあの棚を見たら、ぎょっとするのは間違いなく、その隙を突けば、押さえつけられるのではないか、と黒澤は計算したのだ。両手を縛られていたところで、相手の関節を痛めつけるコツくらいは、いくら空き巣専門とはいえ、黒澤も身につけている。

目論見《もくろみ》は、途中までは当たった。男を二階に連れて行き、書棚をスライドさせ、驚かせるところまではうまくいった。ただ、首を押さえつけて気絶させようとした矢先、相手が予想以上の力を発揮した。

さらに黒澤には予想外だったことに、一階にいるこの家の息子が警察に電話をかけようとしていた。

結果的にまた、銃口が母子を狙う。父親ではないとはいえ、ここで彼らが撃たれてしまっては事態が大ごとになるから、抵抗できない。結局、縛られて、振り出しに戻った、というわけだ。

まったく俺は何をやっているんだか。

左隣を窺うと息子が先ほどよりも熱のこもった視線を黒澤に寄越していた。

隙を作ってくれたんですよね？　あなたは俺たちの味方なんですよね？　失敗しま

したけど、警察に通報しようとした俺の判断は間違っていませんでしたよね？

そう言ってくるかのようだ。

溜《た》め息も出ない。俺はただ、自分の仕事用の但し書きを取りに来ただけなんだ。

息子も母親も、黒澤のことを、「見知らぬ他人！」と訴えることはしなかった。最初に彼らと目が合った時、しらを切れ、と目配せをしたのだが、それが伝わったのかどうか、彼らは話を合わせてくれた。

とはいえ、いつまでも騙《だま》してはいられない。

電話の着信があった。テーブルに置かれていた携帯電話が鳴り、男はそれをつかむと液晶画面の発信者名を見て、「お父さんってのは誰だ？」と問いかけてきた。

お父さんとは、お父さんのことだ。

黒澤はトートロジーめいた言葉を思い浮かべる。

この家の、父親？　まずいな、と思った時には耳に携帯電話を寄せられた母親が、発信者の言葉を聞き、「あなた、申し訳ないですけど、後で折り返しますので」と答えていた。

あなた？

黒澤の頭の中で疑問符が浮かぶ。男も同様のことを思っているのは、見て取れた。

あなた、とは誰のことを呼んだのか。

口ぶりからすればそれは明らかに、自分の夫に対しての言葉に聞こえたものだから、男が怪訝《けげん》そうに首をひねりながら黒澤を見たのは当然で、なぜなら彼にとっては黒澤こそがその「夫」だという認識だったからだが、さらには当の母親自身がはっとした面持ちで黒澤を見たため、それもまた不自然だった。

電話を切った後の彼女の顔には、しまった、と文字で書かれている。余計なことを言っちゃいましたよね、と言わんばかりに黒澤を見る。

男が近づいてきて、黒澤の口のテープを乱暴に剝《は》がした。

「おまえ」男がかすれた声を出す。

黒澤はそこで大きな声でうち消した。「おまえ、いったいそいつは誰なんだ！」と隣の、勇介の母親に向かって怒ることにしたのだ。「おい、今の電話は誰からだ。あなた、って誰のことだ？」問い詰めるより前に先制攻撃よろしく、母親を責めた。まったくの赤の他人、しかも勝手に家にやってきた自分が、このように彼女をなじるのは言いがかりもいいところだが、黒澤は気にしない。重要なのはこの場を切り抜けることだ。

「おまえこそ、誰だ」男が、銃の先で黒澤を小突く。「おい、今の電話は誰からだ」

と母親にも訊《たず》ねた。

母親はごにょごにょと言葉を濁す。

そこで黒澤も大声を発した。「今のは誰だ。あなた、と呼んだが、誰なんだ？」と眉《まゆ》を寄せ、難詰《なんきつ》してみせる。怯《おび》えてみせたり、怒ってみせたり、慣れない感情表現をする日だな、と内心では冷静に考えている。果たして夫というものは、妻の電話に対してこのように憤慨するのかどうか、それすらも分からない。「おい、誰なんだ、言いなさい」と発した自らの言葉自体が、コントじみて感じられた。ちょっとやりすぎかな、と反省もする。

「おい、おまえは父親じゃないってのか」銃口が、黒澤を捉《とら》えている。

「俺は父親だ」嘘《うそ》とはいえ、黒澤は言い切る。自分には子供がいないものの、「失敗は成功の母」と同様に、「泥棒は防犯装置の父」といった言葉があるかもしれず、それならばこれも嘘とは言えないだろう、と自ら言い聞かせる。誰もが、何かの父なのではないか、と。

「じゃあ、今の電話は誰だ」今度は母親に銃口が移動する。

「俺が父親だ。何だ、これは。何が起きているんだ」

母親は口を震わせ、無言のままだ。黙っているのではなく、どう答えればいいのか、本当のことを喋《しゃべ》ってはいけない、しかし喋らないと撃たれてしまう、息子が撃たれてしまう、と八方塞《ふさ》がりの状況に混乱しているのだろう。そのうち泡でも噴き、卒倒する可能性もある。

耐えきれなくなったのか彼女はやがて、「しゅ」と口に出した。「主人から、です」

「ってことは、ここの父親ってことだな？」男が念を押すように母親に確認し、そのあいだもちらちらと黒澤を見る。

男が黒澤の頭に銃をぐいぐいと押し付けた。恐怖をしっかりと押し付けるためというよりは、自分の混乱を解きほぐすために、その元凶を擂《す》り潰《つぶ》したい一心のように感じられる。「じゃあ、おまえは誰なんだ」

母親が心配そうに、黒澤に目をやる。

「おい、こいつは父親じゃないんだな」男が、母親に訊ねる。

「いや、俺は父親だ」

きっと、何らかの父親だ。

男が、勇介を足で軽く押すようにした。「おい、言え。誰だ、こいつは」

テープで口を塞がれたままの彼は、ふがふがとした声を出すことしかできない。

さて、どうしたものか。これからいったいどうなるのか。黒澤が分かっているのは、かなり面倒なことになった、ということだ。

「来たか」佐藤宅の前、道路を挟んでこちら側にいる春日部課長代理が、後方からやってきたSIT隊員の姿を見て呟《つぶや》いた。

「あれがその折尾ちゃんか」夏之目課長が言う。面白おかしく喋ってはいるが、彼自身はとくに面白いと感じていない。

先ほど春日部課長代理が述懐したように、妻子を亡《な》くして以降の夏之目は感情を失い、ただひたすら昔からの自分を演じているようなものだった。

が、もちろんさすがに夏之目課長も内面が完全に消えているわけではなく、少し後になれば、彼が感情を露《あら》わに激昂《げっこう》する場面もお見せできるはずだ。

ここからはまた、春日部の視点から状況を説明してもらう。

私の前方から、隊員たちに囲まれるようにして折尾が連れてこられた。

「自分が見つけました」と誇らしげに隊員が胸を張り、一歩前に出る。

手柄を強調する様子に、私は苦笑してしまうが夏之目課長は表情を変えず、「よく見つけたな」と言った。

「捜し回っている時に、通りかかった市民が教えてくれたんです。近くのマンションのエントランスに見知らぬ男がいる、と。規制線のすぐ手前あたりでした。隠れる場所もなく、うろうろしていまして、近づこうとしたら逃げたので」

「折尾、さんですか」私は訊ねる。これほど簡単に見つかるとはあまりに幸運で、もしかすると隊員が勘違いで連れてきた別人ではないか、と疑いそうになったが、その背広姿の、眼鏡をかけた男は、「あ、はい。そうです。いや、いったいこれはどういうことなんですか」と答えた。

警察と向き合った際に、こと自分の置かれた立場がはっきりしない際、怒る者、黙る者、怯える者、そして口数が多くなる者がいる。

喋るほうか。

「あ、私、折尾、折尾豊と言います」と訊《き》かれてもいないうちから説明をはじめ、「今ちょっと名刺は切らしているんですが」と続ける。

その言葉はどこか胡散臭《うさんくさ》く、コンサルタントとはいえ、正式なものではないのかもしれない、と私は想像する。「コンサルタントをされているとか？」

折尾は即答しなかった。「あ、ええ、まあ」と曖昧《あいまい》に濁す。

「違うんですか？」と強く訊き返すと、「あ、いえ、まあ」とやはり曖昧に答え、「あの、これはどういうことなんですか？　急に連れてこられて状況が分からないんですが」と質問で形勢を変えようとしている。

この男が、立てこもり犯とどのような関係にあるのか。

事件に巻き込まれた同情すべき一般人なのか、それとも犯人の仲間もしくは関係者なのか。ようするに堅気なのかどうか、私たち警察に近づきたいのか遠ざかりたいのか、そういったことを知りたかったが、男の反応からはまだ読み取れない。

「どうしてマンションのエントランスにいたんですか？　何かから隠れたかったんですか」ととりあえず訊ねる。

「隠れていたと言いますか、ああ、まあそうですね、ちょっと危険を感じたので、できれば安全な場所にいたいと思ったと言いますか」

「どういう危険が」

「それはちょっと、一言では」

「一言じゃなくて大丈夫ですよ」

すると彼は、「いやあ、そう言われてもまた、すぐには説明できない感じで」とのらりくらり、内容のない返事をしてくる。

ぺらぺらと喋る者は臆病で、こちらが強面で攻めると意外に弱いのだが、この折尾は予想よりも落ち着いている。物騒な世界に馴染《なじ》みがあるのか？

「とりあえず来てください。犯人が、あなたのことを捜していまして」夏之目課長は丁寧な言葉遣いで、低姿勢だ。腰を低くしているほうがタックルにいきやすい、とよく言っているだけある。

私と大島が、折尾を挟むように立った。

この事件に直接関係がなくとも、法から外れた仕事をしている可能性はある。警察の近くにいたくないと逃げ出されてしまったら、困るのはこちらだ。

「どこにですか？　いやあ、怖いですね。もっとちゃんと説明していただけると助かるんですが」

車内に折尾を入れ、マスコミ関係者をはじめとする周囲の目から逃れられたことで私はほっとした。ほかの隊員たちもそうだろう。

「折尾さん、申し訳ないが、すぐに犯人に電話をかける。犯人が、とにかく、あなたを捜してほしい、自分と喋らせてほしい、と言うものですから」夏之目課長が説明する。

「電話？　あの、犯人は誰なんですか」

「見当がつかない？」

「ええ。男ですか、女ですか」

「男です」

「どうして自分が電話に出ないといけないんですか。巻き込まないでください。あの、こういうのって許されるんですか？　無関係の一般人を巻き込むのって」

「無関係とは限らないので」

「え、どういう意味ですか」

そうしている間にも夏之目課長は淡々とスマートフォンを操作した。「ああ、夏之目です。お待たせしました。折尾さんを見つけましたよ」と犯人に向け、喋りはじめている。折尾は目を丸くし、狼狽《ろうばい》の表情を浮かべた。ちょっと待ってください、と言いながら一歩下がろうとしたため、私が引き留める。

夏之目課長は気にかけない。「そちらの言う通り、この近くにいたらしい。マンションのエントランスに隠れていた」と説明している。

スピーカーから犯人の声が聞こえた。「替われ」

夏之目課長が、折尾にスマートフォンを渡した。さり気ない動作ではあったものの有無を言わせない圧力を感じ取ったのだろう、彼も逆らわなかった。

「おい、折尾か」犯人が言う。

折尾が、夏之目課長を見た。何と答えたらいいですか？　と口の動きだけで、心細さに母親に縋《すが》る少年のように言った。やつれた顔つきで眼鏡を触っている。夏之目課長は目を合わせない。折尾の反応を知りたいのだろう。

「あの、どちら様でしょうか」折尾は礼儀正しく訊ねる。

電話の向こうで男が笑ったのが、声も息もしないのに分かった。「本当に、本人か？　証明しろ」

折尾の舌打ちが聞こえた。「証明ですか？」と言う。「待ってください。そちらが呼んでおいて、今度は、本人かどうか証明しろだなんて一方的すぎませんか。意味が分からない。ちゃんと話してくれませんか、そちらはどういう」

「分かってるくせにとぼけるな」

「と言われましても」

「いいから答えろ。おまえの名前は」

「折尾です。折尾豊」

「オリオン座好きの折尾ちゃん。本人だったら、何かオリオン座の蘊蓄《うんちく》でも話してみろ」

折尾はうろたえながらも、怒りを浮かべた。「失礼じゃないですか。馬鹿《ばか》にしているんですか」

「いいから言え。折尾本人なら、オリオン座のことは詳しいだろうが」

突如として飛び出す、「オリオン座」なる単語に私は困惑したが、口を挟むこともできない。夏之目課長は無表情のまま、大島は訝《いぶか》しそうに眉をひそめている。

「オリオン座には一等星が二つ。ベテルギウスとリゲル」折尾は不本意そうな口ぶりで言う。

「よし」犯人の声が少し高くなる。それだけで本人確認については納得したらしい。

「とりあえず、おまえが本人らしいとは言えそうだ」

「何ですかその言い方」

「コンサルタント的な言い方だよ」

「馬鹿にしているんですか」

「おまえは自分がどうして捜されているのか分かっているだろ？　おまえも大胆だよな。よくもまあ。とにかく、俺はおまえを連れて行かないといけない」

よくもまあ？　連れて行く？　どこにだ？　私は、折尾の顔の変化を見逃さないようにと睨《にら》むほかない。

「おい、夏之目だったか。課長さん、聞いてるか？　今すぐ、その折尾とここの人質を交換したい」

夏之目課長は折尾からスマートフォンを受け取る。「人質の交換？　この折尾さんとそっちの」

「親子を。まずいか」

「まずいわけがない」夏之目課長は即答した。犯人の提案や要求に対しては否定的な言葉を遣ってはいけない。交渉班の基本だ。「でも」「だけど」「ただ」といった接続詞一つで、立てこもり犯が逆上したケースは少なくない。相手の言葉を受け入れることが第一だ。

折尾の表情を窺《うかが》う。眼鏡の蔓《つる》をいじりながら、驚きを露わにしていた。相談もなく、人質との交換要員になる話が浮上しているのだから、当然だろう。私はふと、学生の頃に読んだ、『走れメロス』を思い出した。冒頭、メロスは邪知暴虐《じゃちぼうぎゃく》の王に殺害されそうになり、言う。「妹に結婚式を挙げさせたいから三日間、自由にさせてほしい。かわりに友人セリヌンティウスを置いていくので、もし自分が約束を破ったら、彼を絞め殺してください」と。セリヌンティウスがいない場所で、勝手に、だ。人質となるセリヌンティウス自身が、「俺が身代わりとなるから、メロスを行かせてやってくれ！」と言い出したのならまだしも、メロスが無断で交渉したとはあまりに一方的で、「よくも怒らなかったものだ、セリヌンティウスよ！」と感心するほどだったが、今、折尾が置かれている状況も似ている。彼の意思とは無関係に、人質交換の話が交わされているのだ。

「どうやって交換すればいい」夏之目課長は言いながら、折尾に対し、手のひらを下に向けた動作をする。落ち着いてくれ、大丈夫、というメッセージだ。私も手元の紙に手書きする。「駆け引きですから」と殴り書きをした。私たちはメロスほど強引ではありませんよ、ともつけ足したい。

「折尾に食事を運ばせろ。一人でだ。折尾を家に入れたら、親子を解放する」犯人は言った。

「了解だ。食事は何がいい」夏之目課長はすぐに問いかける。「どういったものを用意すればいいか」

「何なら用意できる」

「何でも、と言いたいところだが一番簡単なのはコンビニの弁当やおにぎりだろう。時間も時間だ」「おにぎりをくれ」「いくつだ」

犯人は少し黙った後で、「十から二十。いや、もっといるな。おにぎりだけでいい。余計なものはいらない」と言う。

夏之目課長は、おにぎりを何に入ればいいのか、ビニール袋なのか平たい箱なのか、おにぎりの具は何がいいのか、タラコなのか鮭《さけ》なのか、等々を確認する。もちろん、時間を稼ぐ目的があった。

「不審な点があったら、人質の命はないと思え」犯人は最終的にそうまとめる。「三十分以内に準備しろ。準備ができたら電話をしてこい」

犯人との電話のやり取りが終わると、夏之目課長に向かって折尾が、「ちょっと待ってください。私が人質になるんですか？」と抗議の声を上げた。「どうしてですか。説明もなく」

「聞いたように、ご指名なんですよ」夏之目課長が冗談めかして言う。「こちらのほうこそ説明してほしいんです」

「何をですか」

「犯人との関係です。あちらはずいぶん、折尾さんのことを知っているようでしたが」

「そんなの、向こうが言ってるだけじゃないですか」折尾の反応はぎこちないが、それが、しらを切っているせいなのか、単に怯えて、混乱しているからなのかは判断できない。

「オリオン座のことも」

「私が星座に、特にオリオン座に詳しいことは、知っている人は知っていますから、どこかから聞いたのかもしれませんよ」

「オリオン座ってのもまた」

そこで折尾は顔をこわばらせた。会ってから一番、表情が引き締まったと言っていい。「オリオン座を甘く見たら駄目です。一番有名な星座と言ってもいいんじゃないでしょうか」

「柄杓《ひしゃく》形だっけ」大島が言う。

「それは北斗七星です」折尾が即座に否定するので、私は、「あまり有名じゃないようだな」と言わざるを得ない。

「いえ、これはぜひ、聞いてほしいのですが」私たちの反応が、折尾の講義欲のスイッチを押してしまったのだろうか、彼は唇を舌でぺろっとやり、完成原稿を読み上げるかのように、「オリオン座の形に当てはめることで、分かることは多いんですよ」と始めた。「たとえばですね」と言ったかと思うと素早くポケットから紙を引っ張り出し、それが仙台市の地図だと分かるまで少し時間がかかるが、「仙台駅を起点としますと」とこれもまたいつの間にか取り出した細いサインペンで点を打とうとする。

「そういうのは結構」夏之目課長が冷たく制止しなければ、地図上に星座を描き始めただろう。「折尾さん、今は一刻を争う事態なんです。人質が危険に晒《さら》されています。全部、知っていることは話してもらいたいんですが」

折尾は、オリオン座に関すること以外は話す気がないのか、分かりやすいほどにトーンダウンした。「そういうことを喋る必要はないかと」

「おいおい、ふざけんなよ」と大島が巻き舌で声を荒らげた。「分かってんのかよ、おまえ。言いたくありません、じゃ済まないんだよ。人質の命が」

「私は無関係です」

「そうとは思えません」私も言わずにはいられない。この状況で、無関係だと思うほうが無理がある。「犯人は明らかに、あなたを指名してきました」

「ですが、私のほうは状況がまるで分からないんですよ。どうすればいいのかさっぱり」

「無関係なわけがねえだろ」大島がまた怒るのを、夏之目課長が、「まあまあ」と馬を宥《なだ》めるように声をかけた。

「いいですか折尾さん、こうしている今も、人質は恐怖に耐えています。協力していただけないでしょうか」

「だからって私が人質になって、恐怖に耐えればいい、と言うんですか？　いえ、もちろんおっしゃることは分かります。みなさんの苦労や、置かれている立場も理解します。ただ、一般人の私が危険な目に遭う必要があるんでしょうか」

折尾の言い分ももちろんもっともだ。私の本音を晒せば、こうだ。「折尾はおそらく犯人とつながりがある。つまり、一般人よりは犯罪者側の領域で生きているのではないか。さらに言えば、この立てこもり事件と少なからぬ関係があるのではないか。だったら無関係の一般人より、彼が人質になるべきなのではないか」無論、これは表には出せない。仮に、折尾が犯人の関係者だったとしても、それは口にできない。人の命は等しく大切、ということになっている。

「折尾さんを人質にはさせません。もちろんです。ただ、食事を持っていかなければ、犯人が怒る可能性はあります。怒れば、人質が危険に晒されます」

「よく考えてくださいよ」折尾はそこで声を強くした。「あの家にだって、何かしら食べる物があると思いませんか？　一般家庭なんだから」

言われてみれば、そうだ、と私も思った。

「つまり、口実なんですよ。私を引っ張り込むための」

確かにそうかもしれない。

少しして隊員が車のスライドドアを開け、外から顔を覗かせた。「先ほどの電話、位置を確認しましたが、あの家から発信しているのは間違いないようです」

折尾がすっと顔を上げる。「逆探知をしたんですか？　立てこもり事件の犯人からの電話をわざわざ？」と意外そうな口ぶりだ。

彼が疑問に感じるのも分かる。立てこもっているのだから、そこにいるに決まっているじゃないか、と思ったのだろう。が、別の場所から電話をかけてきていることも想定しなくてはいけない。可能性は薄くとも、ありえる。

よく誤解を受けるが、古い刑事ドラマで見られるような、「できるだけ通話時間を引き延ばして！」と言って電話の相手を逆探知する必要はない。アナログ時代とは異なり、デジタル化した今は、電話は通信会社を経由する時点で、すべての履歴が残る。どこからかけているのか、携帯電話であればどの基地局にアクセスしたのか、逆探知するまでもなく記録されているのだ。つまり面倒なのは、「個人情報の壁」「通信会社との書類のやり取り」だけと言え、それすらも緊急事態には後回しになる。今回もすでに各通信会社には連絡をしており、即時の対応ができるように、権限を持つ担当者が社内で待機してくれているはずだ。

「犯人は間違いなく、あの家から電話をかけている、ということですか」

「若干の誤差はあるかもしれないですが、まず間違いないでしょう」

「警察の力ってすごいのですね」

　折尾豊が感心しているのを見て、この男は落ち着いているのか、慌てているのか分からないな、と呆れた。


　春日部課長代理が呆れたのとほぼ同時刻、仙台港近くの使われていない倉庫群の一つ、その中で稲葉《いなば》が女を蹴《け》っていた。

　人や生き物を無《む》闇《やみ》に蹴ってはいけない。しかも、後ろめたさもなく、淡々と蹴っているのだから稲葉は、よろしくない。

　よろしくない稲葉とは何者か。

　初めて登場したこの名前に、戸惑う者もいるだろう。次々と人が増えることは物語に混乱を招くが、心配無用、まったくの新しい存在ではない。すでに紹介済みの、誘拐ビジネスを事業とするグループ、その創業者だ。

年齢は三十代後半、彫りが深く清潔感があり、ベンチャー企業の若き経営者のような貫禄《かんろく》を備えている。いや、実際に、ベンチャー企業の若き経営者と呼んでも差し支えないだろう。違法かどうかの違いだけだ。書割じみた人物説明は、文学性を重んじる者たちから軽蔑《けいべつ》されるだろうが、文学観は人それぞれだと割り切り、以下簡単に、稲葉の来歴を述べる。

東京都の世田谷区で育った稲葉は、裕福な家庭環境によるアドバンテージをフル活用し、勉学も運動も友人関係も、すべてにおいて効率を重視し、できるだけ簡単にできるだけ多くのものを手に入れ、成長した。もともと頭も良かったからか、受験で苦労することもなく、とんとん拍子に偏差値の高い大学へと進んだ。

彼は、『白昼の死角』だったか『青の時代』だったか、とにかく、世の中の法に囚《とら》われず、無知な者や弱い者から金を得る物語に興味を抱くようになり、結果、「まともに働く奴《やつ》は馬鹿だ」と確信した。

稲葉はまず、一世を風靡《ふうび》中の振り込め詐欺《さぎ》に手を出すことにした。人を騙し、金を奪い取るのには恰好《かっこう》の仕事だと判断したのだ。

これがうまくいった。

どれほど注意喚起がなされても、突然、「警察ですが」と電話がかかってくれば人は当惑する。その当惑に付け込んでうまく誘導すれば、人は金を払う。

資金は増えたが、彼は不満だった。物足りなかったからだ。あまりに簡単すぎる。簡単に儲《もう》けられるのならば、それが幸せ、という者もいる。彼は違った。もっと他者を痛めつけたいという思いもあった。

そこで始めたのが、誘拐ビジネスだ。

誘拐の罪は重い。だからこそ、それを成功させることが、有能の証《あかし》ではないか、と考えた。

彼は実際のところ有能で、自分の手足となる人間を見つけ、組織化することに長《た》けていた。仕事の分業化とマニュアル化を行い、失敗には厳罰を与え、緊張感を持たせる。もともと彼が備えていた知能とサディズムが大いに力を発揮し、その有能さを世のためになることに使ってくれれば、と嘆息せずにはいられないほどに結果を出し、組織を順調に大きくした。

さらなる収益を得るため、海外グループとも取引をはじめ、事業内容が違法でなければ、稲葉は、成功者の日常を密着するドキュメンタリー番組にも取り上げられたはずだ。

その稲葉が今、倉庫内でスマートフォンを耳に当てながら、「大丈夫だ」と言っている。大丈夫だ、間に合う、と繰り返す。

電話の相手は、稲葉の組織の古株で、彼の右腕、稲葉からすれば右手の指程度の認識かもしれないが、とにかくそれなりに信頼された男で、海外とのやり取りを受け持っていた。「明日の朝までに、送金できなければまずいです」と言う。「こっちでもテレビを観《み》てますけど、これじゃあどう考えても間に合わないんじゃないですか？　完全に包囲されていますよね。稲葉さん、そっちでテレビ、観ていますか？」

「ああ、今、観戦中」稲葉は言いながら、近くの作業台を見る。ノートパソコンで、人質立てこもり事件のテレビ中継を映している。

「さすがに、警察にあんな風に囲まれていたら、兎田も出てはこられないのでは？　まったく兎田は馬鹿ですよ」

「馬鹿じゃなかったら、こんなことに利用されないからな。ただ、どうにか警察の注意を逸《そ》らして脱出するから、時間ぎりぎりまで待ってくれ、と言っていた」

「待ってくれ、ってのは、大事な新妻に手を出さないで、ということですか」

稲葉は、自分がさんざん殴りつけた兎田綿子に一瞥《いちべつ》をくれながら、「愛妻家なんだよな」と言った。「泣ける」

電話を耳に当てながら移動すると、壁際《かべぎわ》で縛られている女、まさに彼女こそが兎田孝則の新妻、兎田綿子だが、その綿子ちゃんを思い切り蹴った。彼女がそれほど大きな声を出さなかったのは、悲鳴を出すことにすら疲弊していたからだ。

両手が後ろで縛られ、手首にはめられた輪と壁が鎖でつながっていた。瞼《まぶた》が腫《は》れ、青あざができ、可愛《かわい》らしいリスのような彼女の顔が何倍にも膨れている。

嫌な光景だ。

力の弱い者が、強い者に痛めつけられる場面ほど、つらいものはない。そのつらい状況を詳細に語るのは気が引けるが、この事件がいかに逼迫《ひっぱく》しているかを伝えるためには、しばらくこの様子を追い続けるほかない。『レ・ミゼラブル』において、少女コゼットの母ファンチーヌが、娘のために、と髪を売り、歯を売り、体を売るようになる過程を描く必要があったのと同じようなものかもしれない。苦手な方はどうか、薄目で眺めてほしい。

「稲葉さん、ようするに、とりあえず今は、待つしかないってことですか。兎田は、折尾を見つけてはいないんですかね？」

稲葉は作業台に置いたノートパソコンに目をやった。テレビを放送する画面とは別に、地図を表示している。仙台市の、まさに〈ノースタウン〉の一画が映し出され、そこに、「ここですよ」と言わんばかりの白い点が二つ光っている。一つは兎田のもので、もう一つは、兎田が折尾のバッグに滑り込ませた機器のものだ。

ターゲットの位置を表す点が二つ、住居と思《おぼ》しき場所で、ほぼ重なり合っていた。

「これはいつ検索したやつだ」とその場にいる部下に訊ねる。

「今さっきです」

スマートフォンをはじめ、たいがいの位置情報発信機は、こちらから検索をすることで場所が分かる。何もせずに地図を眺めているだけでは、その画面の点は変わらず、リアルタイムも何も、放置された昔の位置に過ぎない。相手の居場所が知りたい時には、常に検索をする必要があるわけで、だから稲葉は先ほどから頻繁に検索をしている。そのたび、あの家から離れた場所が表示されないものか、と期待を抱くが、現われる地図は、若干、誤差の範囲でずれることはあっても、ほとんど変化なしのままだ。テレビで観れば、立てこもり事件は膠着《こうちゃく》状態なのだから、当然といえば当然と言えるものの、地図を見て、苛々《いらいら》せずにはいられない。

稲葉は電話に口を近づける。「兎田が位置情報を検索してこの家に着いたところ、発信機だけがあった、ということらしい。オリオオリオはここにいなかった」

「家のどこかに隠れているのでは？」

「どうだろうな。隅々まで捜せ、とは言っておいたが」

「兎田はどうやってオリオオリオを見つけるつもりなんですか。あの家から出ないことにはどうにもならないですよね」

「それが、どうにかするんだと」

「やけっぱちの言い訳に聞こえます」

「俺にもだ」どうせ時間に間に合わず、妻を助けることもできないのなら、稲葉を困らせるために、タイムリミットぎりぎりまで引き延ばす可能性もある。死なばもろとも、の発想が出てきてもおかしくない。「ただ、抜け出す方策はある、と言っていた」

「あの状況から？　警察が囲んでいるんですよ」

「何か考えがあるらしい」

「人質を使うんでしょうか」

「取引をするのかもな。あいつ、人質に喉《のど》を潰されかけたと言っていた。喋るたびに血が出そうなんだと。声がひどい。かっと来て、撃つところだったらしいが、さすがに思い止《とど》まったようだ」

「それがいったい」

「それくらいの冷静さはあるってことだ」

「逆に、それくらいの冷静さしかないのかもしれないですよ。もう兎田は捨てたほうがいいのでは」

「そうするのは簡単だ」立てこもり犯として目立ちに目立っているのだから縁を切るほうが得策だ。兎田の妻を生かしておく面倒もいらない。「ただ」という気持ちもあった。「ただ、あいつ、オリオオリオを捜す目処《めど》は立っていると言っていたからな」

「信じるんですか」

「あの場から出たらすぐに見つけ出せる、と言い張る。だからもう少し待て、と」

「時間稼ぎですよ」

「さっき、警察の来る前だが、俺は言ってやったよ。おまえは折尾を見つけられないかもしれない、と。なぜなら、オリオン座の下にあるのがうさぎ座で、うさぎ座が動けばオリオン座も動く。追いつけないとな」

「兎田がうさぎ座ということですか」

「うさぎは、オリオンの獲物だったんだ。まあこれも、オリオオリオからの受け売りだが」

「あの男、星の話になると、だれかれ構わず喋りますからね」

「仙台市のどこかでオリオン座の講演でも始めてくれれば、すぐに見つかるんだが。

とにかく、ほかに折尾を見つけ出す手がないのも事実だ。もう少し、兎田にやらせてもいい」

「もし、あいつが警察に捕まったら、俺たちのことも話すんじゃないですか」

「そのために、こっちは」兎田の妻を捕まえてあるのだ。下手なことを警察に喋れば、妻が危ないことくらいは兎田も容易に想像できるはずだ。「とにかく、また連絡する」

「あ、稲葉さん」何気ない呼び方ではあったが、怯えが滲《にじ》んでいる。

「何だ」

「稲葉さんの電話番号を教えてくれませんか。常に待っているのは効率が悪いので」

「効率は大して変わらない。電話をかけるのは俺からだ」

電話をかけてこられるのが稲葉は苦手だった。

電話は、相手の予定や意思を無視し、割り込んでくる。都合が悪ければ無視すればいいが、昨今の電話には履歴が残る。無言ながら、「気づいたら連絡をかけてこい」という圧力がそこにはあるのだから、他者にコントロールされることが嫌いな稲葉からすれば、耐え難い。相手の立場を分からせるためにも、電話をかけるのはいつだって自分、という状況にこだわった。おまえたちはその電話を必死に待っていろ、と。いつでも話せる相手よりも、その時にしか話せない相手のほうが、人は大事にする。

「ただ、今は悠長なことを言っていられる時ではないからな、どうしても急ぎの場合は、メールを寄越せ。こっちからかけ直す」

メールは良くてどうして電話は駄目なのか、と相手は納得がいかないようだったため、稲葉は先回りをし、「メールは、俺の好きな時に読める。場合によっては読まないこともできる」と言った。いくら一刻を争う状況とはいえ、電話番号をいったん教えてしまうと今後も相手がかけてくる可能性はある。メールのアドレスのほうがまだ、使い捨てが容易だ。

電話を切った稲葉は腕時計に目をやる。一千万円近い価格で買った時計は、時間を確かめるたびに彼の自尊心を満足させてくれるが、タイムリミットが近づいている今は、見ると苛立つだけだった。

ノートパソコンの画面にはテレビ番組が映っている。人質立てこもり事件ばかりを流してもいられないのか、すでに別のバラエティ番組に替わっていた。まずいな、とチャンネルを切り替えると事件現場が出た。

「今時、プロ野球の試合だってなかなか地上波で放送されないってのに」倉庫にいる部下二人のうち、痩《や》せているほうの部下が言う。

倉庫内は電気がつき明るかったが、コンクリートの床はひんやりとしている。そこを伝い、ぼそぼそとした声が響いた。誰かと思えば、血のついた唇を震わせる兎田綿子が喋っている。

「何か言ったか？」稲葉は訊ねた。

「孝則君は約束は守るから」彼女はそう言う。

「はあ？ なんだって？」稲葉がわざとらしく訊き返した。「よく聞こえない。はっきり喋ってくれ」

「孝則君は、わたしを助けにくるんだって」

稲葉は肩をすくめる。「ああ、兎田のことか。孝則君な。そうあってほしいものだな。俺だって、あいつが来るのを待っている」オリオオリオを連れてくることを、心から願っている。

嘘ではなかった。

兎田に恨みはない。最近、少したるみがちで仕事にミスが多くなってきたものの、憎しみを覚えるほどではない。オリオオリオを必死に捜し出す者が必要だっただけで、それには、新妻を出汁《だし》に兎田を脅すのがもっとも手っ取り早く、有効だと判断したに過ぎない。

「どうせ、わたしのこと無事に帰すつもりないんでしょ」

「ウソつきよばわりするな。おまえを、仙台にまで連れてきたのだって、ちゃんと兎田に返すことを考えているからだ。そうだろ？」

兎田綿子は言葉は返さなかったが、なるほどそうか、と受け入れている様子もある。確かに、自分を引き渡すつもりがないのならば、東京で監禁していればいい。

「少しでも早く、兎田のもとにおまえを帰してあげたいからだ。抱き合う兎田夫妻の感動的な場面を、俺も観たいんだ」

言うまでもなく、夫婦の感動的な再会がどうこう、とは嘘八百《うそ》で、綿子ちゃんを仙台に連れてきたのは、稲葉たちの都合に他ならなかった。

オリオオリオが仙台にいるという情報が手に入ったのが数日前だ。全国各地にチェーン店を持つ、ネットカフェのサーバ管理者に協力者がおり、仙台店での利用客情報が引っかかったのだ。なぜ仙台に、と調べたところ、オリオオリオが中学生の頃のある期間、そこで過ごしたことがあるのだと判明した。伝手《つて》があるとは想像しにくいが、比較的、土地鑑のある場所で息をひそめようと思ったのかもしれない。

即座に兎田に、仙台行きを命じた。オリオオリオを見つけるまで、東京には帰ってくるな、と。

ただ仮に仙台で兎田がオリオオリオを見つけたとしても、「妻を返してもらうまでは、折尾を渡さない」と主張する可能性はあった。その時に、ああだこうだと言い包《くる》め、兎田を説得する時間的な余裕もない。つまり、すぐに妻を返し、オリオオリオと引き換えさせるためには、仙台に人質、綿子ちゃんを連れていくしかなく、さらには、タイムリミットがあるだけにミスは許されない。結果、稲葉自らも来る羽目になった。

「早く孝則君が来てくれればいいよな」稲葉は冷たい眼差《まなざ》しを向ける。兎田綿子の目に生気が蘇《よみがえ》っていることが気に入らなくて、また靴先で蹴った。

人の肉体をえぐる心地良さが稲葉の体を走り、一方の、兎田綿子は苦痛に顔をゆがませた。

何とも不快な場面で、まことに心苦しい。

その苦悩の表情は、稲葉をまた喜ばせる。体を近づけ、平手打ちを食らわした。腫れた顔は、それ以上、叩《たた》かれたら破裂するかのようだ。

稲葉はそこで、ふと思った。

兎田が必死になって折尾を連れてきた時、この新妻の状態を見て、どんな顔をするだろうか、と。

手を出すな、と言っただろう！　と兎田は怒るはずだ。

が、怒ったところでどうにもならない。ネットオークションで届いた荷物の梱包《こんぽう》がいかにぼろぼろであっても、それが返品や交換ができない大事な品物であるのなら、しぶしぶであっても受け取るほかない。手に入っただけでも良かったと考えるしかない場合はある。

こちらとしては、嫌ならじゃあ処分する、と言ってやってもいい。兎田の憤怒と無力感のまざった顔を見るのを想像し、稲葉は愉快に感じる。

このように、仙台港近くの倉庫は陰惨で、救いのない状況になっている。いや、兎田夫妻に感情移入してしまったが、冷静に考えてみれば兎田孝則は日ごろ、人を攫《さら》い監禁場所へ運ぶような、非人道的な仕事を淡々とこなす男だ。清廉潔白の、無辜《むこ》の民ではなく、それどころか、むしろ悪党の部類だ。「可哀想《かわいそう》」の思いも若干、差っ引いて眺めたほうがいい、とは言い添えておきたい。ちなみに、綿子ちゃんのほうは、兎田の仕事内容についてはまったく知らないため、こちらは全身全霊を込めて、「可哀想」と感じてあげるべきだろう。

さて一方、例の現場で真面目《まじめ》に働いている彼、春日部課長代理はどうしているだろうか。

私には、この折尾という男が胡散臭《うさんくさ》く感じられて仕方がなかった。会ってからまださほど時間が経《た》っていないにもかかわらず、信用できない、と思わせるのだから、これでよくコンサルタントが務まるものだと感心した。どう見ても、一般人とは思えない。立てこもり事件に巻き込まれたことに困惑してはいるが、「こんな乱暴なやり方がありますか？ どうして私が人質になるんですか。こんなひどい話、聞いたことありませんよ。法的根拠はないですよね？」とまくし立てる様子には、ふてぶてしさすらある。物騒なトラブルには馴染《なじ》みがあるのではないか、という予感は強くなるばかりだ。

すでに車両内には、大島たちがコンビニエンスストアで掻《か》き集めてきたおにぎりが用意されている。犯人の指示通りに、ビニール袋に入れてあった。

「これを持っていってもらえれば」夏之目課長が袋を指差す。

「あの、これ、問題になりませんか？」と折尾が無表情のまま訊《たず》ねた。「一般市民にこういった危険な仕事をやらせるなんて」

おっしゃる通り、問題になる。いくら犯人側の要求とはいえ、一般人と犯人を接触させるのは危険この上ない。

「人質になっている者たちと私とでは価値が違うとでも言うんですか」

おまえはたぶん一般人じゃないだろうからな、と言いたいところをぐっとこらえた。

夏之目課長は、「人質となっているのは三人で、折尾さんは一人。トレードの交換条件としては悪くないと思いますよ」と言い、すぐに、「というのは冗談ですがね」と言い訳する。「我々からすれば、一般市民はみな等しく、守らなくてはいけない対象です。時折、映画を観ていると、捕らえられた仲間を助けるために敵地に乗り込んで、結果的に、何倍もの仲間が命を失うような話がありますが、ああいったものは本末転倒です。ただ、私たちとしては、犯人の要求を突っぱねるわけにもいかない。受け入れつつも、最大限、あなたの安全を確保する方法を取りたいと考えています」

「どうやってですか?」折尾が少し身を乗り出す。無理でしょ?と言いたいのかもしれない。私自身も、どうやって?とは思った。

「説明するよりもやったほうが早い」夏之目課長は言うが早いか、スマートフォンを手に取り、発信する。「ということもあります」

誰に電話?と思った時には、「言われたとおり、食べ物は用意した」と喋《しゃべ》っている。「どういう段取りで運べばいい？」

少し間があった。

物資の受け渡しのタイミングは、こちらのチャンスでもある。

サッカーやバスケットボールでは、相手が自陣で守りを固め、意識を集中させている時には隙《すき》が見つからず、攻撃の糸口はつかめない。同じように立てこもり犯が家の中にこもっている時は、なかなか突破口がない。あるとすれば、イレギュラーな動きがあるタイミングで、その一つが、玄関などの出入り口を開閉する時だ。

犯人が物資を得るためにどうするか。選択肢はそれほど多くない。

ドアの外に物を置かせ、自分で取りに行くか、そうでなければこちらに中まで運ばせるか。

相手を自分たちの城内に、たとえ一歩であっても踏み入れさせるのは、強引に守りをこじ開けられ、踏み込まれる可能性が高いため、たいがいは自分で取りに来る。人質に取りに来させる犯人もいる。

「折尾に荷物を持たせて、こっちに向かわせろ。家に入ってくるように、言え」犯人の声がした。

夏之目課長と目が合う。

犯人の目的は、物資以上に、それを運ぶ折尾のほうなのだ。今回の犯人はそれを自ら明かしており、折尾と人質を交換できれば満足、といった節もある。

折尾に荷物を運ばせるにしても、玄関の中まで行かせるのはあまりに危険だ。まず、折尾は帰ってこられないだろう。

「さすがにそれは難しいかもしれない」と夏之目課長は答えた。犯人の要求をはねつける言葉を発する時は、どの程度、相手の神経を刺激するのか予想がつかないため、やはり緊張感がある。

犯人にはさほど気にした様子はなかった。「いいか、その折尾ってのは俺たちと同じ、ろくでもない人間なんだよ。まじめな仕事なんてしていない。それに比べて今ここで人質になっているのは、こんな事件には無関係のただの親子だ」

「その無関係の親子に、同情してほしいんだが」夏之目課長が言う。「無理かな」

「こいつらは運が悪かった。お互い様だな」

「お互い様なのか」

「こっちの人質と折尾を交換することは、悪い取引じゃないんだよ。どこからどう見てもな。害にしかならないネズミを引き取って、可愛い猫の親子を返そう、ってなもんだ」

「ジェリーをあげて、トムを。いや、厄介なのはむしろジェリーのほうじゃないのか」

「とにかく、折尾をこっちまで寄越せ。玄関をノックしたら、鍵《かぎ》を開けてやる」

「俺はもちろんその提案に乗りたいんだが」夏之目課長は穏やかに話す。「そんなことをしたら、大騒ぎになる」

犯人の要求に従って、一般人を危険な家の中に送り出したとなれば、警察は何をやっているんだ、自分たちの力でどうにかしろ、と世間やマスコミが騒ぎ出す可能性はある。

世間とマスコミ！

私は叫びたかった。世間とマスコミに何の迷惑をかけるというのだ。汚職をしたというのならまだしも、こちらもできる限り、被害を最小限に抑えるためにやった結果なのだから、それをどうこう責め立てて誰が得をするのか。まったく、と怒りがぐんぐんと体の中で育ちそうになるため、ぐっと抑える。

その思いが伝わったのか、犯人は、「まあ、おまえたちも大変だよな」と言った。

「世間のために頑張ってるってのに、世間やマスコミは外野から、文句ばっかりだ」

「共感してもらえて、うれしい。今、こっちのみんなで涙を拭《ぬぐ》っているところだ」

　夏之目課長の冗談が相手を怒らせるかどうか気にかかるが、おそらく夏之目課長自身も半ば賭《か》けのような気持ちだったのかもしれない。幸いなことに犯人も少し笑った。「ちなみに、あくまでも仮定の話なんだが」夏之目課長が言う。「折尾さんと人質を交換できたとして、そのあと、どうするつもりなんだ？　家に籠城《ろうじょう》するにも限界がある。こっちはいずれ突入するだろう」

「折尾は、世間からすれば一般人だろ。その折尾が人質となっているところに、警察が突入したら、それはやっぱり問題になるんじゃないか？」その後で咳《せき》の音がした。

「喉が痛い」と言う声は、忌々《いまいま》しそうだ。

「とはいっても、こちらも永遠に待っているわけにはいかないんだ」

「先のことは気にするな。俺としては、折尾に来てもらえればそれでいいんだよ」

「この折尾さんが、そこから抜け出せる魔法でも使えるのか？」夏之目課長は言った後で、折尾に目を向けた。茶化す対象に使ってしまったことを詫《わ》びるつもりだったのだろうが、当の折尾は状況が分かっているのかどうか、ぼうっと宙を見つめるような表情をしているだけだった。

「その通りだ。折尾が俺たちを助けてくれる。本人にはそのつもりがないだろうが、俺たちにとっては救いの神だな」

いったいこの折尾が何を持っているというのか。

「私が一緒についていく、というのはどうだ」夏之目課長が言った。「折尾さんに食事を持たせて、そっちの家に行く。私も同行する。もし危険な目に遭いそうな場合は」

「危険な目も何も、折尾を家に引っ張り込むぞ」

「それでは困るんだ」

「交渉はおしまいだ。こうして話しているから、俺が優しい人間だと勘違いしているんだろ？　こっちも切羽詰まっているんだよ。折尾を連れてこないのなら、人質を一人ずつこの家の上から突き落とす。テレビでそれが中継されてみろ、大変なことになるぞ」

「テレビ局を呼んだのは」

「そのためもあるんだよ。目撃者になってもらわないとな」

「ああ、そうだ、その件だが」夏之目課長は演技ではなく、実際に今、思い出した様子だった。「要望通り、テレビでの中継は続いている。ただ、さすがにあちらにも都合があるらしく」

人質立てこもりの生中継は、それなりに興味を惹《ひ》く番組だろう。テレビ局からすれば、視聴者を惹き付ける意味では、ありがたいはずだ。とはいえ、決定的瞬間ならまだしも、膠着《こうちゃく》状態の立てこもり事件はどちらかといえば退屈だということに、そろそろ視聴者も気づきはじめている。時間の経過とともに、各局が、授業に飽きた小学生さながら、そわそわしはじめている気配が伝わってきた。

放送にいい顔をしない私たちに、最初は、「犯人からの指示ですから」とこれ見よがしに大義名分をちらつかせていたが、だんだんと、「いつまで流せばいいんですか」と不満げな態度を隠そうともしなくなっている。勝手と言えば勝手だが、事情も理解できた。

「放送に感謝するのは、俺じゃなくておまえたちのほうだ。中継がされなくなったら、人質がどうなるか」

「テレビ中継されなくなったら人質の命を奪うのか？　それはさすがに」

「命は奪わねえよ。生中継がなくなったら、殺しはしないが痛みを与える。苦しい声を出させて、それを聞かせてやるよ。そうなった時にテレビ局は、自分たちに責任はない、とは言えない」

「分かった。それはやめてほしい」夏之目課長は即答する。「そんなことは望んでいない。だが、テレビ局の考えることは俺たちにも分からないんだ。一人ずつはいい人間でも、集団や会社になったら、倫理や道徳よりも別のものが優先される。もしかすると、生中継より連続ドラマが流れることはあるかもしれない」

「毎週、録画している奴に悪いしな」

「だから相談なんだが、その場合は、ネットを使って、中継の映像を流すというのはどうだろうか。全国ネットのテレビは無理だが、周囲の状況が必要なら、ネット配信の手はある。現場の様子を知ることが目的なら、映像が観られれば問題はないはずだ」

犯人は一瞬黙る。しばらくして、「なるほど」と答えた。

悪くないアイディアだ。ネット上で配信するのであれば自前でもやれる。テレビ局のことはコントロールできないが、それならば融通が利《き》く。

「ただ、ネットの配信ってのはどうも、よく分からないからな、できる限り、テレビ局に中継させろ。最後の奥の手で許してやる」

「了解だ」夏之目課長は即座に答える。「それで、何の話だったか。ああ、そうだ、折尾さんに食事を運ばせる件だ」

「やれよ」

「簡単に受け入れることはできない」

「堂々巡りだ。オリオオリオは一般人じゃないから気にするな、と言ってるだろ」

「そうじゃない。こっちは、おまえと折尾さんがグルだった場合を考えてもいるんだ」夏之目課長は、違う角度からの説得を思いついたのだろうか、そう言った。

折尾自身は相変わらず、動じた様子も怒った様子もない。

「グル？　どういうことだ」

「折尾さんを家に引き入れること自体が、君のそもそもの作戦かもしれないからだ」

「その通り、こっちはオリオオリオを捕まえたい。それがそもそもの目的だ」

「いや、そういう意味ではなく、たとえば、折尾さんがおまえに、何かを渡すつもりだとか」

「渡す？　何をだ」

「分からない。ただ、折尾さんを会わせることで、余計に、人質が危険になるとか、余計に、この立てこもり事件がひどいことになるとか、そういった可能性は否定できない」

「考えすぎだ」

「もしかすると、この折尾さんが、君がそこから脱出できる道具を持っていくかもしれない」

「道具？　たとえばどんな」

「分からない。もしくは、立てこもりのために役立つグッズを持ち込むのかも」

「立てこもりに役立つグッズ？　たとえばどんな」

「それも分からない」夏之目課長は言う。分からない尽くしだ。「ただ、可能性としては考えなくてはいけないんだ」

「オリオオリオがここに来れば、人質たちにとっても状況は良くなる。ここから出られるし、俺も助かる」

「助かる？　君は助けてほしい状況なのか？」

そこで犯人は初めて、ぐっと詰まるようになった。

事情を打ち明けるべきかどうか悩んでいるのかもしれない。彼は彼なりに、やむを得ない事情を抱えているのではないか。もちろん、人質立てこもり事件を起こすのに正当な理由などないが、こちらに聞いてほしい話があるのだとすれば、それを打ち明けさせながら気持ちをほぐし、落としどころを見つけることはできないか、と私は期待した。

「とにかくオリオオリオを来させない限り、状況は悪くなるだけだ。立てこもりは続くし、人質は疲れていく。そうだろ？」

「だが」

「それなら」犯人は少し苛立った。「来る前に、オリオオリオの体を丁寧にチェックすればいいじゃねえか。余計なものを持っていないかどうか。俺にとっての便利グッズを運ばないかどうかをな」

今度は、夏之目課長が黙る。口をつぐみ、考えるように視線をあちこちに向けてきた。意見を求めている顔ではなかったが、私は近くにある紙に、ペンを走らせた。「人質と話しておきますか?」と書く。

夏之目課長がうなずく。「ちなみに、人質は無事か? もし可能なら、声を聞かせてほしい」

「さっき声を聞かせたばかりだろうが」

「そうだが。こっちは様子が分からないから、心配なんだ。少し時間が経っただけで、気が気じゃない。もちろん信じてはいるが、それだけでは納得しない者も多い。私たちは納得しても、上が。だから、佐藤家の誰かを電話口に出してくれないか」

悩んでいるのか、犯人が吐いた鼻息が大きく音を出した。

夏之目課長と目が合う。警察が交渉しているにもかかわらず、人質がすでに息をしていない、という最悪の事態が、過去の立てこもり事件の中にはあった。珍しいこととも言えない。それは絶対に避けたかった。

「あ、あの」と声がする。「佐藤です。佐藤勇介です」

「勇介君、ああ、良かった。その後、状況は変わっていませんか」

「あ、ええ」

声は小さかったが、衰弱している様子はなく、私はほっとする。

「食事やトイレなど、困ってはいないですか」

「困ってるといえば、それは困ってますが、でも何とか」

「できるだけ早く、食べ物を持っていきますから。安心してください」

「はい。信じてます」

その言葉が、私の胸を突く。窮地にある者から助けてくれると信じられているのなら、その期待を裏切ってはいけない。

あの。そこで佐藤勇介の声が少し変わった。より小さく、囁《ささや》き気味になり、「たぶん、ほかにもいます」と言った。

「ほかにも？　何が、誰が、ですか」

「この人に命令している人」

「命令？　ほかに犯人が？」

「たぶん。そっちを気にしています」

犯人がそばから離れた隙なのだろう、彼は必死で、こちらに情報を伝えようとしてくれている様子だ。

「ほかにも危険な目に遭ってる人がいるかもしれない」

「ほかにも？　どういう意味ですか」

「だから」佐藤勇介がそう言った直後、「おい、もういいだろ。余計なことを話してなかっただろうな」と犯人の声がかぶさってきた。「これで満足か？　とにかく、早く食事を持ってこさせろ。猶予《ゆうよ》はもうない」

「あと少しだけ」夏之目課長は電話越しながら、こちらの思いが伝わってほしい、という懇願の表情になっている。「あと少しだけ待ってくれ。こちらも相談と準備が必要だ」

「わざわざ、警察に相談と準備の時間を与えると思うのか？」

「野球なら、敵チームが守備につくまで、攻撃を始めない」

「サッカーで敵が守備を整えるのを待つか？」

「フリーキックなら」

電話はそこで切れた。

スマートフォンを見つめた夏之目課長は、「スポーツの譬《たと》えが良くなかったのかな」と冗談交じりに洩《も》らす。

「それほど怒っているわけではなさそうでしたが」

犯人としては、このまま、だらだらと会話を続けさせられることに不安を抱いてしまったのだろう。こちらのペースにハマる恐れから、無理やり電話を切って、断ち切ったのではないか。

「これから、どうしましょうか」

「どうしたらいいか」夏之目課長は深く息を吐いた後で、首をぐるっと回す。「どうしたらいいと思いますか、折尾さん」

「私に言われましても」

「さっき、人質の若者が、ほかに犯人がいる、と言っていました」夏之目課長は言う。

「でしたね」私は答えたが、夏之目課長はそれを、折尾に応《こた》えてほしかったのかもしれない。もう一度、「言ってましたよね」と念を押すようにした。

「何か心当たりはないですか」

「いや、ですから何も分からないですって」折尾は手を大きく振る。取って付けたような愛想笑いがぎこちない。

「折尾さん、分かっていますか？　これは深刻な事件なんですよ。人の命が関わっています」

夏之目課長はここが勝負どころと決めたのだろう、いつもの大らかな口調の中にも、引き締まった鋭さが加わった。

周囲に目をやり、私に目配せをした後で、「もし、折尾さんが」と言った。「折尾さんが違法なことに手を出していたとしても、そのことは咎《とが》めません」

折尾が顔を上げた。釣り針に手応えがあったのを感じる。やはり気になっていたのはそこだったのか。彼はこちらの真意を確かめようとしていた。どこまでこちらが譲歩するつもりなのか、探っているのかもしれない。

夏之目課長も、折尾の変化には気づいたのだろう、この機を逃すものかと、「どうですか」と詰め寄った。「私たちは人質を救いたい。あなたの情報で、それができるかもしれない。だとするなら、ある程度のことには目を瞑《つぶ》ります」

現実問題として、折尾が何らかの罪を犯していた場合に、それを見過ごすことができるかといえば、自信はない。司法取引の本格的な導入もまだだ。ただ、これに関しては、リスクは少ない。折尾が犯罪者でなければ、もとから問題がなく、仮に本当に犯罪者であっても、犯罪者との約束を守る必要はない、と主張できる。どちらに転ぼうが負けない相撲、と言っていい。

時間はなかったが、今は、折尾の言葉を待つ時だ。沈黙は時に、百の催促に勝る。

折尾はやがて、「分かりました」と言う。それからまた、強張《こわば》った笑みを見せる。

「この犯人がどういう人物なのかははっきり分かりませんが、たぶん、これには、ある犯罪グループが絡《から》んでいます」

重い扉が開く音が聞こえた。夏之目課長も同様で、表情を変えない。近くにいる大島が余計なことを言い出さないか、と気にかかるが、そのあたりの勘所は心得ているらしく、口を噤《つぐ》んでいた。

「犯罪グループ？　この立てこもり犯とは別の？」

「別、というか、無関係ではないんでしょうが」

「なるほど」

「みなさん、お気づきだったかもしれませんがさっきの電話、犯人は途中で、『俺たち』という言い方をしていましたよね」

大島が、私を見た。もちろん私は気づいていた。立てこもり犯は、「俺たち」と口にしたのだ。俺たちにとっては救いの神だ、と。

「あれは、人質を含めて、俺たち、という意味かと思ったが」夏之目課長が探るように、ゆっくりと言う。

「いえ、たぶん、彼はグループに属しているんでしょう。物騒な」

「法律違反の」私は呟《つぶや》く。

「はい」

「ええと、折尾さんはそこのグループのコンサルタントとかやっていたんじゃないの？」失礼を顧みず、ずばっと切り込んでいくのは大島のいいところで、ヒットになるかファウルになるかはその場面次第ではあったが、今回はヒットに見える。

折尾は一瞬体の動きを止めた後、にっと笑った。これほど不自然な笑顔を私は初めて見た、と思えるほど不自然だった。

「いえ、私はそういうことには関わっていません」

それを信じろというほうに無理がある。

彼はこちらの思いには気づいていないのか、もしくは気づいているからこその取り繕いなのか、手元の地図をまた広げる。「その仲間のいる場所を調べることはできるかもしれません」

「知っているんだったら先に言えよ」大島がつっかかる。

「知りません。ですが、オリオン座の形を使えば」

ふざけるな、と怒鳴りかけた大島を私は制するが、内心ではもちろん、ふざけるな、と叫んでいた。

折尾は周囲の人間のそういった対応には慣れているのか、動じる様子はなく、「立てこもり事件の起きている、この場所を、ベテルギウスの位置だとしますと」とはじめ、かと思えば、「ベテルギウスはすでに爆発しているかもしれないんですよね。まだ地球からは見えないだけで」と続ける。講義の際に、いつも同じテキストの同じ個所で同じダジャレを言わずにはいられない、警察学校の講師を私は思い出した。覚えていた台本の該当部分を、待ってましたとばかりに喋りはじめるかのようだったからだ。

まさか本当に、星占いを始めるのではあるまいな、と私は不安になる。

不安になった春日部課長代理からひとまず離れることにし、家の中でのことを話しておく。どこまで述べただろうか。勇介の母に、兎田が、「この男は誰なんだ？　父親ではねえのか？」と詰め寄っている場面からか。

こちらの場面はまだ警察が来る前だ。SITの夏之目課長や春日部課長代理のいる時点には辿《たど》り着けていない。早く現在の時点に追いつくべく、駆け足で説明していく必要があるだろう。

「分かった、正直に話す」黒澤が言ったのは、そろそろ嘘で通すのも限界だと察したからだった。

兎田が目を三角にする。「ってことは今までは正直じゃなかったってことだな」

「そういうことになる」

「舐《な》めやがって」と兎田が火を噴かんばかりに怒ってくるが、黒澤は気にかけない。

「ふざけているつもりも、舐めているつもりもない。怒ったところで仕方がないだろ。ここは落ち着いて、解決策を練るべきじゃないのか」

兎田は、黒澤の目から見て明らかに興奮している。先ほどのやり取りからも、時間制限のある事情を抱えていることは想像できた。

「その写真の男を捜せばいいんだろ」もはや、侵入者に怯《おび》える一般人の真似《まね》をする必要もなく、黒澤はいつも通りの口調に戻したが、その、対等に取引をはじめるかのような態度に、兎田も動揺したのかもしれない。「おまえは」と言った後で、なかなか言葉を続けられなかった。

「ここはお互いにとって、いい着地点を見つけようじゃないか。このままここで、俺たちを縛っていたところで何も前進しない。それは分かるだろ。この家の中に、おまえの捜している男はいない。おそらく、この家には発信機があるだけだ」黒澤は諭す言い方をした。「ああ」と思わず、声が漏れた。「ああ、そうか、なるほど」

「何がなるほど、だ」

黒澤は、隣にいる母子、勇介とその母親に目をやった。二人とも、事態がどう動くのか気が気でないのだろう、蚤《のみ》すら取り逃さないような目を向けてきており、その頬には、「不安」と大きく書かれている。

兎田は冷静さを取り戻すどころか、むしろ興奮が増してきたのか、拳銃《けんじゅう》を、抑えの利かなくなった自分の性器のように、振り回しはじめた。目が血走っており、これはまずいとさすがの黒澤も思わずにはいられない。

困った。黒澤はそう思う。自分の人生において、焦《あせ》りや恐怖、喜びといったものにはあまり出会わないが、「困る」にはよく遭遇する。

困った展開だ。この犯人が後先を考えず、発砲する可能性は少なくなく、そうなったらこれほど面倒なことはない。

「分かった、とりあえず、俺のことを話す。だから、銃をいったん下げてくれ」

兎田の動きが止まった。不審げに眉《まゆ》をひそめている。

「俺はこの家の住人ではない。それは本当だ。この親子は俺のことを知らない。それも本当だ」黒澤は喋る。「俺はここに入ってきた、空き巣なんだ」

自分の職業名を口にするのは少々、気恥ずかしい。ただでさえ、空き巣という名称は古めかしく、深みにかける。室内が急にしんとなった。

「空き巣ってのは、泥棒ということか」

「顔を泥で隠してはいないし、棒も持っていないが」

黒澤は言った。「泥棒」の語源が、「泥」と「棒」から来ていると思ったからに違いないが、それは俗説に過ぎないことを、彼は知らないのだろう。何でも知っており、正しいことしか口にしないように見える黒澤も、決して完璧《かんぺき》ではない、というわけだ。

「どういうことだ、たまたまこの家に入ってきたのか？　いつだ、いつ入ってきた」

兎田は、黒澤を警戒してか先ほどよりも距離をおいて見てくる。

「おまえがここに入ってくるのとほぼ同じころだ。家の裏、エアコンの室外機やフェンスを使って、二階に入った」

勇介がそこで、うーうー、と唸《うな》るのに対し、「確かに、鍵はかかっていたが、一応、それを開けるのが仕事みたいなものだからな」と黒澤は答えた。

「俺が二階に入った時には、上には誰もいなかった。下が騒がしかったのは分かったんだが」

「どうしてすぐに逃げなかった」

どこまで話すべきか、と黒澤も悩んだはずだが、それほど時間を空けずに、「実は」と話しはじめた。隠しているのも面倒臭いと判断したのだろう。今、黒澤の頭は、「早くこの煩《わずら》わしいことから解放されたい」という思いで占められている。

「実は、この家に入ってくる予定はなかった。二階に紙を取りにきただけでな」

「紙?」

「俺の仲間が」あの今村を、仲間、と表現することには抵抗があったが、ここは分かりやすさを優先させるほかない。「誤って、ここに入ってしまった。その時、二階に紙を忘れた。それを俺は回収しに来ただけなんだ」

「紙ってのは何だ」

「俺の尻《しり》のポケットに入っている」ここは現物を見せたほうが手っ取り早いと考え、黒澤は言った。

兎田は銃を構え、警戒しながら黒澤の背後に手を伸ばす。そしてポケットに確かに折り畳まれた紙が入っているのを確認すると、つまむように引っ張り出した。

「何だよこれは」

「但《ただ》し書き、領収書のようなものだな。あまりじっくり見ないでくれ」

「何だよこれ」兎田は顔をしかめた。

「仕事をした家にはそれを置いていく。ここの家では仕事はしていなかった。間違えただけなんだ」

「それを取りに来たのか？　嘘《うそ》だろ。おまえ、馬鹿《ばか》だろ」

「ちゃんとしたいだけだ」

「馬鹿じゃねえか」

何と評されようが黒澤は気にしなかった。「とにかく、それを取りに二階に入ったんだ。そうしたら、おまえが来て、銃を向けてきた」

「父親のふりをしたのはどうしてだ」

「おまえがそう言ったからだ。抵抗しないほうがいいと思ったんだ。それならそれでいいかと」逆らってまで自分の正体を明かす必要は感じなかった。「細かいことは気にしないんだ」

「こんな紙切れのことは気にしたのにな。この親子が否定したらどうするつもりだったんだ」

「話を合わせてくれるほうに賭けた」賭けとは言ったものの、黒澤にはある程度、勝算があった。そして、誤算もあった。「まさか、父親から電話があるとは思っていなかったが」

勇介とその母親に目をやれば、二人は何度も天井にちらちらと視線をやっていた。黒澤が二階から侵入してきたことに衝撃を受けているのかもしれない。

さてこれからどうするか、と思った黒澤は試しに、「というわけで俺はこの家とは無関係なんだ。解放してくれないか」と言った。母子が同時にはっとするのが気配で分かる。見捨てるんですか？　とでも言いたいのだろう。見捨てるも何も、俺は赤の他人だ。しかも、空き巣だ。どちらかといえば味方ではなく、敵ではないか。赤の他人の空き巣がいて何の役に立つと思っているのか、と黒澤は呆《あき》れたが、このような状況なら冷静さを失い、他人に頼りたくなる気持ちも分からないではなかった。

「無理だよ。馬鹿か、おまえは」兎田が吐き捨てるように言う。

「だろうな」今度は認めた。

「ずいぶん落ち着いているじゃねえか。俺が本当に撃たないと思ってるのか？」大きく見開かれた兎田の目は、爪《つめ》を出し、黒澤をつかまんばかりだ。

「いや、おまえが焦っているのは分かる。ここに来てから、ずっと必死だ。その本気が伝わってきたからこそ、俺も抵抗できなかった。いよいよとなったら発砲するだろうとも思っている。間違いなく怖いよ」

「まったく怖がっているようには見えねえな」

「よくそれで損をする」黒澤は肩をすくめる。

冗談だと思ったのか兎田は、ふざけんなよ、と後ろ手に縛られた状態の黒澤を右足で蹴《け》った。黒澤は体を壁にぶつける。

ほぼ同じ時、仙台港の倉庫内にいる綿子ちゃんも、稲葉の嗜虐《しぎゃく》的な気まぐれから、先の尖《とが》った靴で蹴られていた。ただの偶然か世の摂理なのかは明言できないが、ここで兎田が振るった暴力は、漏れなく、あちらで綿子ちゃんが振るわれる暴力につながることになっているのかもしれない。綿子ちゃんに苦痛を与えないためには、こちらで兎田が行儀よくしたほうがいいのだが、そのことを兎田が知る術《すべ》はない。

「ようするにおまえは、人を捜している。そうだろ?」黒澤は言った。「時間制限もある。だったら、俺たちをどうこうするよりも、早く外に行って、その男を捜したほうがいい」

「どこにいるのかが分かるなら、とっくに出て行ってる」兎田は自分のスマートフォンに目を落とし、操作した。もう一度、位置検索をするのだろう。「本当にこの家にはいないのかよ。バッグってのも嘘か？　いや、位置情報が出るってことはどこかにはあるんだよな？」

「あの」そこで母親が恐る恐るといった具合に口を挟んだ。「キッチンのゴミ袋に」

「ゴミ袋に、何だ？」

「バッグを捨てました。家の、家の外に落ちていたので」母親が上ずった声で説明するのを、黒澤は黙って聞いている。明らかに、真実を取り繕うような言い方だが、兎田は不審に思うこともなく、舌打ちをし、すぐさまキッチンへと消えた。しばらくすると戻ってきて、「ふざけるなよ。何なんだよ」と喚《わめ》き、ゴミ袋から引っ張り出してきたと思《おぼ》しき、バッグを床に投げつけた。中から、発信機がこぼれ出る。

くそ、くそ、と兎田は罵《ののし》り、その場で足踏みをはじめんばかりだ。絵に描いたような地団駄だ。これで、オリオオリオを見つけるための策が尽きた、と焦っているのだ。

「あの、すみません、でも」勇介の母親は動揺し、宥《なだ》めるような言葉を発しかけたが、「うるせえ、黙ってろ」と兎田は、彼女の口をテープでまた塞《ふさ》いだ。

「すまないが」と黒澤が言ったのは、その後だ。「さっきの紙を戻してくれないか。俺の紙だ。持って帰らないと、また取りに来なくてはいけなくなる」

ふざけんなよ、という顔で兎田は鼻息荒くなった。「こっちはそれどころじゃねえんだよ」

「それは分かるんだが。返してくれ」

黒澤の言い方は強くはないものの、有無を言わせない力を感じたのか、兎田は毒づきながら、先ほどの紙を四つ折りの状態に戻し、黒澤の尻ポケットに入れてくる。

兎田のポケット内のスマートフォンに着信があったのはその時だ。はっとした兎田の意識はそちらに行き、「黒澤の但し書き」はポケットの奥にまで入りきらない。今にも落ちそうな様子だ。先走って言ってしまえば、この後、別のタイミングで実際に、ぽろっと落ちてしまうことになるのだが、そのことを知る由《よし》もない兎田は、スマートフォンの通話ボタンを押した。

兎田の表情には、怒りと恐れが滲《にじ》んでおり、それを観察しながら黒澤は、電話の相手について想像を巡らせた。

頭の上がらない相手、しかも、不本意ながら頭が上がらない相手か？

さすが黒澤、と言うべきか、いい線をついている。

兎田は黒澤たちに声が聞こえないようにと、ぼそぼそと喋《しゃべ》っていたが、そのうちにリビングから出て、廊下のほうへ移動した。

「あ、あの」と囁き声がするので横を見れば、勇介の顔があった。口を塞いでいたテープが剝《は》がれている。自力でどうにかこうにか外したのか、それともたまたまずれたのか。慎重にささやいてきた。「あの、空き巣って本当なんですか」

「しかも父親のふりまでして、悪かったな」「あ、いえ、でも」

「嘘を吐き通せると思ったんだが。まさか父親から電話がな」

「すみません」

謝ることではないだろう。「俺の読みが甘かっただけだ」

「あの」「何だ?」「あの、気になったこと、ありませんでしたか」

「気になったこと?」「はい」と言った勇介の視線が一瞬、上を向いた。

黒澤にはぴんと来るものがあったが、ここでその話をすると長くなる予感もある。

「気になることだらけだ」

「あの、これから、どうすればいいんでしょうか」勇介は、紙が擦《こす》れるような小さな声で言ってくる。

空き巣だと正体を明かした男に、今後の自分たちの行動について相談するとは。黒澤は皮肉を返したくなるが、悠長にしている時間がないのも事実だ。廊下からいつ兎田が戻ってくるか分からない。

「ずっとこのままかもしれないな」

「困ります」

「そりゃ俺だって困る。ただ、このままだと長期戦になるかもしれない」

「本当ですか」

「どうなるのかは俺も知らない。まあ、あいつが出ていかない限り、難しいな。そういえば、この家に、食べられる物はあるか？」

「え」

「食う物がなければ、腹が減った時にあいつも出ていくんじゃないか、と」黒澤は冗談半分に言った。「さすがに無理か」

「ああ、でも、野菜とか肉はありますけど、料理しないと」勇介が言った。母親もうなずいている。

厳格な父親というものは、インスタント食品や食事の作り置きも許さないものなのか、と黒澤は思いを巡らせたくなった。

そこで廊下から兎田の声が聞こえる。

ちょっと待て、綿子ちゃんに手を出すんじゃねえぞ。分かってる、こっちだってやれることはやってるんだ。

「あいつはあいつで、大変そうだ」黒澤は廊下に目をやりながら、静かに言った。

「どういうことになっているんでしょうか」

「おおかた、あの写真の男を見つけろと誰かに命令されているんじゃないのか。弱みに付け込まれているのか、人質でも取られているのかは分からないが、あいつはあいつで、余裕がない」

「そうなんですか」

「同情する必要はないが。むしろ、必死だからこそ、あいつが強攻策に出る可能性はある」

「あ、あの銃、本物なんですかね」勇介は動揺が続いたせいか、黒澤に頼るように言ってくる。

「空き巣だからって、この国でそうそう銃を見ることはないんだが」

「そうなんですか」

「たぶん、あれは本物だ」

やはりそうですか、と残念そうに勇介が息を吐《つ》く。偽物《にせもの》だと黒澤が言ったら信じたのだろうか。

「おまえのところの父親のは本物じゃないだろうな」黒澤は二階に目をやる。あの、書棚の奥に置かれていた、アーミーグッズのことだ。

勇介は、「あ、ええ」と言いながらもうまく笑えない。「サバイバルゲームとかああいうのが好きで」

「趣味にしてはずいぶん本格的だな」

「うちの父親は少し度を越えていて」

「攻撃的なのか」

「どうして分かるんですか」

「話の流れからそう思っただけだ。家の中でもサバイバルゲームをやってるわけじゃないだろうな」

勇介はすぐに返事はせず、それは自分の家の恥部を話すことをためらったからなのだが、結局は、「エアガンで母を撃ったりするのはしょっちゅう」と顔を引き攣《つ》らせた。

家の中で、父親がエアガンを使う光景は、傍から見れば喜劇的にも感じられるが、日常的に撃たれてばかりの当事者、支配される家族からすれば悪夢以外の何物でもないだろう。

「外で嫌なことがあると、ストレスを発散させるんですよ」

「なるほど」と言いながらも黒澤は、特に関心を抱いていない。

「ひどい時は、スモークグレネードを使ったことも」

「何だそれは」そこには関心を示した。

「煙の出る手榴弾《しゅりゅうだん》みたいなものです。レプリカを改良して、本当に煙が出るようなのを売ってる人がいるらしくて」

「それを買うやつもいるわけか」

さてそこで、なぜ、勇介の母親が、よし今だ、と決断したかはっきりしない。彼女本人にだって理由は分からないに違いない。もしかすると、父親の話を聞いているうちに、我慢してきたうっぷんが爆発しそうになったのかもしれない。もしくは、今しかない、と判断を下したのか。

突然、這《は》いつくばり、横になった尺取虫のように体をくねらせ、移動しはじめた。兎田が、母親の携帯電話を床に置いたままにしていた。迂闊《うかつ》といえばこれほど迂闊なことはない。母親はそれに気づき、電話で警察に通報しようと思い立ったのだ。

無駄な努力、とは思わないでほしい。勇介が先ほどしくじったとはいえ、繰り返してはならないという法はない。うまくいく可能性は十分にあった。

振り返った勇介も、母親の行動に目を見開いた後で、やはりすぐにその意図を察したのだろう、体を寝そべらせた。口を塞がれた母親は喋ることができないため、自分が喋るしかないと判断したに違いない。

　母親は後ろ手に縛られているものだから、背中で操作するほかないが、首をひねりながら必死にボタンを押している。

「もし、あいつが戻ってきそうだったら教えてください」

　勇介が囁き声で言うが、黒澤はそれが自分に向けられた台詞《せりふ》だとは感じなかった。まるでチームの一員に呼びかけるかのような、協力が当然、の雰囲気があったからだ。いつから仲間となったのか。だが、「お願いします」と言い添えられて、「分かった」と答えていた。何だかんだと言っても、この黒澤という男、人が好い。そして、ほぼ同じタイミングで、「分かった。分かった！」と廊下から兎田の声が飛び込んできた。

　勇介の母親はびくっと手を動かし、携帯電話の位置をずらしてしまう。

　それを眺める黒澤は例によって、親子の協力プレーにはさほど興味を持っておらず、父親が所持していたアーミーグッズをどうにか使って、この事態を打開できないだろうか、と考えていた。いつだって、何らかの対策を考えている。それが黒澤だ。

　兎田の声は依然として廊下から聞こえてくる。「だから手を出すな。まかせておけ。捜し出せばいいんだろうが。どんなことをしても見つけてやる。何か情報を寄越せ。じゃないとオリオオリオを捜そうにも」と感情を抑えきれないのか、さらに声を大きくした。

オリオオリオ？　黒澤は初めて耳にする名前を、記憶のポケットに引っ掛ける。

その後すぐに兎田が、「情報をください」と大人しい語尾に変えたのは、電話の向こうで稲葉が、「おまえ、さっきから誰に向かって口を利いているんだ？　俺の前には、おまえの大事なカミさんがいるんだぞ」と冷たく言い返してきたからだ。

そしてさらに、「情報がなければ捜せませんよ。頼みます。え、何ですかそれ、勘弁してくださいよ」と苦笑交じり、悲壮感すら漂わせて兎田が言ったのは、稲葉が次のように言ったからだ。

「もしかしたら、おまえはオリオオリオを見つけられないかもしれないな。オリオン座の下にうさぎ座がある。うさぎ座が動けば、オリオン座も動く。うさぎのおまえは追いつけないんだよ」

電話の向こうの稲葉は、自分で口にした後で、星座の蘊蓄話《うんちくばなし》はオリオオリオからの受け売りであることを思い出し、顔をしかめたのだが、電話のこちら側にいる兎田や黒澤たちにはまったく伝わってこない。

そしてその場面から時間が経《た》った今、星座の蘊蓄話に春日部課長代理が、やはり顔をしかめている。

「折尾さん、それに何の意味があるんですか」私が言うのとほぼ同時に大島が、「おいおい、ふざけてるのか？」と言った。

車の中で向かい合っている男、折尾が、広げた地図を舐めるように見はじめたのだ。ぱっと見は、スマートな学者にも見えるが、一筋縄ではいかないいかがわしさも感じられる。

「犯人の居場所が見つかるんじゃないかと思ったんですよ」みなさんのためにやっているのに、どうしてそんな言われ方をしないといけないのか、と不本意そうですらあった。

「地図に鉛筆を転がして見つけようって言うのか」大島がからかう。

「いいですか、ここがベテルギウスに当たります」折尾は、地図上の一点を指差す。見れば、私たちが今いる場所、仙台市北郊の〈ノースタウン〉のあたりを指してはいた。

「だからそれがいったい」

「仙台駅をリゲルとしましょうか。リゲルというのは、オリオン座の右下にある」折尾が地図に指を走らせるのを見て、さすがに私も苛立《いらだ》ちを覚えた。「今、私たちのいるこの場所を指すのは、百歩譲って、受け入れたとしても、仙台駅のほうは関係がない。目立つ場所を恣意《しい》的に選んだだけだろうに」と思い、実際、そう言った。

占いのほうがまだもう少し、根拠のあるふりをする。深刻な事件を前にして何をふざけているのだ、という思いもさることながら、私が最も気になっていたのは、夏之目課長のことだった。

事故で亡《な》くなった、課長の家族のことが頭をよぎってしまう。

事故の原因は、高齢者の無謀運転だったが、ではその高齢者がどうして運転ミスをしたかといえば、日々の心労、金策で疲弊していたからで、その原因はと辿ってみれば、怪しげな占い師にいいように金を吸い取られたからだ。

占いや、占い師にいい印象は持っていないのは間違いない。占いの真似事、占いとも言えないたわ言を口にしつつある折尾の様子に、私ですら嫌悪感《けんおかん》を抱いているのだ。

当の夏之目課長は、無感情の顔はそのままで、折尾をじっと見ている。

「恣意的、確かにそうですね。さすがのご指摘に感謝します」折尾は怯《ひる》む節もない。私の「批判」を「指摘」と変換して受け止めている時点で、面《つら》の皮が厚い。

そしてがさごそとバッグから今度は、小さな手帳を取り出す。

「それは何だよ」大島が睨《にら》む。

ご質問ありがとうございます、と言い返してくるかのような余裕の表情を浮かべ、折尾は、「このリストが関係あるかもしれません」と手書きのメモが書かれたページを広げる。

「リスト？」

見れば、電話番号と思《おぼ》しき数字と住所が書かれた一覧が載っている。「何だこれは」

「ええと」折尾は頭を掻《か》き、眼鏡の蔓《つる》をまたいじる。「これはですね」

「何だ」

「ええと」とまた言ったのはこちらを焦《じ》らすためではないだろう。正直に話すべきかどうか逡巡《しゅんじゅん》しているのは明らかだ。

「言ったほうが絶対にいい。結局最後には、話すことになる」と私は背中を押すつもりで、手ではなく重機を使ってぐいぐいと逃げ場のないところへ押していく気持ちだったが、言った。

「犯人グループの被害者です」

「どういうグループなんですか」

「ええと」折尾は言った後で、「私は詳しく、知りません」と答える。「ただ、被害者のリストのような、彼らからすれば獲物かもしれませんが、そのリストの一部を手に入れたんです」

やはり隠していることがある。後出しもいいところだ。まだ全部を吐き出していないのは間違いない。

「どこから？」

「グループ内にいた女性です。あ、私は先ほども言いましたけど、直接、彼らと関わっていませんでした。正直に言えば、仕事に誘われたのですが断ったんですよ。ええ、断ったんです」

「もちろん、そうでしょう。信じます」夏之目課長はためらいもなく、即座に言う。

「そこのグループの経理の彼女が、私を頼ってなのか、気になるリストを見せてくれまして。それを私が慌《あわ》てて書き写したのが、これです」と手帳を自慢げに指で、とんとん、とつつく。「彼らの被害者のリストです」

「これ、調べられるか？」私はすぐに、大島にこのリストに該当する人物の情報を調べさせようと考えた。被害者であるのなら被害届が出ているはずだ、と。

折尾は、「たぶん、警察に届けてはいない可能性が高いです」とすぐに言った。「騙《だま》されていることに気づいていないか、もしくは警察に言うなと脅されているか、どちらかでしょう」

「なるほど」夏之目課長は大きく感心するように、もちろん実際には感心していないのだろうが、首を縦に振る。「それで？」

とにかく今は、この男に喋らせるべきだという判断だろう。

「たぶん、この住所の位置が使えますね」

「使える？」

「これらの住所の位置を確認すれば、浮かび上がるはずです」

「浮かび上がる？　はず？」

「犯人のいる場所ですよ」決まっているでしょう、という口ぶりだ。

「犯人はあそこにいるんだろうが」大島が車の窓の向こう、佐藤邸のある位置を指差す。「何を言ってんだ。すでに事件は起きてる。犯人はあの家だ」

「先ほども言いましたが、あそこの犯人はあくまでも一部です。本隊は別にいますよ」

佐藤勇介が、「ほかに人がいる」と言っていたことも考えれば、確かにその点は、折尾の言う通りかもしれない。

「その本隊が、どこにいるのか浮かび上がるというのか」

「かなりの確率で、オリオン座の形に浮かび上がってきます」

そこで夏之目課長が大きな音を立てた。

テーブルを蹴飛ばしたのだ。

押される形で折尾も後ろに吹き飛び、吹き飛ぶはさすがに言い過ぎかもしれないが、それにしても目を丸くしていた。地図が落ち、ペンも転がる。車体がゆっさゆっさと揺れた。

私は、夏之目課長が感情を爆発させたこと自体に驚いた。がらんどうな内面はいかなる刺激によっても発火しないと思っていた。干からびたわけではなかったのか、と そのほうがショックだった。

課長の顔は別段、怒りを滲ませているわけではないが、鼻息を荒くし、肩を上下させ、沸騰《ふっとう》した心を必死に冷まそうとしている。折尾に対して投げかける言葉を探しているのかもしれない、少ししたのち、「ふざけるな」と言い、車から降りていく。

「ふざけては」

まだこの期《ご》に及んで発言を続けようとする折尾を、うっかり讃《たた》えそうになるが、私は、「おい、そのへんにしておけ」とくぎを刺す。一般市民ではなく犯人に対応するような言葉遣いになっていた。

車両から降りれば、右手のエリアでカメラを構えたマスコミ陣が目に入った。私たちに動きがあるのを必死に待っているのだろう。

「興奮してしまった。悪いな」夏之目課長の隣にいくと、そう言われた。「人質のことを考えると、折尾の物言いにどうにも腹が立ってな」

本当は、ご家族のことで怒ったんですよね、と言いたいが私は我慢する。すでに夏之目課長は落ち着きを取り戻しており、自分で記した台本を数秒遅れで演じる、いつもの課長に戻っていた。

「先を越されました。課長が怒らなければ、私が爆発していました。あの男、悪ふざけが過ぎます。口が達者で」

「どこまで本気でしゃべっているのか」

「必死なのは伝わってきますが」

「そうか？」夏之目課長が冷たく言い返してきた。

「え」

「必死かどうかすら分からないな、ありゃ。単に俺たちをからかっているような節すらある」

少しすると大島も降車し、近づいてきた。「あいつ、ふざけてますよ。オリオン座の図ばかり描いてます。リストの住所が、星の位置と重なるなんて、そんなことあるわけないっての」と言いながらも空を見上げて、「ええと、オリオン座、オリオン座」と星の位置の確認をはじめた。「あった、あれですか」

「星座の中で、あれだけは見つけやすい」夏之目課長もそれは認めざるをえない、といった具合に言った。「やっぱり、真ん中の三つの星が目立つからな」

「あ、あれがそのベテルギウスですか」大島が指の位置を上にした。すぐには見つけられないが、私もほどなく、ひときわ明るい星を把握する。

「一等星らしいですね。もう爆発しているかもしれないって」

「大島、詳しいな」

「今、あいつに教わったんですよ。折尾に」

私と夏之目課長の目が合う。ふざけてやがる、と批判した相手から星座の蘊蓄を教えてもらい、嬉《うれ》しそうにしているのだから、単純この上ない。

「もし爆発すると、地球は数ヶ月、明るいらしいですよ。満月の百倍明るいって」

「それはずいぶん」私は素朴に感心した。「明るいな」

「白夜じゃないですけど、世の中がだいぶ変わっちゃいますよね」

「害はないのか?」

「え?」大島が真面目《まじめ》な顔で振り向く。「害、あるんですか?」

「確か、超新星爆発の時、何か放出されるんじゃなかったか。ガンマ線だったか。何億年か前も、それで生物の大絶滅があったと何かで読んだぞ」夏之目課長は目を大きくし、口を尖らせるが、おそらくはそれも、部下を茶化す上司、のふりをしているだけだ。「大丈夫なのか?」

「やばいな、それ。爆発したらアウトですよね」

「アウトかセーフかは」

「だって、爆発した!　って分かるのはその前日くらいになって、やっとらしいですよ。怖いな。ちょっと聞いてきます」と大島が車に戻りかけたものだから、私は笑いながら呼び止める。「それよりも、どうせならさっきのリストを調べるか」

「さっきのリスト?」星の爆発よりもリストが大事、とはぴんと来ないかのようだ。

「折尾が持っていた、被害者の。騙された認識はないかもしれないが、リストの一人目くらいは電話をかけて、状況を聞いておいてもいい」私は言いながらも、そこまでする必要があるのかどうか判断できない。折尾の、オリオン座話に付き合うのは、大《おお》袈裟《げさ》に言えば屈辱的ですらあった。ただ、もしあのリストが本当に犯人グループの、いや、その犯人グループの存在自体が折尾の発言由来で確証はなかったが、それが正しかったとして、そのグループの被害者だとするならば、調べる必要はある。

「分かりました。調べてみます」と大島が車に戻っていく。

後ろを向くと、夏之目課長がまだ空を見上げていた。

「オリオン座、見てるんですか」私が声をかけたところで、夏之目課長が顔を向けてくる。

「春日部、オリオン座の下にあるのが、蠍座《さそり》だったか？」

「蠍座がどれかなんて、私にはまったく分からないです」

「星座なんてのは、勝手に星を指差して、線を引いてるだけなんだから、胡散臭《うさんくさ》いとしか思えない」

「ええ、そうですよね。私もそう思います」

「だが」夏之目課長は言うと、また空に目をやった後で私に視線を戻し、「悪くないよな」と表情を緩めた。

「え」

「星ってのはやっぱり、夢がある。昔は夜にやることなんてないだろうから、見えるものといったら星くらいだろうし、深夜テレビもスマホもないんだから、時間は無限にあった。だから、空を見ながら想像力を膨らませていたんだろうよ」

その途端、周囲の住宅がことごとく消え去り、一面は草の生えた丘陵地で、私は地面に尻をつけ、頭上の夜空を眺めている感覚に陥る。空はあまりに広く、あまりに黒く、巨大な瞳《ひとみ》がこちらを覗《のぞ》き込んでくるようにも思える。時間の流れはゆっくりとなり、とはいえ眠りにつくこともできないが、小さな星を指でつないでいくことに夢中になる何者かを眺めている感覚になった。あの星をつなげて、狩人オリオンとしよう。だとすれば、これがそのオリオンの命を奪ったサソリだ。そう言い合い、その瞬間、真っ黒だった空からふわりと、ただの線画だったものが、奥行きを持った実体として、浮かび上がってくる。

「今じゃなかなかできない、壮大な遊びだ」夏之目課長のその言葉で私は、我に返る。借り物ではなく、心からこぼれ出た発言のようだったため、新鮮だった。昔の課長に一瞬、戻ったかのようだ、と。

春日部課長代理の勘は鋭い！　夏之目はその時、星座を眺めながら、不意によみがえった娘の記憶のおかげで、からからの土地に雨が降ったが如《ごと》く、内面がじんわりと潤《うるお》うような状態だったのだ。

夏之目の娘、夏之目愛華《あいか》は、「テレビで観《み》たばかりなんだけれど」と父にオリオン座の話、ベテルギウスの爆発の話をしたことがある。

「お父さん、面白いと思わない？　とっくの昔に爆発していたとしても、わたしたちには確認できないんだよ。六百四十光年離れているんだから。爆発して六百四十年後に、やっと分かる。明日になって急に、あの星が爆発して、夜が明るくなってるかもしれないんだって」

南の空を指差したことからも、これが冬の夜の一場面だとは分かるはずだ。

大学一年生の夏之目愛華はその夜、サークル仲間数人と食事及びカラオケに行き、家に帰るところだった。たまたまそこに夏之目が通りかかり、というのはもちろん娘に対する嘘で、実際には帰りの遅い娘が心配で、真冬に汗をかきながら繁華街の近辺をうろつきまわっていた結果なのだが、とにかく、二人で並んで夜の舗道を歩いていた。

本来ならば、タクシーに乗り、家に向かうべき距離だったが、「タクシーに乗ったと思って、その分のお金をお小遣いとしてください」と冗談半分に娘が言うため、徒歩での帰路となっていた。夏之目からすれば、娘と並んで歩く時間はかけがえのない、人生における最高の幸福であって、歩けば歩くほど自宅が遠ざかってくれないかと感じるほどだった。

「お父さん、さっきは本当に偶然、あそこを歩いていたわけ?」

そこで、実はおまえが心配で、と白状しても良かったが夏之目は、負けを認めるのが悔しいような気持ちがあったため、「当たり前だろ。たまたまだ」と言った。

「偶然ねえ」父親の白々しい嘘に、愛華は呆れ半分、愉快さ半分といった様子で笑った。「まあ、いいか」

「何が、いいんだ」

「分かりやすい嘘をつかなくちゃいけない、よんどころない事情があったんだと思うから」

何がよんどころだ、と夏之目は苦笑したが、実際、娘を心配する親の気持ちは、なんともどうしようもない、よんどころのないものだな、とも思った。

その後で夏之目愛華が、オリオン座の話をした。

「星もいつか死ぬ、ってなんだか怖いけれど、すごいよね」

「星も死ぬのか」夏之目にはぴんと来ない。

「太陽もあと五十億年もするとおしまい」

「その時、人間はいるのか?」

「いると思う?」夏之目愛華は急に真面目な顔つきになった。「人の文明なんて一瞬だよ。何十億年からすれば」

「あれか、宇宙の歴史に比べれば、俺たちは塵《ちり》のような」

「それもまたいいよね。轟々《ごうごう》とすごい速さで流れていく時間の中で、そのほんの一瞬の間でわたしたちは生きて、一喜一憂したり、遊んだり、勉強したり、働いたり、恋愛したりするんでしょ。凝縮されているというか、充実しているというか。お父さん、『レ・ミゼラブル』読んだことある?」

「何だ、それは」

「小説だよ」

「映画で観たかもな」

「映画のはかなり圧縮されてるんだよ。もともとの小説は、ストーリー以外のところがたくさんあって。ジャン・ヴァルジャンが下水道の中を逃げるんだけど、その前に、パリの下水道事情を一章使って、説明していたりするんだよ」

「下水道事情？　ストーリー以外のところなんて必要なのか？」

お父さんは分かってないな、と愛華は笑った。「そういう無駄なところが、物語を豊かにするんだから」

それにしても、ここでまた、『レ・ミゼラブル』が登場するとは。今村と黒澤がこの小説を読んでいたのはまだ、百歩譲って良しとしても、さらにもう一人が言及するのは、さすがに偶然にもほどがある、都合が良すぎる、と呆れる方もいるだろう。大部である『レ・ミゼラブル』を読み通した人間がそうそう重なり合うことはないかもしれないが、それでもこういった偶然は少なからずある。しかも、ここでこの小説に言及することは、白兎事件を語る物語において、さほど大きな要素ではなく、都合が良すぎるも何も、大して都合は良くならない。あくまでも話を膨らませる一種の、ドライイースト、ベイキングパウダーのようなものに過ぎず、それでも気になる場合には、ここで夏之目愛華が触れたものを、お好みの小説や映画に置き換えてもらってもいいだろう。

「そこに書いてあったんだけれどね」夏之目愛華は言うと、少し照れ臭そうに表情を崩した。

「何がだ」

「海よりも壮大な光景がある。それは空だ。空よりも壮大な光景がある。それは」

「宇宙か？」

「それは人の魂の内部」彼女は笑う。「人の心は、海や空よりも壮大なんだよ。その壮大な頭の中が経験する、一生って、とてつもなく大きいと思わない？」

「そういうものか？」夏之目は賛同する気持ちにはなれなかったが、満足げに話す娘を見ているのはやはり幸福だった。「はい、生まれました。はい、死にました。みたいなものじゃないか」

「違うよ。はい、生まれました。はい、いろいろありました。はい、死にました」

「まあ、そうか」

その間にはいろいろある、とはまさにその通りで、夏之目は日々、大小さまざまな事件や大小さまざまな雑事に取り組み、そして今は、娘とこうして歩いている。宇宙の時間からすればほんの一瞬でしかない時間を、スローモーションのように引き延ばし、自分たちの人生を営んでいると考えれば、それはそれで、得をしている気持ちになった。

が、当の夏之目愛華は、その、わずかながらに与えられていた「一瞬」すら十分に使わせてもらえずに亡くなった。

夏之目の受けたショックたるや想像を絶するものであることは、想像してもらえるだろうか。

深海よりも暗い光景がある。それは宇宙だ。宇宙よりも暗い光景がある。それは、大事な人を亡くした者の魂の内側だ。

妻と娘の命を奪った信号無視の車、その車を運転していた高齢の運転手、その高齢の運転手を追い込んでいた占い師、繰り返しになるが法的にはこの、最後に挙げた占い師に責任はなかった。

かといって夏之目は、運転手のほうを責める気にはなれなかった。高齢の彼女も、「宇宙からすれば一瞬」の人生の中で人身事故を起こすとは思ってもいなかったはずだ。

では、夏之目はどうしたか。

ここから少しだけ、白兎事件から離れた話になるが、簡単に説明をしておくと、夏之目は、この占い師に復讐《ふくしゅう》を果たしている。

復讐はもちろん、法的に許されない。

法を守るべき男、夏之目もそれは分かっていた。

事件後しばらくして、その占い師のことを調べていくうちに夏之目は、調べなければいいのに、とは思うが彼は彼なりに何かをしていなくては生きていられなかったのだろう、とにかくその占い師が、親の資産により、生活に余裕のある人生を送っており、ただの暇つぶしで他者を占っていたと知り、さらには彼女が知り合いたちに、「自分が占った客が事故を起こした」と語り、しかもどういうわけか、「うけるー」と愉快げに話していると知って、さすがに怒りを抑えることができなくなった。

もちろん彼女自身が、自分の客が起こした人身事故についてショックを受け、責任を感じることが怖く、だからこそ笑い話に変換しているのではないか、と夏之目は想像しもした。「うけるー」は反応に困った末のエラーメッセージ、パソコンがお手上げ状態を示すブルースクリーンの画面のようなものだったと考えることもできる。

人の本心を見極めるのは難しい。何しろ、空や海よりも壮大なのだ。内輪の、親しい者の間で喋っている言いまわしが本音かと言えば決してそうではなく、むしろ、仲間の前で自分を大きく見せるための虚勢、ということも多々ある。

だから夏之目はその時点でもまだ、占い師を憎む気持ちは抑えていた。彼女が悪いわけではない、と自らに言い聞かせた。それは、どうにか彼女に怒りをぶつける正当な理由を見つけようとしていた、とも言える。

やがて、その時が来る。

夏之目は、帰宅途中の彼女に話しかけ、自分の正体を明かした。あなたの客に交通事故で命を奪われたのが、私の妻子なのですよ、と。

占い師は突然のことに困惑し、どうしたか。エラーメッセージを吐き出した。「うける―」だ。夏之目はかっとした。わけではなかった。おそらく、その言葉を待ち望んでいたに違いない。相手の失策を待っていた。

失言が信用を失うことはよく知られているが、時には命を失うことにもなる。

違法販売者から購入していた拳銃《けんじゅう》を占い師に向けると胸を撃った。拳銃から薬莢《やっきょう》が飛び出すのと同時に、夏之目の体から感情のもとのようなものが、すぽんと抜け落ち、それ以降、夏之目は抜け殻状態となるのだ。

抜け殻の夏之目には罪を隠すつもりも、罰を免れるつもりもなかった。率先して捕まり、甘んじて裁かれるつもりもなかった。ただ、死体を放置したままでは、翌朝、登校する子供たちが発見し、ショックを受ける、それは避けたい、と思った。物事の優先順位を誤っていたが、とにかく彼は占い師の死体を山へ運び、埋めることとすらせず、木々の間に置いた。

あとは野となれ山となれ、と思っていたところ、翌日、記録的な大雨が原因の地すべりが起き、占い師の死体の上には大量の土が覆《おお》いかぶさり、さらには周囲は立ち入り禁止となった。

これによって夏之目の、占い師に対する復讐は土砂の下に埋もれた。野となれ山となれ、が本当に山になってしまったとも言える。

抜け殻の夏之目は、そのことにどういった感情も抱かなかった。

というのが、この立てこもり事件を担当する夏之目の人生の、裏側だ。

警察官が殺人を犯すだなんて！ 家族が亡くなったから同情してあげていたのに犯罪者ではないか！ 見損なった、と思う方もいるだろう。特殊捜査班を応援していたのに、という声もあるかもしれない。

が、夏之目は見境なく人を殺す鬼というわけではなく、自分の罪を隠したいという気持ちも皆無だ。一刻も早く罪を告白し、罰を受けろ、という意見は正しいが、彼にはもはやその、正しいことをするエネルギーも残っておらず、日々の仕事をこなしている。

しかも夏之目の働きによって事件がいくつか解決し、助かった被害者も少なからずいた。だから罪を帳消しにしろ、と主張する気はない。言えることは、夏之目はその後も、県警の特殊班の課長として真面目に働いているということだ。立てこもり事件に向き合っている今も、真摯《しんし》に仕事に取組み、人質をいち早く解放しなくては、と思っている。

念を押しておくが、この立てこもり事件において、夏之目は警察側の現場責任者としてまっとうに仕事をこなしていることは忘れないでもらいたい。

といった話をしているうちに、白兎事件は次の展開にうつっている。

夏之目課長と私が車に戻ると、広げた地図から折尾が顔を上げ、「見てください、これ。オリオン座の形そのままです」と高揚した声で言ってきた。勢いが強くずれてしまったのか、眼鏡を手で押さえた。

溜《た》め息をこらえる。見たくもなかったが、ちらと目をやる。自分が取り出したリストから抜き出した住所に、ペンで印をつけたらしい。

こちらが関心を示していないことは明らかであったから、折尾は不満だったのだろう、「ちゃんと聞いてください」と訴えてくる。

私がゆっくりと息を吸ったのは、気持ちを落ち着かせるためだ。「折尾さん、今はこの事件のことに集中してください」

「何を言ってるんですか、私も事件の話をしているじゃないですか」折尾の声が上ずった。「いいですか、ちょっとこの地図を見てください。星の」

大島が、「春日部さん、こんなの見なくていいですよ」と乱暴に言ったが、それが折尾をさらに刺激したらしい。

「いいえ、見てください。大事なことです」折尾はばさばさと地図を手に持ち、こちらに向ける。うまく広げられず端がめくれたりするものだから、大島が手伝った。

「被害者リストの該当住所に印をつければ、こうなります」

馬鹿《ばか》げていたから鼻で笑いたかったところだったが、いや、鼻で笑ったのは事実だったが、地図上に打たれた黒い点に顔を近づけた。

「今、私のいる、私たちのいるこの地点がここです」折尾が指した場所は、確かに〈ノースタウン〉の位置だった。

〈ノースタウン〉から北東のあたりに点があり、そこから右下に動いたところにまた点がある。

「ただの三角形じゃないか」私は言っている。それでは、線を引っ張ったところで、〈ノースタウン〉を左隅とした三角形が描かれるだけだ。

「違うんです。ここは、オリオン座における左上、オリオンの腋《わき》の下、ベテルギウスにあたります。今、おっしゃった三角形というのはオリオン座の上半身、肩から上の三つを指すだけです。大事なのはここです。見てください。三つの星が」〈ノースタウン〉の位置より少し南東に離れたところ、地下鉄の八乙女《やおとめ》駅近辺から、女子大近くを結ぶあたりに点がある。

「オリオン座のあの特徴的な、ベルトの部分の三つ星」夏之目課長が言った。「というわけですか」

「そうなんです。これは偶然とは思えません。このあたりに大きなマンションがあって、そこにこのリスト上の住所が」

私は置かれているリスト、被害者一覧というそれに目を通した。リストとはいえ、十行くらいだったが、上からいくつか眺めていくと確かに、記されている住所は点の打たれた位置を指しているようだった。意地悪なことは言いたくなかったが、「ただ、まったく違う場所の住所もありますよね」と指摘はした。リストの住所の中には、仙台市の西端や海岸側の地域のものもいくつかあるのだ。

「もちろんです。宇宙には、オリオン座以外にも星がいくつもありますから」

「それを言ったらどうとでもなるじゃないか」大島がすぐさま、異議を唱えた。私も同感だった。恣意的に過ぎる、と指摘する気にもなれないほど、あまりに恣意的だ。

「いえ、これはオリオン座になるんです」

「折尾さん、二つ質問があるんですが」夏之目課長は言った。「一つは、オリオン座の三つ星らしきものを認めたとしても、その下はどうなっているんですか」

「その下」

「オリオン座は確か、こういう風に下にもありますよね。三つの星を真ん中に、さっきの折尾さんの言い方を借りれば、上半身と下半身があると言いますか」

「ええ、そうですね」

「このリストにあるのは、上半身だけ？」

折尾はその後、顔を落とし、自分で持った地図を見る。手を伸ばし、「リスト上にあった、この位置なんかは、下半身部分の一つに当たるかもしれません」と地図の下のほうの点を指した。

「いや、折尾さん、さすがにそれは、バランスが」

オリオン座の形を正確に覚えていない私からしても、彼が今、示した点はずいぶん左の下に行き過ぎているように見えた。もしオリオン座の形を作るのならば、下側の点の位置はせいぜい仙台駅のあたりになくてはいけない。今、折尾が指差したのは、それよりもずっと南だ。

「このリストのうち住所が空欄のところがあります。そこが埋まればおそらく、オリオン座の下半身もできあがるんだと思います。右下の、オリオンの足、リゲルも。和名でいえば、源氏星ですね」

「源氏というのは、あの源氏?」

「リゲルが青白く、ベテルギウスが赤かったので、昔の人は、源氏と平家の旗の色を重ねたんでしょう。源氏星と平家星と呼ばれていました」

「へー」と大島が感心している。

「もう一つ」夏之目課長が言う。「仮にそのオリオン座ができあがったとして」

「はい」

「それがどうだというんですか?」

まさに私もそのことをぶつけたくて仕方がなかった。

だったらどうだと言うのだ。

もともと、どこからこういう話になったのだ。

立てこもり犯には仲間がいる、グループだ、そのグループから被害を受けた者たちのリストがある、そのリスト上の住所を地図に当てはめてみると、オリオン座の形に似てきた、というただそれだけのことで、そのことがこの立てこもり事件を解決する糸口につながるのかといえば、まったくそうとは思えない。いや、オリオン座の形に似てきてすらいない。

「悪の本拠地が浮かび上がってきます、とか言わないよな」

大島が茶化すように言うと、折尾は、「その可能性はあります」と答えた。一瞬、ふっと彼の鼻から息が漏れたため、自分でもさすがにこのでたらめに気づき、噴き出さずにはいられなかったのか、と思った。

「おそらく、リゲルに当たる部分に犯人はいるのでは、と」

「リゲル、さっき言った右下の」

「源氏星」

八乙女近辺に打たれた点が三つ星だとするならば、リゲルなる星の位置は、その南東、宮城野《みやぎの》区のどこかだろうか。

「まあ、オリオン座の形に近くなるように地図上に線を引いてみれば、おおよその場所は分かるはずなんです」折尾は言ったかと思うと、地図をがさっと移動させ、さっそく線を引こうとするものだから、私は慌てて止めた。

百歩譲って、本音を言えば一万歩譲って、オリオン座の位置が犯人グループの居場所を指すとしても、そのようにフリーハンドに近い形で描き出すのでは意味がない。地図上の一センチメートルのずれは実際では何百メートルの差を生み出す。やるからにはもっと、丁寧に線を引くべきだ。折尾の仕事はコンサルタントだということだったが、これほど不確かな内容を断定気味に喋《しゃべ》っていて、信用されるのか、と改めて心配になった。

自分の行動を制されたことで折尾はむっとするかと思ったが、それよりも諦《あきら》めを滲《にじ》ませ、「分かりました。まずは、みなさんに協力します」と言った。「おにぎりだろうが煎餅《せんべい》だろうが、それを運ぶのを手伝います。そのかわり」

「そのかわり?」

「私のこの案も受け入れてください。この星座を完成させることに協力してください」

車内はしんとする。眼鏡をかけた真面目な大人が主張するには、支離滅裂な取引内容に思えた。

沈黙を終わらせたのは夏之目課長だ。「助かります。よろしくお願いいたします」

と、相手の気持ちが変わる前にという焦《あせ》りもあったのだが、力強く言った。「ただ」折尾は手のひらを前に出す。「ただ、どう考えても、あの家の玄関を開けて中に入るなんてことはやりたくありません。あからさまに危ないじゃないですか」

「まあ、ええ」それはそうだろう。

「ほかのやり方を考えてください。私が引きずり込まれたりしないような」

当然の主張には思える。恐ろしい獣が待ち構える洞窟《どうくつ》に、食べ物を運べ、と言われ、しかも実際の食べ物はおそらく自分である、とも分かっているのだ。

「まあ、そうなのですが」夏之目課長が腕を組む。

しばらくそこでみなが、ううん、と悩む。解決策があるとは思えず、私はすでに、「どうにか折尾に納得してもらうほかない」と考えはじめていたのだが、思わぬところからアイディアが生まれた。

まず最初に大島が、「犯人も腹が減ってくるでしょうし、飯は欲しいと思うんですよね」と言った。

すると折尾が間髪入れずに、「それなら、投げたら拾って食べるんじゃないですか」と挙手する小学生さながらに、張り切った声を出した。

「何だよそれは」大島がすぐに訊《き》き返す。

「投げるんですよ」

投げる？　いったい何を言いたいのか私にはぴんと来なかった。

「近づけないなら、遠くから投げるしかないじゃないですか」

「食べ物を投げたら駄目だろ」

大島はそのようなことにこだわった。一方の私も、そんな馬鹿げたことができるわけがない、と笑い飛ばしかけた。

「なるほど」とそこでうなずいたのが夏之目課長だった。「悪くないかもしれないな」

「どういうことですか？」

「少し離れた場所から、折尾さんに食事を投げてもらう。犯人にとってもそのほうが危険は少ない。警察には離れていてほしいだろうしな」

家の外から、節分の豆まきよろしく、えい！　えい！　とおにぎりを投げ込む光景を想像してしまい、私としては冗談としか思えなかったが、夏之目課長は、「その線で行くしかないか」と覚悟を決めたようだった。

このあたりで、外からの視点も述べておく必要があるだろう。その十分後、今村と中村がのんびりとテレビを眺めているところだ。

「中村親分、動きがありそうですよ」

仙台人質立てこもり事件と表示された画面には、一戸建てが映っていた。マイクを握ったリポーターはジャケットを着た若い男で、現場での待機に疲労したのか、起きながらに寝癖がついたかのように髪を少し跳ねさせていた。「どうやらこれから犯人の要求に従い、隊員たちが家に向かっていくようです」

カメラが少し横に移動すると、列になった機動隊が進んでいるのが映った。

「たくさんいるもんだな」中村が感嘆している。

「犯人が拳銃を持っている時はやっぱり、盾が必要なんですね」今村は、テレビ画面の機動隊員を指差す。「顔にかぶるヘルメットも重そうだし、大変そうです」

「防弾のは重い。ただ、たぶん、あのテレビに映ってる機動隊も、後ろのほうのやつは、ガード部分がプラスチックじゃねえかな。数、足りねえんだよ、きっと」

「危ないじゃないですか」

「防弾じゃないからやめておきます、なんて隊員はいないんだろうな。ああやって犯人に向かっていくんだから、すごいよ。頭が下がる」

「空き巣の俺たちに労《ねぎら》われても困っちゃうかもしれないですけど」

「見知らぬ他人のために、身を危険に晒《さら》して働いているんだ。ほんと、大したもんだよなあ」

「皮肉じゃなく」

「もちろん皮肉じゃない。嫌みでもない。それにしても、黒澤は大丈夫なのか」

「大丈夫じゃないですかね。黒澤さんって、自分が人質になっても、たぶん、俺たちのほうを心配していますよ。そういう人じゃないですか」

「まあな」

二人が画面から視線を外しても、点《つ》いたままのテレビの中では、ジャケット姿の寝癖男が実況を続けている。緊張のせいなのか、はたまた疲労による高揚状態にあったのか、いや、この事件にとってはまったくの無関係ではあるが、実況者の彼は今晩、恋人から別れ話をされた直後だった。自暴自棄の要素がなかったといえば嘘《うそ》になる。そのことを視聴者はもちろん彼の周囲の誰も知らない。とにかく、だんだんと声が大きくなり、口調は興奮してきた。

「どうやら、隣の家の敷地から食事を投げ入れるようです。細い道を挟んではいますが、そちらの庭から、立てこもっている家の二階のベランダに投げ込むのではないでしょうか」

現場の中継とは別に、スタジオにいるキャスターが問いかける。「食事はどのようなものを用意されたんでしょうか？」

現場との通信時間のためか、若干の間があった後でリポーターが応《こた》える。「コンビニエンスストアで購入したおにぎりだそうです。犯人から指示があったようですが」

スタジオのキャスターは、おにぎりの具は何でしょうか、とはさすがに訊かなかった。そのかわりに、「おにぎりを投げて、届くような距離なんですか？」と訊《たず》ねる。

「大人が投げる分には届かない距離ではありません。おそらくビニール袋にいくつか詰め込んで、それを投げ込むんでしょう。外れることも考えられますから、いくつも用意していると思われます」

「どうしてそんなことを」

「詳しい事情は公表されていないのですが、おそらく犯人が、警察に接近されることを恐れたのかもしれません」

「機動隊が固まって、大勢で移動していましたが、犯人が銃を持っているからですかね」

「拳銃を所持している可能性はあります」

「家の中から撃ってくるということでしょうか」

俺だってほとんど情報がないんだよ、とリポーターは叫びたいところだった。何と言っても恋人から別れ話を切り出された理由すら分からなかったのだ。ただ、それを口にしないくらいの常識は持ち合わせていたから、「銃で狙《ねら》っている可能性も否定はできないということかと思われます」とほとんど何も言っていないに等しいコメントは返した。

「警察のほうはたとえば、近くの建物から、犯人を狙撃《そげき》する準備をしているんでしょうか？」

あのさ、考えてみてよ、このテレビを犯人も観ているのかもしれないんだから、ここでそんなことを答えられるわけないでしょうが。リポーターはその言葉が喉《のど》まで出ていた。明らかに顔が引き攣《つ》っている。

もう一つ、似たような質問がスタジオから投げられたなら彼も、「もうやだ！」的な叫びを上げたのかもしれない。

「あ、たった今、隣の家に到着しました。門の前に一、二、三、四人の姿がありま す」カメラがズームアップし、家の門近くを映し出す。庭から大きな木が、塀から溢《あふ》れ出すように生えており、手入れ不足は明らかだ。

「隣の家の方には許可をもらったんですかね」スタジオの出演者から、素朴な疑問めいた確認が聞こえた。

この期《ご》に及んでそんな細かいことはどうでもいいのでは？　コンプライアンスとかどうでもいいじゃないの！　とリポーターは言いかけたに違いないが、「警察が協力を要請したところ、承諾してもらえたそうです」と答えた。

「さて、これから、どうなるんでしょうか」スタジオから質問が出る。

知るかよ、の言葉をリポーターは飲み込んだ。「電話で中の犯人とやり取りしているのかもしれません」

「これって、食事に見せかけて、手榴弾《しゅりゅうだん》じゃないけれど、煙が出る道具とかを投げ込んだらどうなんでしょうか」

だから！　犯人が観ていたらどうするの！

「そのあたりは犯人も警戒しているのか、ベランダの窓は閉まったままです。安全を確認した後で、取るつもりなのかもしれません」

リポーターの彼が必死に、できるだけ正確に、できるだけリアルタイムに追おうとしている内容はテレビを通じ、さまざまな人間に、今村や中村だけでなく、それこそ兎田にも伝わっている。さらには、お忘れになっているかもしれないが、仙台港近くの倉庫内にいる、この事件の根源ともいえる、誘拐ベンチャー企業家、稲葉もパソコンの画面でそれを眺めていた。「兎田、おにぎり食べている場合じゃないだろうが」と心底、腹立たしそうに洩らし、その苛立《いらだ》ちを発散させるために、また綿子ちゃんを蹴《け》り飛ばそうとした。あの可愛《かわい》らしい小動物めいた彼女は顔のあちこちが腫《は》れ、むごいとしか言いようのない姿になっているにもかかわらず、さらに痛めつけようとするのだから、この男の心は完全に腐っているとしか言いようがないが、ただ、テレビの中継が彼を止めた。

「今、袋が投げ込まれました！」リポーターが大きな声を出した。

おにぎりの入った袋を、少し離れた隣の家から、えいや、とベランダに向かって投げ込むのは、祭りの余興にもならない、冴《さ》えない場面だったが、それすら、必見のイベントに仕立てよう、とするテレビ局の熱心さには感服するほかない。

隣家からの袋の遠投は、一度目は失敗、二投目はベランダの手すりに激突し、やはり失敗、三投目でついにベランダに放り込まれた。偉大な結果でも出たかのように、どこからともなく歓声が聞こえた。四投目も続く。

「あ、慌《あわ》ただしく、警察が出てきました！」とリポーターが叫んだのはその後だ。

「何か予期せぬ出来事でも起きたのでしょうか？　機動隊員が固まって、戻ってきます！」

　隣家の庭から戻ってきた私たちは、最前線から帰ってきた兵士のように迎えられた。隊員たちが慌ただしく集まってくる。

「春日部、大丈夫か。どうなった」夏之目課長が寄ってくる。目を見開き、明らかに心配してくれているのだが、それもまた、心配する上司を演じているだけに思える。

「いえ、あっちの二階の窓が少し開いたんですが、銃口らしきものが見えまして」

撃たれちゃいます！　と折尾があたふたとし、こちらの指示も聞かずに敷地から出ていこうとしたため、私たちも焦り、一緒に戻ってくるほかなくなったのだ。

「威《い》嚇《かく》だったのか」

「ええ、おそらく。ずっと私たちがあの場にいたら、ベランダの物を取りに出ることも難しいでしょうし」それだけにもう少しあの場にいたかった。「折尾は、折尾さんはどこですか」

「車の中だ」

犯人の立てこもる家の外から、食事を投げ入れる。

その提案を犯人ははじめ、受け入れようとしなかった。彼の狙いは、あくまでも、「折尾を家に寄越すこと」だからだ。

が、夏之目課長の丁寧、かつ、しぶとい説明が功を奏したのか、もしくは、犯人側もまずは食事を確保しておかなくては、と考えたのか、最終的に、「隣の庭からなら、こっちのベランダも見える。そこから投げろ」と指示を出してきた。「まずは、それでいい。折尾と人質とを交換したいが、それはもう少し後にしてやる。早く食事を投げ入れろ。余計なことはするな。思い切り投げれば届くはずだ。あ、オリオオリオにそれをやらせろよ。少なくとも折尾の姿は見たい。こっちから、本当に折尾なのかをチェックしたいからな」

そのあたりが落としどころ、と夏之目課長をはじめ私たちは判断した。「折尾さんだけを連れていくことはできない。ないとは思うが、銃で撃たれたら大変なことになる」

「撃つわけがない。オリオオリオが死ぬようなことがあったら、俺も困るんだよ」犯人は言った。

「とはいえ、安心するわけにはいかないこちらの立場も分かってほしい」

犯人は結局、折尾とともに機動隊員がついていくことを認めてくれた。「ただし、妙な真似《まね》をしたら、中の人質を撃ち殺すぞ」と。

誰かが同行したほうがいい、という話が出た際、私は真っ先に手を挙げた。そうしなくては、「私が行こう」と夏之目課長が言い出しそうだったからだ。現場を指揮する課長に何かあってはまずい。

「食事は、ベランダにうまく投げ込めたんだな?」夏之目課長が確認してくる。

「庭から、向こうの上に投げ入れるのは意外に難しくて。距離もありましたし、正直なところ、折尾一人では無理で」機動隊員の一人が代わりに投げ、二つほどどうにか放り込めた。

隣家の住人は、幸か不幸か、逃げ遅れて家にいた。捜査員が訪れると、「眠っていて気づいたらこうなっていた」と頭を掻《か》き、少し恥ずかしそうに出てきたらしい。はじめはこちらの、「家の敷地を使わせてほしい」という要請に対しても、「何かあったら怖い」と嫌がっていたが、捜査員が連れ出し、安全な場所まで移動すると気持ちも落ち着いたのか、必要によっては家の中に入っても良い、と言ってもくれたのだ。ただ最終的には、二階ではなく庭から投げ入れることを私たちは選んだ。

「中は見えなかったか?」夏之目課長が言う。

「そうですね。ベランダの向こうはカーテンが閉まっていまして。銃口が見えるまでは、影すら」

「進展はないな」

「残念ながら」

向き合う夏之目課長の背後に、折尾が歩いてくる姿が見えた。車両から降り、ずれた眼鏡に触りながら、寄ってくる。「勘弁してください。死ぬところでしたよ」と口を尖《とが》らせていた。「あれ、銃でしたよね? はっきり見えました。狙っていましたよ、こっちを」

「脅しだったような気がします」あなたが泡を食ったかのように逃げ出したものだから、接近する貴重な機会がすぐに終わってしまったんですよ、と言ってやりたかった。

すると夏之目課長がスマートフォンを取り出した。「犯人からだ」と言い、電話に出る。

私は、犯人が何を言ってくるのかを気にかけ、じっと夏之目課長を見た。

「ああ、問題はなかっただろ？　こっちは銃口が見えて、焦っただけなんだ。ベランダの袋は取ったか？　そうか、腹が減ったら取ればいい。怪しい物なんて入っているわけがない。心配ならよく確認して、いらないものは捨ててくれていい」

電話を終えた夏之目課長に、「あの」と折尾が声をかけた。「犯人は何と言っていましたか」

「特に大したことは。ただ、折尾さんのことを見て、本物だとは分かってくれたようです」

「本物？」

「捜している折尾さんに他ならない、と」夏之目課長が意味ありげに、折尾を見る。私も視線を向けた。「やはり、関係があるんじゃないですか？」

折尾は眼鏡を触り、「何を」と吐き捨てるように言う。「何を言ってるんですか。犯人と私とどちらを信じるんですか」

それはもうあちらを、と危うく言いかけた。「ですが」

「あ、それよりも」折尾はそこで話題を変えたかったのか、声を高くした。「それよりも、約束を。約束通りに、調べてほしいのです」

「約束？」夏之目課長はとぼけたわけではなく、実際にぴんと来なかったのだろう。

私のほうは、くそ、覚えていたのか、と舌打ちが出そうだった。今の騒ぎで忘れていてくれれば良かったのだが。

「調べてくれるという約束でしたよね」

「調べる？」夏之目課長はもう一度、言った後で、「ああ、星座の」とうなずいた。

「そうです。星座の位置が大事なんです。リゲルの場所を」

「そうそう、リゲル」と課長は話を合わせる。

「調べてくれますよね」

「もちろんです」それどころではない、茶番に付き合う余裕はない、と言いたいところだが、折尾が協力をしてくれたのは事実で、さらにまだ協力してもらわなければならない可能性はあるから、無用な反発を生みたくはなかった。「いったい何を調べればいいんでしたっけ」

いったん中で話をしましょう、と夏之目課長が提案し、私たちは車両へ戻ることにした。

マスコミが気になり、振り返ると、マイクを握った者たちが真剣な面持ちで情報を伝えている。

「この後で、あっちに説明に行かないとな」と言う。

「マスコミも、何か新しい情報がないことには困るでしょうしね」

「だろうな」夏之目課長はくるっと体を反転させ、カメラを担《かつ》ぐ面々を見やった。「ああやって一生懸命に働いているリポーターたちにも、仕事とは別の生活があるんだもんな」

「え」

「いや、ふと思っただけだ。家族との時間を削ってここで働いているのかもしれないし、急に呼び出されて、恋人との別れ話を切り上げてきた奴《やつ》もいるかもしれない」

「はあ」

思わず気の抜けた相槌《あいづち》を打ってしまったが、夏之目課長もただ思ったことを口に出しただけのようだった。

「仕事ってのは」と自分に言い聞かせるように洩らした。「人の人生の大半を食い尽くす化け物みたいだな」

「仕事がないと、人生が続けられません」

「化け物のおかげで生きていられるわけか」

車内に戻ると折尾が待ち構えており、「さあ、調べてください」と言う。私たちに向かって、スマートフォンをぐいぐいと突き出してくる。

「ええと、どうすれば」乱暴に言い返しそうになるのをこらえた。

「さっきのリスト、被害者リストに空欄があったのを覚えていますか？　あのリストの空欄を埋めたいんです。そこの住所が分かれば、星座の形ができあがります」

「形ねえ」隣にいた隊員が小馬鹿にした口調を隠そうともしなかった。

折尾は気にせず、続ける。「それで実は、この空欄の被害者から連絡がありそうなんです」

「連絡が？　誰から」

「ですからこのリストの空欄の」とスマートフォンを揺すっている。「電話がかかってきて、私が住所を聞き出します。つまりその地図に」と折尾は背後のテーブルを指差す。「点が置けます。まず間違いなく、オリオン座の形になりますから、そこからリゲルの位置が」

「リゲルねえ」別の隊員も溜め息まじりになっていた。

「リゲルの場所を解き明かす電話がもうすぐ、かかってきますから」

遠い星から電波でも受信するかのような言い草に、私は呆《あき》れる思いしかなかった。

「折尾さん、私たちは具体的に何を手伝えばいいんですか。あなたが地図に点を打つのを見ていれば？」夏之目課長が肩をすくめる。

「まあ、そういうことです。私の話をちゃんと聞いてくれれば」

「了解しました。お易《やす》い御用です。ええと電話がかかってくるんですよね」

「そうです。もし、相手が住所を教えてくれなかった場合は、警察のほうで調べることはできますか？」

「こちらで？　何を」

「住所です。逆探知というか、そこまで大袈裟《おおげさ》なものではない、と言っていましたよね」

「まあ、この立てこもり事件に関係があるのならば」立てこもり事件が発生した時点で、各通信会社には協力要請をしており、担当責任者が自社で待機しているため、通信の情報は手に入る。

「事件に関係は大いにあります」折尾はきっぱりと言い切った。「星座ができあがれば、リゲルの場所が分かるんですから」

が、結論から言えば、折尾の話は的外れだった。

確かに、折尾のスマートフォンに着信はあった。

本当にかかってきた！　と私たちははっとしたがその驚きも最初だけ、発信情報を照会し、通信会社からの情報で地図上に点を打ってみれば、折尾が得意げに線を引いていたエリアからはまるで見当はずれの位置だったのだ。どれほど寛大な目で眺めたところで、オリオン座を描くとは言い難く、失笑をこらえきれなかったと言ってもいい。夏之目課長も肩をすくめた。

大した手間ではないとはいえ、わざわざ情報の照会をしたこともあり、私たちとしては無駄骨を折った不快感を覚えたのも事実だ。同時に、あれほど自信満々だった折尾が哀れにも思えた。

せめてもの救いは、さほどコストがかからなかったことだろうか。時間、労力、費用、いずれの面でも大きな損失はなかった。

地図をじっと眺めながら折尾は途端に無口になり、私たちから視線を逸《そ》らし、「ちょっと外に」と車から降りていく。

夏之目課長が、私に視線を寄越した。「折尾の様子を見てやれ」

「落ち込んでいるのを励ましてあげますか?」

「そうだな」夏之目課長が苦笑した。「あと、今、折尾の電話の情報も調べてもらっている。所有者情報から、折尾の詳しいことが分かるかもしれない」

車から降りると、折尾の姿はすぐに見つかった。肩を落としているようで、それほどまでに「星座説」に自信があったのか、と私はむしろ感心した。

「折尾さん、大丈夫ですか？」と声をかける。

彼はなかなか気づかず、もう一度、「折尾さん、大丈夫ですか」と言ったところでようやく振り返った。

「ああ。まいりました。オリオン座の形がぜんぜん」

胡散臭《うさんくさ》い占い師が、当てずっぽうで予言をして、外して、勝手に落ち込んでいるようなものなのだから、自業自得《じごうじとく》の感は否《いな》めなかったが、同情も少し感じる。

折尾は「空を見上げながら、苦悩する男」とタイトルがつきそうな態度で、うろうろと動いていた。

そこで、「春日部さん」と呼ばれ、振り返れば、大島が後ろから駆け寄ってくるところだった。

「どうした」

「犯人から連絡があって、少し様子が変なんです」

「様子が？　どういうことだ」

「急に意味不明なことを言い始めたようです。もう、おしまいにしたい、だとか」

「何だそれは」

「分かりません。今、夏之目課長が喋っています」

「分かった、すぐ行く」

大島に呼ばれた春日部課長代理は足を踏み出したが、そこで地面に紙が落ちていることに気づき、慌てて足を止めた。

拾ってみれば四つ折りの紙だ。

「あ、それは私が落としたようです」

「折尾さんのですか」春日部課長代理は紙を手渡してきた。

その四つ折りの紙が何であるのかはすでに想像がつくだろう。あの断り書き、「黒澤の但《ただ》し書き」だ。

つまり、今それを落とした男は、読者が見抜いていたように、黒澤にほかならない。

彼は、春日部課長代理からその紙を受け取ると、「今日はこの紙のせいで散々だな」と苦々しく思いながら、ポケットの奥へと押し込んだ。

「折尾さんも後から来てください」と春日部から言われ、黒澤は、「はい」と答える。

やはり他人の名前を呼ばれてもぴんと来ない。先ほども、呼びかけに反応するのに時間がかかってしまった。

周囲を窺《うかが》う。町全体が息をひそめたかのようにしんとしている。

立てこもり犯が二階から飛び降りた！　と周辺が、沸騰《ふっとう》した湯の中の如《ごと》く、騒然となるのはそれから十分ほどしてからだ。

「本物のオリオオリオ」はすでに亡《な》くなっている。

いつ亡くなったのか？　人質立てこもり事件の起きる数十分前、仙台駅で兎田に見つかり、泡を食って逃げ出した数十分後、といったあたりだ。

そのことについて説明したほうがいいだろう。

場所は泉区を東西に走る県道の、一本裏手だった。

多くの車が行き来し、時に渋滞となる県道とは裏腹に、一方通行のその道は細く、暗く、運転するのに神経を尖らす必要があるからか、ほとんど通行車両はない。

まず、男ありけり。

若い男がその道を歩いていた。

下を向き、ついていないな、と溜《た》め息まじりに思う。

彼はアレルギー治療のためにバスで病院に来たが、財布をなくしてしまい、徒歩で家までの長い道のりを帰っているところだった。財布はもちろん自然と消えるものではなく、実を言えば彼が病院の会計を済ました後で、近くにいた者がポケットから掏《す》り取ったのだが、彼は気づいていない。

外れくじばかりの人生だ、と彼は肩を落とす。実際それはその通りで、家庭では父親から暴力を振るわれ、少年時代や思春期にはいじめの対象となり、できるだけ目立たずに穏やかに生きていこうと心がけていたにもかかわらず、大学新卒で就職した会社では、上司のストレスの捌《は》け口となり、結局、退職を余儀なくされた。

自宅の近隣住民からは、「あそこの息子さん、働かずにぷらぷらしていて駄目ね」と噂《うわさ》されている始末だ。

もちろん、その、外れくじ状態から脱却するための努力が足りなかった部分があるのかもしれないが、それにしてもすべての要因を頑張り不足に求めるのは明らかに酷なほど、環境に虐《しいた》げられてきた。

そしてその時、とぼとぼと財布なしの状態で歩いていた彼は、いいところなしの人生の総決算とも呼べる事態に遭遇する。

オリオオリオとぶつかったことがそのはじまりだった。

なぜぶつかったのか。

二人ともがスマートフォンに目をやり、前方確認がおろそかだったからだ。オリオオリオはどこか良い宿泊場所はないかと、彼のほうは、財布をなくした場合にどう行動すべきかと、ネット情報を検索していた。「歩きスマホ」がいかに危険で、いかに人生を台無しにするか、その見本となるような出来事だった。

肩と肩が当たり、彼は小声で謝ったが、オリオオリオにはそれが聞こえず、しかもつい先ほど兎田に捕まりかけたところを逃げてきたばかりであったから、非常に興奮していた。

何をしてくれるんだ、前を見て歩け、と自分もよそ見をしていたことは棚にあげ、両手で彼を突き飛ばした。

ちょうどそこに車がやってきて、運転手の女性が、あら喧嘩《けんか》かしら、と気にかけ、のちに警察にそのことを話すのだが、その時はただ通り過ぎただけだ。

オリオオリオが乱暴に伸ばした指が、彼の目をかすり、痛みに顔を押さえてしばらくその場でうずくまる。

そこでオリオオリオはさっさと立ち去れば良かった。若者を蹴飛ばしていこう、と思ったのがいけない。オリオオリオが近づく気配に気づいた彼は、また攻撃されることを恐れ、まだ視力が戻っていない状態で両手を前に出した。抱きつくような形で、オリオオリオの足を抱えることになったのだ。

どうなったか。

両足を抱え込まれたオリオオリオはその場で、鹿威《ししおど》しの跳ね返る勢いさながらに、後ろに倒れる恰好《かっこう》となり、後頭部を地面にぶつけた。

たったそれだけのことで？

まさにその通り、たったそれだけのことで、折尾は亡くなってしまった。

何事が起きたのか、と目を必死に開けた男は自分の前で仰向けに倒れているオリオオリオの姿に、呆然《ぼうぜん》とする。へたり込み、何度か折尾の体に触れてみるが、手が震えているせいで、反応があるのかないのかも判断できない。

とっさに浮かぶ相談者は一人しかいなかった。

彼を産み、育ててくれた母親だ。家庭内暴君である父親に支配され続ける母は、彼からすれば、やはり同じ、外れくじ仲間で、いつもぺこぺこする弱い者として軽蔑《けいべつ》すら感じていたが、頼れる人間は、彼女しかいなかった。

電話に出た母親は彼が言わないうちから、「勇介、何があったの？」と訊《たず》ねてきた。

彼女も、まさかそこで息子から、人の命を奪ってしまった、と打ち明けられるとは想像をしていなかったものだから、平常心を失ってしまう。すぐに車で行くからね、と言うことしかできない。泣きじゃくる勇介から、呼吸をしないこの人の体はどうしておけばいいか、と問われた際、反射的に、「人目につかないところに運べる？」と隠蔽《いんぺい》方向へ歩きはじめていたのは、外れくじばかりの日々に耐えに耐えてきたというのに、どうしてさらにこのような仕打ちを受けなくてはならないのか、という憤《いきどお》りのようなものがあったからだ。


黒澤が縛られていた場面に戻ることにしよう。勇介の家の一階で縛られ、兎田が、廊下で稲葉との電話を終えて、リビングに戻ってきたところだ。

「今、電話でオリオと言う名前を口にしていたが、それがおまえの捜している男なんだろ？」と黒澤は声をかける。

兎田が、だからどうしたのだ、という視線を寄越した。

「おまえの捜しているそのオリオってのは二階にいるぞ」

黒澤の言葉に、え、と兎田がきょとんとする一方で、拘束された状態で横に座る、勇介とその母親もはっとした。

「ベッドの下だ。最初に俺がおまえに見つかった部屋、あそこのベッドだ」

「何だと？」

「ベッドの下の死体、あれが、オリオオリオだろ」

「死体？」兎田が話についてこられないのも致し方がないことだろう。きょとんとしていた。

「俺ははじめは、てっきり、あれが、ここの父親だと思ったんだが」

だから黒澤は、父親とはかち合わないと考えていた。この母子も話を合わせてくるのでは、と。

兎田は視線を上やら下、左右へ次々と移動させている。状況が把握できていないのだ。その目はこう言っている。上の死体？　どういうことだ？

勇介と母親の目はこう言っている。どうしてそれを？

黒澤は兎田を見て、「おまえが」と言った。「おまえが、俺に銃を向けて、うつぶせになれと言っただろ。そうして横を向いたらベッドの下が見えた。ベッドの下にいたのは、明らかに死体だったんだが」

嘘ではなかった。最初に兎田に銃口を突き付けられた時、寝そべった後でベッド下が目に入った。

「おい、何だよ、どうして言わなかったんだ」

「ベッドの下に何かあったか？　と訊《き》かれたら答えたんだが」

おいおい、と洩らした兎田は、その後はなかなか口を開かなかった。天井を見やったまま、明らかに放心状態だった。

確かに、ベッドの下を含め、もっと細かいところまで捜すべきだ、と兎田も思ってはいたのだ。それが、黒澤がタックルを食らわしたり、本当の父親から電話がかかってきたりと、慌ただしいことが続き、すっかり後回しになっていた。どうして調べなかったのか、と自責の念に駆られているようだが、実際のところ、もっと早くにベッド下の死体を見つけたところで状況は変わらなかっただろう。

兎田は二階に駆け上がった。合格発表でも見に行くかのような、覚悟を決めた顔だ。そして、一分もしないうちに階段をどかどかと音を鳴らし、戻ってくる。

彼は、勇介と母親を交互に見て母親の口からテープを剝《は》がすと、「おい！　いったい、どういうことだよ」とかすれた声で説明を求めた。「何でベッドの下にいるんだよ。おい、何だよ、あれは。何だっていうんだ」

「俺の言った通りだっただろ」黒澤だけが落ち着いている。

母親が、「どうにかしたかったんです」と洩らす。そして、涙をこぼしたかと思うと、泣きじゃくった。今日だけではなく、今日にいたるまでに自分が我慢してきたもの、息子と二人、外れくじばかりの人生に耐え続けてきた悲しみが、一気に放流されたのかもしれない。

はじめは、おい泣いてる場合じゃねえぞ、と喚《わめ》いていた兎田だったが、だんだんと感情の洪水が一段落つくまではどうにもならないと察したのか、夕立の止《や》むのを待つかのように、母親が喋《しゃべ》り出すのをただ待っていた。

そしてほどなく、「あれは俺がやってしまったんです」と勇介が説明をはじめた。

「おまえが？」

細い道で、すれ違いざまにぶつかった男に小突かれ、身を守るために足に抱きついたところ相手が後ろに倒れてしまったこと、呆気《あっけ》なく彼が死んでしまったこと、母と相談し家に運んできてしまったこと、それらを話した。「どうしようかと考えている時に」

「俺が来たってのか」

「それで、いったんベッドの下に隠したんです」

散々、『レ・ミゼラブル』に触れてきたものだから、ここで、あの作中、青年マリユスが留守を偽装するためにベッドの下に隠れる場面を思い浮かべる者もいるかもしれないが、それはただの偶然に過ぎない。そもそも、オリオオリオは自ら隠れたわけではなく、何しろ絶命しているのだから、無理やり押し込まれただけだ。

「それが、オリオオリオだったのかよ」

「バッグのほうは、とっさにゴミ袋に。まさか中にあんなものが入っているなんて」

兎田は頭をがしゃがしゃと掻き毟《むし》る。「どうすりゃいいんだよ！」

黒澤のほうは、「俺の言ったことは本当だっただろ？」と淡々としている。「どうすればいいも何も、おまえの捜していた男は見つかったわけだ。これで万事解決。そうだろ？　あとはどうとでもすればいい。まずは俺の拘束を解いてくれ」

「いや、解決じゃねえんだよ」兎田のあまりの大声に、黒澤をはじめ勇介たちも家具が揺れてはいないか、と周囲に目をやってしまう。壁にかかった時計が少し傾いているのは、今の大声のせいか、それとももともとだったか、と勇介はぼんやりと考えた。

「あ、あの」恐る恐る切り出したのは、勇介の母だ。やっと涙が止まったらしく、声を裏返しながらも、「あの、どういう状況に置かれているんですか。あ、あの、事情を話していただければ」と言った。

カウンセリングの場でもあるまいし、どうしてこっちの事情を喋らないといけねえんだよ、と本来ならば兎田はぴしゃりと撥《は》ね返すべきだったのかもしれない。が、「そうすべき」ことができないのが人間、というわけで、彼はそこから、自分の置かれている状況を語りはじめることにした。

「なるべく短く頼む」黒澤が言い、兎田も、もちろん、と言わんばかりにうなずいたものの、端的に話そうとすればするほど話がこんがらがるのはよくあることで、「ようするに」「簡単に言えば」という言葉を挟んでいるにもかかわらず、その場にいる三人に伝えるのには時間がかかった。俺の大事な綿子ちゃんが、あ、ようするに俺の妻だよ、実際は妻とか嫁とかいうよりもまさに綿子ちゃんとしか言いようのない、ふんわりした可愛い女なんだが、その彼女が誘拐されているんだ。誘拐した犯人が誰かは分かっている、いや、俺がそもそもその仲間だったからなんだが、そうとももともと俺は立派な市民ではなく、犯罪者側の男なんだ、それで、と区切りなく、だらだらと続ける。

まったく短くなかった短い説明を聞き終えたところで勇介の母親が言った。「その人を見つければ、奥さんは助かるんですか」

勇介が溜め息を吐き、黒澤は肩をすくめる。

兎田は天井を指差す。「とぼけてるのか？　そいつが今、上で死んじまっていたんだよ」

ああ、そうでした、と母親が縮こまる。

「生きた状態で連れてこい、と言われているのか」

「当たり前だ。オリオオリオは、俺たちのグループの金を、どこかにやっちまった」

兎田はもはや、事情を話すことに抵抗を覚えなかった。隠しておくメリットはどこにもなく、少しでも自分の大変さを共有してもらいたい、ぜひとも聞いてほしいと感じるほどだ。苦労や心配は、一人で抱え込むよりも、吐き出してしまったほうが気持ちは楽になる。「それがどこにあるかをあいつらは知りたいわけで、死んでる奴が、それを話せるか？」

「無理だろうな。ただ、オリオオリオという男が死んだのはおまえのせいじゃない。そうだろ。だったら、別に非はない」

「非があるとかないとかそういうんじゃねえんだよ。あいつらは、オリオオリオを連れて行かなければ、人質は返さねえよ」

「だが、もうそのオリオオリオは死んでるんだからな」

「申し訳ないです」

「謝るなら、死んだ相手にだろう」

「いったいどうすりゃいいんだよ！」兎田は心底、悩んでおり、演出のために声を張り上げるような余裕はどこにもなかった。彼の大声は、そのまま彼の恐怖の顕《あらわ》れだ。

「電話をかけて、説明したらどうだ。折尾さんを見つけたが、死んでいる。どうすればいい、となもしかすると、よくやった、と褒められるかもしれない。違うか？」

「そんなことにはならない」

「それなら、おまえはこんなところにいないで、さっさと自分のかみさんを助けに行けばいい」

「どこにいるのか分かんねえんだよ！」

「そう怒るな。怒ってもどうにもならないだろ。まあ、確かに、東京にいるんだとすれば」

「いや、綿子ちゃんはこっちにいる」「こっちとは」「仙台、もしくはその近辺」「わざわざ来ているのか。旦那の活躍ぶりを観戦させに？」「折尾を見つけたら、すぐに綿子ちゃんと交換する話だったからな、あいつらは綿子ちゃんを、こっちまでは連れてきている。ようするにそれくらい、あいつらも時間に余裕がない」

「それならば」黒澤は静かに言う。「その綿子ちゃんを必死に捜せ。仙台はそれほど大きな都市ではない。ここにいるよりはずっと建設的だ。そうだろ？」

「あいつらは、俺の居場所をチェックしている。このスマホの位置情報を見てるんだ」

「見てるとは言っても、リアルタイムでずっと追跡しているわけではないはずだ」位置情報発信機は、ログに情報を記録するか、もしくは、検索やメール受信といった何らかのタイミングで位置情報を教えてくれるものが大半だ。

「それにしても、いつ居場所を検索されるか分からない。妙な動きをしているのがばれたら、それこそ」

「位置を見ただけでは、折尾を捜しているのか、おまえが自分の妻を捜しているのか、区別はつかないんじゃないか？　仙台を隈《くま》なく捜せばいい。それにスマートフォンの電池が切れる可能性だってある」

「こっちの電源が切れたら、あいつらも切れるだろうな。何をするか分からねえ」そういう意味では、今のうちに充電をしておかなくては、と兎田は気にしはじめる。

「とにかく、さっさと妻を捜しに行ったほうがいい」

「何の情報もないのにか」

「次に電話があったら、さり気なく聞き出したらどうだ。もしもし、今、ええと誰さんだ」

「稲葉だ」

「もしもし、稲葉さん、今、月がどっちに見えますか、とかな。それだけでも稲葉のいる位置が少しは分かる」

「馬鹿《ばか》か、おまえは。そんなのはさり気なくも何ともない。喋るわけがないだろ」

「今、喋ったじゃないか」

「はあ?」

「稲葉って名前を。おまえの妻を人質にとって、命令してくる奴の名前だ。もし、俺が真正面から、そいつの名前を教えろ、と言ったらおまえは、そこまで素直に教えなかったかもしれない。それが、あくまでも別の目的のついでのように訊いたから、ぽろっと口にした」

「どうだろうな」そう言いながらも兎田は、動揺している。「稲葉」の名を口にした瞬間、言ってしまって良かったのか、と気にはしたのだが、別にこれくらいは、と気持ちの紐《ひも》を緩めたのは間違いなかった。

「俺があたかも別の話のついでに質問を、それが質問だとも感じさせないように言ったら、おまえは簡単に教えてくれた。占いのふりをして、誕生日を聞き出すようなものだ。そうやって、その、稲葉の居場所を聞き出したらどうだ? で、すぐに行けばいい。まあ、居場所が分かっても助け出せるかどうかは知らないが」

兎田には去ってほしい、と思う一心からか勇介と母親も、うんうん、と強くうなずいているが、当然ながら彼らは彼らで、黒澤の提案の中身はほとんど理解していない。

「だから、相手はそんなに簡単な奴《やつ》らじゃねえんだよ。俺が、折尾を捜さずに、綿子ちゃんを取り返しにいく可能性は、ええと何か恰好いい言い方があるよな、奪い返すって」

「奪還、とか」勇介が言う。

「そう、その奪還だよ。俺が奪還したがってることなんて、想定済みだろう。自分たちのいる場所は絶対に教えねえ。場所が分からなきゃ、こっちはどうにもならない。時間切れだ」

「何時までだ」

「本当は、今日中だ。今日中に俺は、折尾を連れていかなくちゃいけなかった。あいつらはその後で、折尾の隠した口座から送金しないといけないらしい」

「まだ時間はある。たとえば、折尾は見つけたが、連れていく途中で渋滞にはまった、と言ったらどうだ。渋滞はおまえのせいじゃない」

「そんな言い訳が通用するわけないだろうが。渋滞しているかどうか調べられたらすぐにばれる。嘘《うそ》だとばれたら、綿子ちゃんが大変なことになる」

「本当に渋滞するかもしれない」

「動画で実況配信でもして、伝えろっていうのか？　ほら、今、ちょうど渋滞していましたて。嘘じゃないですよねってか？　馬鹿言うな。折尾を電話口に出せと言われたらおしまいだしな」

黒澤の頭にその案が去来したのは、つまり、白兎事件を白兎事件たらしめている計画、誰も呼ばないだろう名前で言えば、白兎作戦が生まれたのは、その時だったともいえる。

「それだな」

「それだな？」

「実況だ。おまえが今、困っている事情をそのまま、そいつに、稲葉に見せてやればいい。こういう状況なので身動きが取れません、とな」

「どうやってだ。ネットで配信するのか？　それをあいつらに見せるのか？」

「もっと正面突破の分かりやすいやつのほうがいいだろ。怪しまれない」黒澤は言い、その部屋の隅にあるテレビを指差した。

「テレビ？」

「テレビのニュースで、立てこもり事件が起きていると報道させるんだ。そうすれば、あっちも確認しやすい。テレビを観《み》ればいいだけだからな」

「マスコミを呼ぶのか？」

「事件を大っぴらにする。人質立てこもりは、かなり大きな事件だ。ニュースになれば、そのせいで、おまえが遅れているんだな、と稲葉も把握できるだろ」兎田が言葉を返そうとしてくるのを、黒澤は遮る。「向こうが、そんなのは言い訳にならない、と怒る可能性はある。だが、そうならない可能性もある。おまえが、『オリオオリオを見つける算段はある、待ってくれ』と言えば、それならば、と思うはずだ。あっちも手詰まりなんだろ？　だったら、まだおまえを切り捨てないはずだ。オリオオリオを捜すのにいい計画がある、と仄《ほの》めかしておけば」

「だが、オリオオリオはどうにもならねえぞ」兎田が二階に目をやる。

「そうだな。そっちは仕方がない。だが、おまえに必要なのは、稲葉との約束を果たすことじゃなくて」

「綿子ちゃんを取り返す、奪還すること、だ」兎田は、ダッカン、と発声するたびに体に力が充電されていくのを実感する。一人シュプレヒコールが起きているようなものだった。

「だったら、それをやれ。その立てこもり事件の中継で時間を稼いでいる間に、その稲葉の居場所を見つけ出す。で、おまえはそこに、例の、ほら」

「奪還」

「をしにいけばいい」

黒澤が、これで作戦の説明は終了、とばかりに話をやめた。オーケストラの演奏後、一瞬、静寂の間が一拍空き、そこから一斉に拍手が沸くかのように、ほかの三人は一瞬沈黙したのちに一気に質問を口に出した。

「そんなに簡単に行くとは思えません」「稲葉の居場所をどうやって見つけるんだよ」「わたしたちはどうなるんですか」

黒澤は三つの問いかけを、和音のように受け取る。一つ一つを聞き取れたわけではないのだが、おおかた彼らが知りたいことは想像ができた。

そして黒澤は、因幡《いなば》の白兎の話を思い出している。

『古事記』に出てくるあの話だ。

隠岐島《おきのしま》から因幡に行く際に海を渡るために、鰐《わに》を騙《だま》す。頭数を数えるから並んでね、と鰐を整列させ、その上をぴょんぴょんと飛び跳ねる作戦に出たのだ。渡り切る直前、余計な一言を口にしてしまい、「まんまと引っかかったな!」であるとか、「騙されてくれてアリゲーター」であるとか、実際には当時の「鰐」はシャークだが、とにかく小馬鹿にしたのだろう、怒りを買い、皮を剝がれてしまう。黒澤はその話をし、「それと同じように、段取りを踏んでいけば、おまえも向こう岸に渡れるんじゃないか?」と言った。

「その話からすると、最後に、皮を剝がれるんだろうが」

「それくらいは我慢しろ」

「まあな、綿子ちゃんのところに辿《たど》り着けるなら、皮の一個や二個」

「単位はさておき」

「だけどな、段取りと言ってもどうすんだよ。さっきから言ってるけどな、助けに行く場所が分からねえんだ」

「いや、待て」黒澤はそこで、はっとした面持ちになった。手を前に出す。「そもそも、そんな面倒なことをするよりも、今から潔《いさぎよ》く警察に全部話せばいいんじゃないか?」

「警察?」

「『自分の妻が人質に取られているから、居場所を見つけて、捕まえてくれ』と言えば、警察が協力してくれる。それでいいじゃないか。初めからそうすれば」

それで解決するのでは、と。

兎田は再び髪を掻き毟らんばかりだ。「俺もそいつは考えたんだって」

確かに、兎田はそのことを考えていた。警察をはじめとする公的機関は、今までの人生でずっと対戦相手側に立つものだと思っていたが、実はこちらを守ってくれるのではないか、この緊急事態には頼りになるのではないか、と。「だけどな、そいつは難しい。どうも信用できなくてな」

「どういうことだ」

「警察がもし、綿子ちゃんの居場所を見つけたとして、そこにパトカーが派手に駆けつけてみろ、稲葉は絶対に、綿子ちゃんに手をかける。俺が裏切ったと判断する」

「だったら、事前に警察に説明すればいい。誘拐事件と同じようなものだ。大っぴらには動かないでほしい、と丁寧に説明して、派手に駆けつけたりしないでね、と念を押せば、慎重に行動するんじゃないのか」

「かもしれない。ただ、警察の中にも、稲葉と通じている奴がいる。そうとしか思えないことが、何度かあった。警察の中には、身代金を払うかわりに、稲葉に情報を与える役割を引き受けた奴もいるって話でな、だからもし、俺が警察に泣きついたことが分かれば」

「それはおまえの想像だ。警察内に仲間がいない可能性もある」

正解をここで言ってしまえば、警察の内部に稲葉の息がかかった者は確かにいた。が、ここ仙台を管轄《かんかつ》とする宮城県警に存在しているのかといえば、そのようなことはなかった。さすがに全国各地、全都道府県に内通者を用意するのは現実味がなく、このあたりは兎田の杞憂《きゆう》にほかならなかったのだが、この時点で彼にそのことが分かるはずもない。

黒澤にしても、「いや、大丈夫なはずだ」と言って事を推し進める根拠もなく、説得はしなかった。仮に、警察に秘《ひそ》かに助けを求めたとしても、何らかの手違いで、稲葉に感づかれる可能性は否定できない。

「だったら、やはり、稲葉の居場所を見つけるしかない、というわけか」黒澤は思い浮かぶことを述べていくだけだ。「シンプルに考えたらどうだ？　稲葉から電話がかかってきたら、その発信地を調べる。そうすれば、すぐに」

「あのな」兎田は呆《あき》れ果てたかのように息を吐き出す。「そんなことできるわけねえだろうが。どうやるんだよ。だいたい、あいつは番号さえ隠してるんだぞ」

「番号非通知か」

「おまえ、それで調べられるのか？」

「俺が？　できるわけがない」黒澤はすぐに認める。「だが」

「だが？」

「警察ならできるだろ」

兎田は顔をしかめ、それから精神の不安定な男を見るかのように怪訝《けげん》な目を向けてきた。

「警察に調べさせる」


ここまで語れば、勘の良い読者は事の流れ、白兎事件の全貌《ぜんぼう》がつかめたかもしれないが、ここで、「ということで、あとは何卒《なにとぞ》よろしく」と終わらせるわけにはいかない。実際、黒澤には、計画の流れが把握できているが、当の兎田はまだ取り残されている。

「警察に、どうやって調べさせるんだよ」兎田は眉《まゆ》をひそめた。

「立てこもり事件となれば、警察がやってくる。その電話番号が、事件に関係しているとなれば、調べるんじゃないのか」

「逆探知ってやつか」

「そんなに大層なものではない。今はデジタルの時代だからな、着信した瞬間、どこの番号からかかってきたのか、どこの基地局につながったのか、分かるはずだ。番号が通知だろうが非通知だろうがな、関係ない」

各通信会社では通信情報を開示する際には、個人情報開示に関する細かいルールを決めているが、裏を返せば、適法な段取りによって照会を求められた場合には、情報はすぐに把握できるというわけだ。

兎田にはそれで納得がいくわけがない。「自分が無茶なことを言ってるのが分かってるか？　なあ」と勇介と母親に同意を求めるほどで、実際、勇介も、「警察なら確かに、逆探知ができるかもしれませんが、それはあくまでも捜査のためですよね。それをどうやって知るんですか」と疑問を投げかけてきた。「警察内に知り合いでもいるんですか」

「知り合いはゼロだ。まあ、どうにか警察の捜査陣に近づくしかないだろうな。警察の近くなら、情報を得られるかもしれない。たとえば、犯人を説得する係だとか、そういった役割で近づくのはどうだ？　誰かいないか、そういう人間が？」

「知らねえよ。そんな奴がいるのか？　警察の近くで情報をもらえるのは、警察関係者だけだろうが」

「ホームズとかコナン君とかなら警察の近くにいますが」と口を挟んできたのは勇介で、兎田は、「茶化すんじゃねえよ」と怒った。

「でも、たとえば、犯人を説得するために人が呼ばれることがよくありますよね」勇介の母が言う。「昔の刑事ドラマとか」

「おまえたち、思いついたことを発言すればいいってわけじゃねえからな」

「いや、あながち的外れとは言えない。誰か警察にとって重要な役割の人間がいれば」

「いねえよ」

「犯人が、誰それを呼んでこい！　と言う場合もありそうです」勇介の母は食い下がるように、もう一度言った。

「もし、おまえが呼ぶとしたら、誰だ。誰を連れてきてほしい」黒澤が、兎田を見る。

もちろん兎田からすれば、綿子ちゃんを連れてきてほしいに決まっていたが、それが無理となれば、と頭を捻《ひね》り、しばらくして、「それなら、オリオオリオオリオだろうな」と答えた。「俺がもし立てこもり犯だったら、たぶん警察に、オリオオリオを連れてこいと言う。それでどうなるかは分からないが、自分が捜せないなら警察に捜させようとはする」

「それだ」

「何が、それなんだよ」

「犯人が、『オリオオリオを呼べ』と要求する。そこにオリオオリオが現われれば、警察の近くにいることができるだろう」

「馬鹿かおまえ。オリオオリオは死んでるんだよ」兎田が顔をしかめながら、指を二階に向ける。

「成りすませばいい」

「誰が」

黒澤はその場にいる三人、兎田と勇介、母親を順番に見た後で、「この中の誰か、か」と言う。消去法で言えば、自分しかいない、ともすぐに分かった。「やりたくはないが」とつぶやいたところ、兎田はそれを、黒澤の立候補宣言と受け止めたのか、「おまえがオリオオリオになってどうするんだ」と怪訝な顔で訊ねてきた。

言うまでもなく、黒澤は乗り気ではなかった。他者に成りすます、などという芸当が向いていないことは自分が一番よく分かっており、しかも、すでに他人の家の父親のふりをし、ばれたばかりなのだから、気が進むはずがなかった。それでも引き受けようと考えたのは、このままでは一向に解放されない、事態が動かない、その一点だ。

「そうだ、俺がオリオオリオに成りきる。それで警察に近づく」

おいおい、本気なのかよ、と兎田は面食らう。

「実を言えば、それほど本気ではないんだが」

「いや」兎田は、ここでこの男に手を引かれたら打つ手がなくなる、と思ったのか焦《あせ》ったように、「いや、本気になってくれ」と唾《つば》を飛ばした。必死さゆえとはいえ、勝手なものだ。

「オリオオリオというのはどんな男なんだ。情報をくれ。それを参考に、成りすます」

兎田は少し狼狽《ろうばい》したが、すぐに、「オリオオリオってのは」と述べはじめる。

折尾豊がどのような男であるのかについて話しはじめ、それはさながら、オリオオリオ入門と名のついた講座を開始するかのようだった。短期集中レッスンだから、必死に覚えるように、と言わんばかりに次々と、オリオオリオに関する情報を提供する。

「あいつは、コンサルタントと言ってはいるが、具体的に何をやっているのか分からないんだ」であるとか、「ここまでは正しいと言えそうだ」と推論するのが得意そうであるとか、星座の話とりわけオリオン座の話になると蘊蓄《うんちく》を披露せずにはいられないであるとか、さまざまなオリオオリオ情報を披露した。

本当にこんなことで成りすませるのか？　というよりも、そもそも、警察から情報が得られるのか？

「なるほど、それは使える」黒澤がそう言ったのは、一通り兎田の講義が終わったところでだ。

「使える？」

「俺が提案しておいて何だが、実は、さっきのやり方には欠陥があった」

「さっきのやり方？」

「電話の発信地の調べ方だ」

「警察に調べさせるんだろ」

「そうだ。ただ、たとえば、稲葉の電話番号を警察に見せて、『ここが犯人の居場所です』『この電話の発信地が怪しいです』と言ったらどうなる」

「どうなるって、そりゃ、警察が場所を調べるんだろうが。おまえがそう言ったんじゃねえか」

「そうだ。ただ、調べた結果、警察がその場所に行くぞ」

「あ」

「いきなりパトカーの大群が押し寄せることはないかもしれないが、それにしても、おまえがさっき言ったように」

「やばいな。警察が動き出せば、稲葉に情報が入るかもしれない」

そうなったら綿子ちゃんは危険に晒《さら》される。

「だったら、どうしろって言うんだよ」

それで、だ。

それで黒澤は、オリオオリオの特徴であるところの、「オリオン座についての雑学披露」を利用することにしたのだ。

「電話の位置情報が、犯人の居場所だと言えば、警察はその場所を警戒する。ただ、その位置情報は、あくまでも犯人の居場所を指す材料に過ぎない、と思わせたらどうだ」

「もっと分かりやすく言えよ」

「ここが怪しいと指差せば、そこが注目される。ただ、星座を作るための点を打つだけだ、と言ったらどうだ」

「もっと分かりやすく言えって」

「これ以上、分かりやすくできるとは思えないがな」黒澤は言ったものの、説明を変えた。「たとえば、紙に点を打って、ここが怪しい、と言ったら、その点が注目される」

「そりゃそうだ」

「ただ、点を四つ打って、四角形を描いてみせて、対角線を引く。その対角線の交差した中央の点を指差したらどうだ」

「そりゃその、真ん中に注目する」

「対角線の交差したところを、だろ。四角形の四つの角のほうはそれほど気にしない」

「おまえがそういう言い方をしたからだろうが」

黒澤は、「ほら」と言っている。「そういう言い方をすれば、相手は四つの点にはそれほど注目しない。パトカーを出動させて、すぐに駆けつけさせたりはしないはずだ」

兎田は何か言い返そうとした後で、特に言い返すべき言葉が思いつかなかったのか、口をぱくぱくと開閉させるだけだった。少しして、「そんなにうまくいくか？」と唾を飛ばす。

「うまくいくかどうかは分からないが」黒澤は溜《た》め息を吐《つ》く。「それしかないだろうに」


そうして今、兎田孝則は車を走らせて、綿子ちゃんのもとへと向かっている。

「このカーナビ、分かりにくいんだよ。近道ねえのかよ、近道は」と一人で愚痴をこぼしながら、だ。

カーナビゲーションはカーナビゲーションなりに渋滞情報を考慮して最短ルートを選択しており、どこをどう走ったところでこれ以上の経路はないのだが、兎田を押し返すかのように、赤いブレーキランプが列を作る光景が前方に広がっていることには同情してもいいだろう。天が自分に意地悪をしているように感じるのは、仕方がない。

早く進めって。

苛立《いらだ》ち、アクセルを踏む足をぱたぱたと上下させる。一方で、ここで事故ったら元も子もない、と言い聞かせた。せっかくここまで来たのだ。

あの泥棒、黒澤の立てた流れ通りに、何が何だか分からないうちに、と言うこともできたが、とにかくここまで来られた。

なかなか進まぬ前方車両を眺めながら、兎田はあの家での話を思い出している。

「仮におまえの言う通り、警察の逆探知で稲葉の居場所を見つけ出せたとしてもな、問題はまだある」兎田は、黒澤に対して言った。

「たとえば、何だ」

「電話だ」

「電話？」

「稲葉はこのスマートフォンの位置情報を検索して、俺のいる場所を知ることができる。つまり、怪しまれないためには、俺はずっとここにいないといけない」

「スマートフォンだけ置いて、おまえは別のところにいてもいいだろうが」

「稲葉から電話がかかってきた時にどうする。俺が話をしなければいけない」

「スマートフォンを持ったまま、移動すれば」勇介がそう言った。

「あのな、スマートフォンはここになくちゃ、位置情報でばれるって言ったばかりだろうが」

「あ」

「どうにもならねえんだよ」

「いや、別に悩む必要はない」黒澤は関心のなさそうな言い方をする。「稲葉というやつの居場所が分かるまではここにいればいい。電話がかかってきたら、そのまま話せばいい。そして、居場所が分かった後に、ここを出る。それだけだ。ああ、そうだ、その時にはスマートフォンを置いて行ったらどうだ？　そうすりゃ、向こうはおまえがまだ、ここにいると思うし、その隙《すき》におまえは向こうに乗り込める。つまり不意をつける」

「でも、ここにスマートフォンを置いていったら、結局、電話がかかってきた時に困るんじゃや？」と勇介が訊《たず》ねた。

同じ議題をぐるぐると繰り返し、こねくり回しているだけにも感じられる。

「だが、一回くらいなら、ごまかせるんじゃないか？」と言ったのは黒澤だ。

「一回？」

「電話は頻繁にはかかってこないわけだろ？　だったら、おまえが出発してから一回か、多くても二回、ごまかせればそれでいい」

「馬鹿言うな、俺の声と」

「おまえの声、かすれているじゃないか」黒澤は、兎田を指差す。

「誰が喉《のど》を潰《つぶ》したと思ってるんだ」

「だったら、今度稲葉から電話がかかってきたら喉がますます痛くて声が出にくい、と説明しておけ。そうすれば後で声に多少、違和感があってもさほど疑わないんじゃないか？」

「馬鹿か。そんなに甘かねえよ」

「会話がそれなりに成立すれば、赤の他人でも実の家族と勘違いする。そうだろ？　だから、振り込め詐欺《さぎ》がこんなに横行しているんじゃないのか」

実際、稲葉は、誘拐ビジネスをはじめるまでは、名簿と芝居を駆使した振り込め詐欺で稼いでいた。そのことを知っている兎田としても、「あるわけがない」と一笑に付すことはできなかった。家族の声と偽者《にせもの》の声の判別がつかずに、金を払った者がわんさかいるのだ。さらに言えば、兎田は稲葉とまともに会話をするのは今回が初めてに近く、声をよく知られているわけでもない。

兎田は黒澤の提案を頭の中で検討し、しばらく黙った。そして少ししてから、「いや、やっぱり無理だろ！　駄目じゃねえか」と大声を出した。

「どこが駄目だ？」黒澤は表情を変えない。

「あのな、そもそも、無理なんだよ。いいか、整理するぞ。おまえはまず、立てこもり事件を起こして、ニュースに流してもらえと言った」

「そうすれば、おまえが身動き取れないと稲葉に分かってもらえるだろうからな」

「で、俺はここにいて稲葉から連絡がかかってきたらやり取りをしろ、と言っただろ」

「位置情報を検索されても怪しまれないで済む。そして、稲葉の場所を逆探知できた時点で、出発すればいい」

「おまえ、馬鹿か？」

「どういう意味で、だ」

「あのな、立てこもったらこの周りは警察に取り囲まれる。だからこそニュースになる。そうだろ？」

「だろうな」

「そんな中、俺が出ていけるわけがねえだろうが。稲葉の居場所が判明して、じゃあ出発、なんて気分で外に出たら、その時点でおしまいだ。警察に捕まる」

「ああ、そういうことか」

「そういうことか、じゃねえよ。ふざけんなよ。結局、無理じゃねえか」

「悪かった」黒澤は言った。

「謝ってもらいたいわけじゃねえんだよ。泥棒のおまえなんかに期待した俺がいけなかった。まったく」

「俺が謝ったのは、説明が足りなかったことに対してだ」

「説明？」

「そうだ。いいか、立てこもり事件は起こす。ただ、立てこもり犯はおまえじゃない」

「俺は今、この家に立てこもっているじゃねえか」

「ここは別の立てこもり事件を起こす」

はあ？

「隣の家で、だ」

兎田の運転する車はようやく渋滞を抜けた。交差点を一つ越えたところで、車の流れが変わり、すいすいとはいかないまでも走行がスムーズになりはじめたのだ。よし、とばかりにアクセルを踏み、兎田は右へ左へと車線を移動しながら、先へ先へと向かう。

待っていろ綿子ちゃん、今行くぞ、と叫ばんばかりだ。

あとは焦りによる事故が起きないことを祈るのみだが、まだ事件の裏側の説明が終わっていない。続きを述べておくべきだろう。その間も、兎田は車を必死に走らせて綿子ちゃんのもとへと向かっていることをお忘れなく。

黒澤と向き合う兎田は、さらに眉根を寄せた。「ちょっと待てよ。隣の家？　そこに誰がいるんだ。立てこもり事件がそこで起きるのか？」

「誰もいない」

「無茶苦茶だ。おまえ、自分の言っている意味が分かってるのかよ」

「いいか、俺はもともとこの家の隣の家にいたんだ。空き巣の仕事で、金庫を開けるためにな」黒澤は隣家のある方向に顎《あご》を向け、「そこの住人のことを知っているか？」と勇介たちに訊ねた。

勇介と母親が同じリズムでかぶりを振った。「前の人が出て行って、別の人が買ったという話は聞いたんですけど、ほとんど見かけたことがありませんでした」

「どうやら、詐欺師らしい」

「詐欺師？」

「年寄りを騙すジャンルのな。遠くに旅行中で留守らしく、それで俺が入ったんだが」

「遠くって、どこにいるんですか」

「宇宙の彼方《かなた》」

「おいおい、ふざけんなよ」

「とにかく、そこの家は無人だ」

「無人の家で立てこもりが起きるのか？」

「厳密に言えば、起きない。だから、起こすんだ」

「事件を起こす？」

「起きているように見せかければいい。隣の家から警察に通報をする。『見知らぬ男に侵入されて、縛られている』とか何とかな。携帯電話からがいいだろうな。警察がその通話の基地局情報か何かを調べれば、その家から、まあ、名前は何でもいいが、仮に、佐藤としておくか、その佐藤宅からかかってきたものだとは分かるはずだ」

「隣の家、本当は何という名前なんですか」質問したのは勇介だ。

「老人を騙して金を取るような仕事をしていたんだから、本当の名前なんてあってないようなものなんだろ。通帳の名義もばらばらだった。だから少しの時間なら、ごまかせるんじゃないか？　警察は、立てこもり事件が起きた家の情報を集めようとはする。不動産や税務署の情報が主だろうが、一番手っ取り早いのは、近所からの話だ。誰かが、あそこの佐藤さんは、親子三人で暮らしていて、と証言すれば、いずれはばれるにしても、しばらくは騙される」

「誰が証言を？　というよりも、あの、誰が向こうの家で犯人をやるんですか」勇介が質問し、兎田も、そうだそうだ、と賛同するようにうなずく。

「俺に当てがある」黒澤の念頭にあったのは、もちろん今村たちのことだ。今村や中村、さらに今村と同棲《どうせい》する大西若葉に声をかければ、それなりに手を貸してもらえるのではないか、と踏んでいたのだ。仕事柄、いくつか足のつかない携帯電話を持っていたような記憶もある。あの男たちに借りを作るのは気が進まないが、それに目を瞑《つぶ》れば大きな障壁はない。「稲葉には、ちょっとした手違いから立てこもらざるを得なくなった、と話せ」

「ちょっと待ってくれ、まだよく」

「ただ、とにかく、『オリオオリオは確実に連れていく』『その方策が自分にはある』とは主張しろ。そうすればあっちは、待つしかなくなる。少なくとも、すぐにおまえの妻に手は出さないはずだ」

すでに稲葉は、綿子ちゃんに暴力を振るっていたから、もう手を出している、とも言えたが、さすがの黒澤もそこまでは想像できていなかったということだ。

「隣で事件が」授業で聞いた内容を、家に帰っても忘れないように、と頭の中で整理する学生さながらに、兎田はぶつぶつとつぶやく。「それで、俺はこっちにいる」

「稲葉は、ニュースで映っている家が、おまえのいる家だと思うはずだ」

「それから」

「俺がオリオオリオのふりをして、警察に近づき逆探知の情報を手に入れる。それをおまえにメールか何かで送る」

「あの、わたしと勇介は」突然そこで、勇介の母親が高い声で割り込んできた。

「どうした? 何かあるのか?」

「わたしたちはどうすれば」

「どうするも何も、おまえたちは、おまえたちで好きにすればいい。ここは自分たちの家だ」

「だけど、あの、あれは」

「あれ? ああ、死体のことか」

何もそんなに直接的な言い方をしなくても、と母親と勇介は悲しい表情になるが、もちろん黒澤が気にするはずはない。

「正直に警察に言うのが一番いいだろうな。本来は、おまえがオリオオリオを転倒させて死なせた時、すぐにそうすべきだった。とはいえ、遅すぎることはない。だいたい、この家に死体を持ってきて、どうするつもりだったんだ。どうしてそんなことを」

「それは」母親が青い顔で言う。「それは」

「それは、何だ」

「子供を、勇介を守りたくて、です」

兎田が、「何だよそりゃ」と呆れた。郵送されてきたダイレクトメールを面倒くさそうに破るような、冷ややかな反応だ。「子供が可愛《かわい》くて、殺人もなかったことにしよう、ってのか。許されると思ってんのか?」

「そういうつもりじゃありません。ただ、もう、どうにかしたくて」彼女を衝《つ》き動かしたのは、自分の息子が不憫《ふびん》、という思いだけだった。真面目《まじめ》に、誰にも迷惑をかけないようにと生きてきたはずが、さまざまなとばっちりを受け、不本意なことを受け入れてきた。いつの日か大逆転が起きる、といった高望みほどではなくとも、いつかは報われるのでは、という思いを抱き、夫の支配に耐えてきた。その結果がこれか、と落胆したに違いない。勇介から、「人が死んでしまった」という連絡をもらった時に彼女は、もうこれで終わり、と覚悟を決めたところもあった。ストレートに言えば、もう人生はおしまいにしよう、と思ったのだ。だから、あとはせめてもの抵抗、人生に対する復讐《ふくしゅう》と言って良かったのかもしれないが、駄目でもともと、やれるだけのことはやってやる、の心境となった。

「高いところから落とせば、死因がごまかせるかと思ったんです」と母親は声を震わせて、話した。「たとえばここの二階とか」

「高いところから？　馬鹿じゃねえか」兎田が小馬鹿にした言い方をする。

「二階から落ちて、後頭部を打った、ということにするつもりだったか」黒澤は冷めた口調だ。「だが、説明は難しいぞ。どうしてオリオオリオがこの家の二階から落ちるんだ」

「家に侵入してきた、とか言えば。それこそ泥棒でもいいんですが、とっさにわたしが突き飛ばしたとか」

「泥棒には相応《ふさわ》しい最期《さいご》かもしれないが」黒澤は自嘲《じちょう》気味に言う。「ただ、警察がそれを信じるとは思えない。検視するんだろうしな」

「ばれたらばれたで構いません。でも、それくらいはやってやろうと思いました」

黒澤の目には、母親が急に大きくなったように見えた。瞳《ひとみ》から恐怖心が消え、こちらに嚙《か》みついてでも子供を守ろうとする意志が、その目の奥で燃えている。

「正直に警察に話すのが最善の策だ」下手に小細工すれば罪は重くなる。最初の時点で、警察に届けていれば、折尾に暴力を振るわれた際の過剰防衛と捉《とら》えられた可能性もある。「まあ、今からでも遅くはないだろ。警察に届ければいい」

母親は決心がつかないのか、もごもごと言葉を濁す。罪を問われることを恐れているというよりは、冴《さ》えない人生の道に従うことをためらっているかのようだった。

黒澤は、「それなら」と感情のこもらぬ返事をする。「それを使わせてくれ」

「使う？」


その後で黒澤から電話で連絡をもらい、自分の役割について説明を受けた中村は、

「何で俺たちが、その死体と一緒にいなくちゃいけないんだ。気持ち悪い」とそのことをまず、嫌がった。

「いつかおまえも死体になるんだ。気持ち悪いとか言うな」

「それとこれとは違う。しかも、俺もいつか死体になるとか怖いことを言わないでくれよ」

「とにかく、最後はその死体を家の上から落としてくれればいい。逃げることを諦《あきら》めた犯人が自暴自棄で飛び降りた、と見えるようにな」

「おいおい、黒澤、そんなにうまくいくか？」中村がそう言ったのも当然のことだ。死因や死亡推定時刻を詳細に調べられたら、ぼろが出る可能性は高い。

「うまくいかないかもな」

「まったく、どこまで本気で言ってるんだよ、おまえは」中村が溜め息を吐く。

「ただ、その時は大騒ぎになる。いずれ、検視でばれるのは仕方がない。事件を終わらせるにはちょうどいいだろ」

「待て、確認するが、俺と今村は立てこもり犯として、その家で警察とやり取りをすればいいわけだろ」

「そうだ。おまえは犯人の役で、今村が人質の若者の役をやったらどうだ。ただ、そこにいる人質は、三人家族ということにしてくれ」

「三人？　何でだよ」

「万が一、ニュースで人質の人数や性別が報道された時のためだ」

兎田がすでに稲葉に対し、「父親と母親、二十歳過ぎの息子がいる」と情報を伝えてしまっていたからだ。稲葉には、テレビで報道されている立てこもり現場に兎田がいる、と思わせなくてはならない。人質の人数や構成が異なっていると怪しまれるだろう。さらに兎田は、黒澤と争った際に、喉を痛め、声が嗄《か》れているため、できれば、おまえもそれを踏まえてくれ、とも頼んだ。

「黒澤、おまえは、オリオン座の図を警察の前で描いてみせるわけか。まったく、そんなことをしたら怒られるぞ。たぶん警察が最も嫌いなことは、目の前でオリオン座を描かれることだからな」

「だろうな」

「そんなふざけた説明が信じてもらえると思ってるのか」

「オリオン座のような形になる場所をいくつか選んで、住所のリストを作る。例の詐欺師の金庫から取った被害者リストがあるだろ。あれを加工してみる。仮に警察が電話をかけてみても、詐欺被害者には違いないからな、それらしく思えるんじゃないか。すぐに全員までは確認しないだろうし」

「若葉にも役割があるのか」

「できれば。複数の役をやってもらうかもしれない。たとえば、近所の住人だ。警察は立てこもられた家の情報を知るために、周囲の聞き取り捜査をするはずだ。その時、いかにも近所の住人のふりをして、でっち上げた佐藤家の情報を警察に伝えてもらいたい。あとは、俺が隠れている場所を通報する役も」

「おまえが隠れる?」

「オリオオリオとして、だ。犯人は警察に、オリオオリオを捜せ、と要求する」

「俺が、ってことか?」

「そうだ。おまえが、警察に要求する。俺の写真を後で撮れ。それとなく分かる程度のやつがいいだろうが、それを警察に送って、『これがオリオオリオだから、捜せ』と言えばいい。その後、すぐに俺が見つかるのも嘘臭《うそくさ》いだろ。頃合いを見て、あそこに不審者がいますよ、と大西若葉が通報してくれれば、それらしい」

「最終的には警察が突入してくるわけだろ。死体を二階から放った後だ。その時、人質は俺と今村の二人、ということになるが、三人家族と説明していたら、『あれ、母親がいたんじゃなかったのか?』と怪しまれないか」

「怪しまれるかもしれないな」

「どうするんだよ」

「犯人にそう命令されたと言え。警察には偽の情報を与えろ、と言われました、だとか。そのあたりはどうとでも」と言いかけたところで黒澤は少し不安になり、「無理があるかな?」と急に、友人同士で喋るような口調になった。

「まあ、犯人に脅されて、そう言わされることもあるだろうからな。ありえなくもないだろうよ」

「それは良かった」

「だけどな、もっと別の問題がある」

「あるかな」

　中村は舌打ちをする。「その後、俺たちが警察に連れていかれたとして」

「立てこもりの人質としてな」

「あの家の住人じゃないことくらいはすぐにばれる。怪しまれるんじゃねえか?」

「怪しまれるのは嫌か?」

「俺はこれからも仙台で生活していくつもりだ。住みやすいからな。警察に目をつけられるのは困る」

「住みにくくなるだろうな」

「おまえは、俺たちがどうなろうと知ったことじゃない、という考えかもしれないが」

「悲しいことを言わないでくれ」

「よくも、そんな棒読みができるな。こっちは悲しいどころか、大変困るぞ」

「それなら、あれを使えばいい。最近、よく制服を揃《そろ》えてると言っていただろ」

「制服？」

「警察やらピザ屋の配達やら、カムフラージュの。機動隊の恰好《かっこう》のはないのか」

「何で知ってるんだよ」

「持ってるのか」

「今時、何でもネット通販で買えるんだよ、驚くぞ、黒澤。シールドまで買っちまった」

「シールド？」

「盾だ、盾。あくまでも成りすますだけだから、それっぽいのを買うつもりが、本物みたいなの買っちまってな」

「本物のほうがいいだろうに」

「重いんだよ」中村は背中にその重みを感じるかのように、肩をすぼめた。「俺は見た目がそれっぽかったら良かったんだ。なのに、通販のサイトが見にくくてな」

「重量を確認しなかったのか」

「配達してきた宅配の兄ちゃんもさすがに、つらそうだったぞ」

「同情する」

「ただな、黒澤、機動隊の服は使える。そうだろ？　ほら、よく映画にあるじゃねえか、突入してきた機動隊に紛れて、機動隊の恰好をした犯人が逃げるやつが。だから、使えるんじゃないかと思ってな」と言った後で、「ああ、なるほど、そういうことか」と続けた。

「そうだ。その、映画によくあるパターンをやればいい。そのためにも、死体を上から落とす。急展開、大騒ぎが起きれば、警察も混乱するだろうからな。紛れ込みやすくなる」

「だが、俺たちが機動隊員の恰好で外に出てしまうと、犯人が飛び降りた後、人質の姿がどこにもないってことにならないか」

「なる」

「警察が来てみたら、家には誰もいなくて、二階から落ちて死んだと思った犯人も、よく調べてみたらそれより前に死んでいると分かる」

「ちゃんと調べたならな」

「調べるだろうよ。だけど、これはちょっと、もやもやするじゃねえか」

「もやもや、誰がだ」

「誰がって、まあ、この事件のことを知った奴《やつ》だよ。人質はどこだ！　この死体は何だ！　ってなもんだ。警察も、うまく説明できなくて困るんじゃないか？」

「警察が困ると、俺たちは困るのか？」

「まあ、困らねえか」

「誰に迷惑をかけるわけでもない」

確かにそうだけれども、と中村はぶつぶつとつぶやく。「だけどな、その親子はどうなる」

「親子？」

「黒澤、おまえは物事を全部把握しているような顔をしている時もあれば、自分の名前すら把握できていないような顔の時もある。とぼけているわけじゃねえだろうけどな、その家の母親と息子はまずいだろ。死体が調べられれば」

「ちゃんと調べたなら」

「俺たちと違って、あいつらはちゃんと調べるんだよ。何度も言わせるな。そうなったら何らかの罪にはなるはずだろ」

オリオオリオに因縁をつけられ、自分を守るためとはいえ、とっさの行動で殺害してしまったのは間違いなく、おまけにそのことを隠蔽《いんぺい》しようとしたのは故意なのだから、罪には問われるだろう。

「仕方がないだろ。もともとそうなるべきだった状態になるだけだ。とはいえ、息子のほうにも同情すべき点はあるだろうし、裁判で少しは甘く見てもらえる可能性もあるんじゃないか」

「ちゃんと裁判するならな」

「俺たちと違って、ちゃんとやるんだろうよ。とにかく、あの母親も息子もその辺は諦めているようだ。どうとでもなれ、とな。そして、乗り気だ」

「何に」

「この作戦だよ」と黒澤は言ってから、「作戦」の響きはどこか、小学生が秘密基地を作るたぐいの幼さが滲《にじ》んでいることに気づく。

「やけっぱちなのかもな」中村が息を吐く。「息子が人を殺した上に、銃を持った男が家にやってきて、おまけに図々しい泥棒が首を突っ込んできたんだからな、盆と正月がいっぺんに来たようなものだ」

「銃を持った盆と、二階から入ってくる正月か」

「まあ、俺も気持ちは分からないでもねえよ」中村は一転、そのようなことを口にした。

「どういう意味だ」

「そこの家の親父もろくでもないって話だったよな。サバイバルゲームが好きな」

「別に、サバイバルゲームに罪はない。俺はむしろ、動物の持つ攻撃性をそういう形で発散させるのは、健全なことだと思う」

「黒澤、おまえ、前もそんなことを言っていたよな。攻撃性をうまく発散させろ、とかどうとか」

争いの起きにくい環境で、穏やかで優しい人間として子供を育てたら、攻撃性ゼロの穏やかな人間が育つだろう、とやってみたら、実際にはそのようなことはなく、むしろその反対の結果、つまり、ほんの少しの刺激で攻撃的な反応を示す人間になってしまった。という海外での実験の話を黒澤は時折、口にする。すなわち人間はもちろん動物には、攻撃性がもともと備わっており、大事なのはそれをゼロにすることではなく、うまく発散させ、折り合いをつけることなのだ。

「ただまあ、そこの父親は家でもエアガンで家族を撃っていたというから」攻撃性を発散しすぎていた、と言える。

「普通じゃねえよな。そんな家にいたら、毎日が、暗いトンネルをとぼとぼ歩いているようなもんだろ。延々と続く、狭くて暗いトンネルだ。やっと出た時には、人生も終わってる。それだったら、ちょっと乱暴に、トンネルの壁を壊して、外に出たほうがいい。盆と正月をきっかけに」

「なるほど。だからか」

「だからか?」

「兎田に車を貸す時も、妙に、清々《すがすが》しかった。渋々というよりは、もっと積極的に」

うちの車を使ってください。母親は確かに、平静を失った目つきではあったものの、はっきりとした口調で申し出た。

わたしたちは家から出て、少し離れた場所で車を停めています。待機しています。出発する時にそこまで来てください。うちの車を使っていいですから、と。

息子の勇介は一瞬、ぎょっとしていたが、その彼もすぐに、「ええ、そうですね。使ってください」とうなずいた。

綿子ちゃんの居場所が判明した後は、できるだけ早くそこへ向かいたい兎田としては、移動手段をどうするかは大きな問題であったから、勇介の母親の申し出はありがたかっただろうが、あまりに爽《さわ》やかに言われたからか、身構えるようだった。

「うちの車、主人がとても大事にしているんです」母親はそうも言った。車に乗る際には靴を脱がねばならず、洗い残しがあったことで罵倒《ばとう》され、暴力を振るわれたことは幾度となくあって、家族よりも車を大事にしていたのは間違いない、と。

「だったら悪いな。俺はかなり急いでる」

「どういう意味ですか」

「借りた車を乱暴に運転するから傷がつくかもしれない」

「ええ、はい」母親の言葉が弾んで聞こえたのは兎田の錯覚ではなく、実際、彼女は心の底から楽しそうに言ったのだ。「思い切り、壊しちゃってください」

母親の携帯電話に着信があったのはその時だった。

兎田はそれをつかみ、画面を見ると、「また、お父さんからか」と言った。

途端に母親の顔が青ざめるのが、黒澤には分かる。今のこの異常な状況よりも、夫のことを恐れているようにも見えた。

「電話に出たほうがいいのか？」兎田が指示を仰ぐかのように言ってくるため、黒澤は苦笑いをする。「まあ、一応、会話をさせたほうがいいかもしれないな」

兎田はうなずき、母親の顔に電話を近づける。これまでの流れで仲間意識が浮かんでいたというわけでもないのだろうが、「余計なことを話すなよ」と念を押すこともしなかった。

母親は通話ボタンの押された携帯電話に耳を当て、「はい、ええ、ごめんなさい」と謝っていた。先ほど、「後で折り返す」と言ったきりちっとも連絡がないことを、父親が怒っているのだろう。

謝ってばかりで大変なもんだな。

母親の声が急に大きくなったのは、黒澤が労《ねぎら》うような気持ちになったのとほぼ同時だった。

「あなた、びっくりしますよ！」と彼女が開き直ったように言ったのだ。「覚悟を決めてください」

電話の向こうの父親もさすがに驚き、「おい」「どうしたんだ」と訝《いぶか》る声を発した。

「大変なことになるんですから」母親はもはや愉快そうだった。そして、「でも」と言った。

でも今のままよりはよっぽどいいかもしれません、と。

その話を聞くと中村は、もう開き直るしかないのかもな、と苦笑する。

「もっと早く、そうなっているべきだったんだろう。開き直って、立ち向かうべきだったんだ」黒澤は肩をすくめる。「よし、いいか、おまえが警察とやり取りする際の段取りをもう一度、確認するぞ」

紙に記した、警察との想定問答を見ながら、出来の悪い子供に授業をするように、段取りの説明をはじめた。

おおかたこれで、白兎事件の概要については話すことができただろうか。むろん、まだ補足が必要な部分はあるのだが、兎田の運転する車が、仙台港近く、高速道路の高架を見上げながら走る県道を通過し、暗い道路に入っていくようだから、いったんここで事件の裏側について語るのは止めておく。

彼の前方、フロントガラス越しに、夜の空が広がっていた。

ほとんど黒ともいえる藍色《あいいろ》、褐色《かちいろ》の空には、大きさ様々な点がいくつか散らばっている。ひときわ強く光る三つの星に気づけば、そこにオリオン座が描かれていると分かったはずだが、兎田はそれどころではなく、ハンドルを強く握り、車をひたすら前へ前へと走らせるだけだ。夜空に身を隠す、武器を構えた勇ましいオリオンは、兎田を鼓舞している。彼がアクセルに置いた足にぐっと力を込めたからというわけではないが、話も終わりに向かって加速していく。

終盤の舞台は、仙台港の倉庫、稲葉と部下二人が依然として、綿子ちゃんを痛めつけている、その場所だ。

「おまえの旦那《だんな》はどうしているんだろうな。連絡もなけりゃ、動いた様子もない」稲葉は言いながら、綿子ちゃんに近づき、蹴《け》る真似《まね》をした。「これはあれか、この飛び降りた犯人ってのが、兎田ってことか？」とニュースを流すノートパソコンを指差しながら、近くにいる二人の部下に言う。

部下たちは、「どうなんでしょうか」と曖昧《あいまい》に答えることしかできない。

立てこもり事件は、犯人が二階から飛び降りたことで急転直下の展開を見せた。ニュースでは、リポーターが興奮で目をぎらぎらさせ、「どすんという大きな振動がありまして！」と話している。「その後、しんと、音が吸い込まれるかのように」など様々な表現を駆使して、その時の体験を話していた。

綿子ちゃんはといえば状況が把握できてはいないながら、兎田の身に何かがあったのかもしれない、という不穏な空気は察しており、気が気ではない。自分が全身に受けている打撲の痛みも忘れ、孝則君が無事でありますように、と何度も念じている。

その少し前に稲葉は、兎田に電話をかけていたのだが、その時は出なかった。もともとのルールとしては、電話に出なければその時点でアウト、綿子ちゃんに危害を加える、という話だったものの、まずは状況を把握しなくてはと思っていた。そうしているうちに、犯人が飛び降りたというニュースが流れ出した。

「兎田はどうにか、オリオオリオを連れてくる、待っていてくれ、と言っていたが結局、どうにもならなくて二階から飛んだわけだ。おまえのこともどうでもよくなったのかもしれない。面倒なことは全部放って、自分だけさっさと死んじゃおう、と」

「そんなことは」腫《は》れた唇を動かし、綿子ちゃんはかすれた声ながら、必死に言った。

「でも、飛び降りたようだぞ」

きっとそれは、どうにか脱出しようと思ったからではないか。時間が経《た》てば経つほどわたしは危険になるから、一生懸命に考えた末に、二階から出ようとしたんじゃないか、孝則君なら、頑張ってジャンプすれば囲んでいる警察なんて飛び越えられる、と考えたのかもしれない。そういう単純で、豪快なところがあるんだから。途切れ途切れに綿子ちゃんがそう主張すると稲葉は一笑に付す。「よっぽどの馬鹿《ばか》だよ、それは」

兎田が約束を守らなかった以上、稲葉としては、この綿子ちゃんに用はなかった。東京まで連れて帰る必要もない。

部下たちに、あとは好きにしたうえで全部片付けておいて、と頼めば、それで事は済むからそのこと自体は心配していなかった。重要なのは、オリオオリオの問題は解決していない、ということだ。時間は止まらない。送金のタイムリミットは近づいている。

仙台市内を俺たちで捜すほかないのか？　だが、どうやって。

稲葉はそこで、最後にもう一度という気持ちで、ノートパソコンに向かい、兎田のスマートフォンの位置情報を検索した。地図がいったん消え、再表示されるのを待つ。少しして、「お」と声を出した。

「どうかしましたか」

「兎田が少し移動している。さっきも少し動いたように見えたけどな、今度はまたさらに」

「それは、飛び降りたから救急車で運ばれているのでは？」部下の一人は見た目よりも頭の回転が良く、そう言った。

その可能性も稲葉の頭を過《よぎ》ったが、ニュース配信に目を戻せば、まだ、現場で犯人が運び出された様子はない。犯人が担架で運ばれる場面は、マスコミにとっては永久保存に値する名シーンであるだろうから、もし映像として流れたのならばもっと騒がしくなっているはずだ。リポーターには派手な続報がなくて苛々《いらいら》している気配すらあった。

となると兎田は、報道されない形で、現場から離れはじめている、ということだ。

もしくは電話だけが移動を?

兎田の持つスマートフォンに電話をかける。静まり返った倉庫内に、コール音がこだました。「これで出なかったら、もう兎田は駄目だな。馬鹿うさぎは忘れて、自力でオリオオリオを」

そう言いかけたところで、相手が出た。

「あ、はい」と小声のかすれた声がする。

「兎田か」

「はい、稲葉さん」と答えたのは、ご存じのとおり兎田ではない。そのスマートフォンを持っているのは黒澤であるから、その返事も黒澤がしたに過ぎない。ただし、稲葉は気にかけるわけではなく、「おい、今どこだよ。さっきはどうして出なかった。どうなってるんだ。報告しろ」と詰め寄るように言った。

それを聞く綿子ちゃんに、安堵《あんど》の色が浮かんだことは伝えておくべきかもしれない。孝則君は無事、とほっとしている。

「どうにか逃げることができて」黒澤は言う。

「そうか」言いながら稲葉はノートパソコンの画面を確認する。兎田のいる位置は先ほどとあまり変わっていない、と思う。現場の一戸建てから少し外れたところだ。稲葉は、どうやって抜け出したかと訊《たず》ねようとしたが、やめた。どう逃げたのかはどうでもいい。「オリオオリオはどうだ。見つけたのか？」

「たぶん、大丈夫だ」黒澤は、声のかすれた真似に、すでにうんざりしはじめていた。

「大丈夫？　当てはあるんだな？」

「見つけ次第、できるだけ早くそちらに行く」

「急げ。急がないと本当に、おまえの大事な妻は」

「お星になっちゃうからな」油断していたわけではなかったが、ついいつもの調子で答えてしまう。

稲葉も違和感を覚え、「何だって？」と訊き返した。とはいえ、兎田と別の人間が電話に出ているとは想像しておらず、おまえは本当に兎田なのか？　と疑うことはなかった。兎田が何らかのショックで態度が変になっているのではないか、と不審がった程度だ。「おい、大丈夫か」

「オリオオリオはたぶん、すぐに見つかる。どこに連れていけばいい？」

そんな口の利《き》き方をしていいと思ってるのか。と怒りたいが、時間がもったいない。

稲葉は、自分たちのいる倉庫の場所を、そろそろさすがに教えてもいいだろうか、と伝えかけたのだが、すんでのところで止めた。兎田の口ぶりはどこか反抗的で、なぜかと言えば黒澤だからなのだが、油断はできないと判断した。まだ主導権はこちらが握っておいたほうがいい、と。そのあたりの勘の良さ、慎重さはさすがと言うべきだろう。

「十分後に電話する。その時までにオリオオリオを見つけておけ。そうしたら、落ち合う場所を教える」

「十分」

「いいか、十分でどうにかしろ。じゃなけりゃ、この女は」

「お星になる」

「何だ?」

「いや、何でもない」

「おい、兎田、ずいぶん余裕があるじゃないか」

「分かった。十分後だな。それまでにオリオオリオを捜しておく、稲葉さん」少し間が空き、取って付けたように、「絶対に、だ」と続いた。

一方的に電話を切られたことに稲葉は腹を立てる。通話を終わりにするかどうか、電話を切るかどうかを決めるのは俺のほうだ、自分の立場が分かってるのか、と呟《つぶや》き、そのついでのように綿子ちゃんを蹴った。蹴った、とだけ書けばあっさりとしたものに感じるかもしれないが、綿子ちゃんの体はすでに全身、青くなっており、今、つま先で突かれた部分にも激痛が走り、生々しい悲鳴が口から飛び出した。実に痛ましいが、ここはあえて無味乾燥に、蹴った、と述べて終わりにしたい。

「どうでしたか」と部下の一人が訊ねてくる。「兎田、生きてるんですか」

稲葉は振り返り、部下を睨《にら》む。「みたいだな。とりあえず警察からは逃れているらしい」

綿子ちゃんは苦痛に表情を歪《ゆが》めながらも、ぴくんと顔を上げた。

「オリオオリオは？」もう一人の部下が言う。

「見つけるつもりらしい」

稲葉は、綿子ちゃんを見下ろした後で、「おまえさ、ほんとひどい顔してるぞ」と笑う。「力がないってのは、悲劇だな。恨むなら自分の非力を恨め」

ここまでは、兎田の思惑通りに事が進んでいたと言っていいだろう。まだ現場の

〈ノースタウン〉にいると思わせている間に、稲葉たちのいる場所に移動し、突然、現れる。どうしてここに？　と相手が事態を把握できず、混乱しているうちに銃を取り出し、動けないように一発、二発撃つ。悶《もだ》えている稲葉たちを尻目《しりめ》に綿子ちゃんを助け、立ち去る。それが兎田の思い描いていた展開だった。相手が気づいていないところに付け込む、というただそれだけの作戦、作戦というにはあまりに大雑把だが、とにかく、不意打ちこそが肝心だったわけだ。

兎田はすでに、教えられた住所近くに到着している。

いくつか並ぶ倉庫の中で、一ヶ所だけ明かりが洩《も》れていることに気づき、ここに綿子ちゃんはいるのかもしれない、と当たりをつけた。ずばり正解、まさにその倉庫の中に稲葉たちはいる。

妻を人質に取られ、オリオオリオを捜す羽目になり、そのオリオオリオが亡《な》くなっていたと判明した時には、兎田はもうおしまいだ、と絶望を覚えた。オセロで言えば、盤上の石はほとんど稲葉たちの色となっており、降参も時間の問題と思っていたが、ここに来て、盤面はずいぶん変わってきた。

起死回生、自分の石の数のほうが増しており、あと一手、二手進めれば俺の勝ちだ、といった気分だったはずだ。

が、その直前、倉庫内で、「あ」と稲葉が声を上げたところから、事態はまた変わりはじめた。

稲葉は、部下たちに先ほどの電話のやり取りを説明している途中で、「もしかすると何かあるな」と言っていた。

「何か？　どういうことですか」

先ほどの電話はどこかおかしかった。稲葉はそのことを改めて考えていた。兎田の声はぶっきらぼうで、落ち着いているようだった。それはそうだろう、何しろ、兎田ではなく黒澤だったんだから、と指摘する者もそこにはいない。

あいつは、警察からは逃げられたと報告してきた。本当なのか？

稲葉は疑念を抱く。抱いた疑念は膨らみさらに大きな疑念になり、抱え切れなくなる。

すでに警察に確保されているのか？

警察に取り囲まれながら、「おまえの仲間はどこだ。言え」と問い詰められている兎田の姿が目に浮かぶ。考えれば考えるほど、輪郭のはっきりとした現実の場面のように思えた。

警察は兎田を利用して、こちらを罠《わな》にはめるつもりではないか？　稲葉はそう考えるに至り、ぞっとせずにはいられない。先ほどの電話の応対の不自然さは、周囲に警察がいたから、と思えば納得できる。

稲葉のこの予想は外れている。兎田は警察には捕まっておらず、そもそも先ほどの電話の相手は黒澤であるのだから、稲葉の心配するようなことは起きていない。だが、たとえ思い違いであっても、稲葉が急に気を引き締めたのは確かだった。

「外の様子を見てくるか」と部下の一人を連れ、倉庫から出ることにした。

どうして外が気になったのか、と言えば、電話の相手、黒澤が口にした「お星になっちゃう」の言葉が頭にひっかかっていたのだ。まったく世の中、何がきっかけになるか分かったものではない。誰かの軽い一言が、深読みや勘繰りにより、歴史を変えてきたこともあったのだろう。

稲葉は、夜空を見たくなったのか、それとも、オリオオリオがオリオン座マニアであることから、オリオン座の位置を念のため確認したくなったのか、外に警察車両が来ているのかどうか心配になったのか、もしくはただ、外の空気を吸いたくなったのか、彼自身にも理由は分からなかったが、ただその野性の勘、悪人ならではの危機予知能力とでもいうべきだろうか、とにもかくにも警戒しながら倉庫から出た。

するとそこに、兎田がやってくる。

車から降り、倉庫にゆっくりと近づきながら、不意打ちを狙《ねら》っていたがゆえに、自分が不意打ちを食らうとは想定しておらず、まさに、のこのことやってきた。

その瞬間、油断していたのは明らかに、稲葉たちよりも兎田のほうだった。

兎田が自分の銃に手をやろうとした時にはすでに、稲葉と部下が、「動くな」と銃を突きつけている。

ぱたぱた、という音が兎田には聞こえたはずだ。小気味良さ以上に、焦燥感を煽《あお》りながら長く続くそれは、オセロの石が、見る見るうちに、ひっくり返されていく音にほかならない。


「おい、どういうことだ。どうなってるんだ」稲葉は、部下が兎田の服から銃を奪い取った後で訊ねた。「位置情報はまだ、遠かったぞ。電話はあっちに置きっぱなしってことか?」

兎田は赤い顔をし、鼻息を荒くしている。不意を突くはずが、不意を突かれていた。頭の中は反転したオセロの石で散らかり、まともに考えをまとめることができない。

「さっき電話に出たよな？」あれは別の奴か？」稲葉はようやくそのことに思い至る。「ああ、だから少し妙だったのか。誰だよ、あれは。おい、兎田、おまえ警察を連れてきてるんじゃないだろうな」と彼にしては珍しいほどに興奮し、銃口を兎田の額に強く突き付けた。「おい、どうなんだよ」

警察は来ていない、俺だけだ、と兎田はどうにか伝える。自分はもちろん綿子ちゃんも撃たれることが、現実の、まさに眼前の恐怖として現れている。

頭上の空には星がちらほらあり、はるか遠くから何者かがこっそり覗《のぞ》き穴からこちらを見ているかのようで、誰もかれもが息をひそめているかの如《ごと》く、しんとしている。

まわりに近づいてくる車の気配がないことを確認すると、稲葉はようやく、「よし」と言った。「おい、倉庫からテープを持ってこい。縛るぞ」と部下に命じた。そしてその部下が倉庫に戻ろうとしたところで一度、呼び止めた。「中では、兎田が来たことを言うなよ。面白いことを思いついた」と唇の端を持ち上げる。

「綿子ちゃんは無事なのか」と兎田は言ったが、稲葉がその口調の訂正を求めるために銃口で頭を叩《たた》くと、「無事ですか？」と言い換えた。すでに、自分になすすべがないことに気づき、うろたえてもいた。

泣きじゃくるなよ、汚ねえな、と稲葉は鼻で笑う。

部下が粘着テープを持って、戻ってきた。

「よし巻け」

兎田は両手首を後ろで縛られ、それから膝《ひざ》を折って座らされ、足首からひざ元までぐるぐる巻きにされる。

「こんなに念入りに？」と部下も確認するほどだった。

「これくらいでちょうどいい」稲葉は倉庫近くにあった、大きめの麻袋を引きずってきて、「これに兎田を入れろ」と言った。口もテープで塞《ふさ》がれた兎田は、いったい何をされるのか、と明らかに怯《おび》え、すでに先ほどここに向かってくる車中での、待ってろよ綿子ちゃん、吠《ほ》え面《づら》かくなよ稲葉、といった元気は雲散霧消といったありさまで、万事休すの思いが全身を満たしている。がちがちに縛られた状態となり、がたがたと震え、正気を保つのもぎりぎり、だ。

「おい動くな」稲葉が言う。「いいか、中に入ったらじっとしていろ。おまえに一度だけチャンスをやる。できたら、助けてやる」

目を潤《うる》ませた兎田は怯えながらも、稲葉を見る。

「嘘だと思うか？」

もちろん兎田は嘘だと思った。

「おまえがいなくなったらオリオオリオを見つける奴がいなくなる。命までは奪わない。ただ、連絡もなく突然ここに来たのは、俺を出し抜こうとしたからだ。そうだろ？」稲葉は言い、「それにしても、どうしておまえ、ここが分かったんだ」と眉《まゆ》をひそめた。兎田の口のテープを乱暴に、わざと痛めつけるような勢いで引き剝《は》がす。

兎田は口から泡を噴き出しそうだった。「それは、どうにか必死に」

稲葉はテープをまた貼《は》る。もはや、こいつはどうでもいい、と思った。部下に命じて、麻袋の中に、兎田を押し込めさせる。そして、袋を閉じる直前に袋に顔を近づけ、説明をした。「動くなよ。これから倉庫の中にこの袋を持っていく。で、おまえの妻に中身を当てさせる。もし、おまえだと彼女が当てたら合格だ。そのかわり、絶対に動くなよ。ぴくりとも動いたり、声を出したりしたら、これはおしまいだ。おまえたちは解放されない。袋の外から撃ち殺すぞ」

麻袋の中で、兎田は自分の体を丸くした。

稲葉は鼻で笑い、その麻袋の口を縛るようにし、粘着テープを巻いた。

「よし、運ぶ。持っていけるか？」

体格の良いほうの部下が、麻袋を担《かつ》いだ。倉庫の出入り口の手前で、いったん置く。

「ここからは引きずっていけ。人が入っているとばれないようにな」

「どうするんですか」

「もう、オリオオリオはこっちで捜す。ここも早く移動したほうがいいだろ。ただな、俺に歯向かった奴は許せない。腹が立ってしょうがないからな。余興に使ってやる」

稲葉は、袋の中の兎田には聞こえない声で言った。

綿子ちゃんは、稲葉たちが大きな袋をずるずると引きずってきてもはじめは視線を向けなかった。すっかり疲弊し、体中が痛み、どこが痛いかも判断がつかず、うなだれて呼吸をするだけの状況だった。

「おい、寝るなよ」稲葉がいつの間にかすぐ横にいた。「ひとつチャンスをやる」

チャンス、という言葉に惹《ひ》かれることもない。チャンスなど与えられるわけがない、と分かっているからだ。

無理やり頭をつかまれ、前を見させられた。

「あそこに土の入った袋がある。見えるか」

確かに、十メートルかそれ以上か離れた場所に薄汚れた袋が置かれており、稲葉の部下が横に立っている。

あれがどうしたのかと思っていると、稲葉が銃を取り出し、綿子ちゃんに、「ほら」と差し出してくる。自分が撃たれるのかと、綿子ちゃんはびくっと震えたが、実際のところそれも、体が反射的に動いたに過ぎなかった。頭はすでに抵抗することを放棄しており、撃つのなら撃てばいいと思っていた。

「ここから撃って、あれに当たれば」稲葉は言う。「解放してやる」と続けた。「生きて解放する」とは言っていないのだから、嘘をつくわけではない、とも思った。死んで、魂を解放する、という意味かもしれないしな、と。

綿子ちゃんが抵抗しなかったのは、もちろん、稲葉の口にした「チャンス」を信用したからではなかった。孝則君が来るまでは死ぬわけにはいかない、という思いから、下手に逆らわないほうがいいと判断したのだ。

彼女の視線がノートパソコンに向かっていたため、稲葉は、「あの画面が見えるか？ 兎田は今、こっちに来るところだ。まだ、だいぶ遠いが、きっと。だからそれまでにこれをやっておこう」と言う。スマートフォンの位置情報によれば兎田は依然として、あの住宅地の近くにある。

綿子ちゃんの拘束を緩め、座ったまま銃をつかませる。握り方を教え、こうやって狙いを定めて、こうやって引き金を、と丁寧に教えた。もしかすると、一か八かで自分に対して撃ってくる可能性もあるため、稲葉は背後に回ることも忘れなかった。少しでも歯向かったら撃つ心づもりもある。

兎田は言いつけをまもり、袋の中で身動きせず、じっとしている。綿子ちゃんも、稲葉の指示に従い、その袋を撃つことになる。

こんなことをして何になる？

そう問いかけたい方もいるだろう。ここでこのように、夫婦をいたぶったところで、オリオオリオは見つからないわけで、稲葉のグループの抱える送金問題の解決へ近づくはずもない。まったくもって無意味な時間、無意味な暴力と言えたが、苛立ちの募っていた稲葉は、このあたりでストレスを発散させたかったのだ。

自分の欲望に忠実なところが、彼自身を成功に導いたのも事実だ。

麻袋に弾が当たり、袋から呻き声が漏れ、じわじわと血が滲《にじ》んできたら、中から兎田を引っ張り出してやろう。その時の、この女の表情は動画に収めておこう。あ、そうだ、と稲葉はそこで閃《ひらめ》いた。

その動画に需要があるかもしれない。安全地帯から、他者の苦しみを鑑賞するのは、大いなる娯楽だ。妻が夫を射殺する映像を、喜ぶ者もいるだろう。

ああ、それならば、と急に視界が明るくなった。

例の送金相手も、この動画に興味を抱くかもしれない。新しいビジネスを提案し、期限についても交渉する余地はある。

稲葉は気分が良くなった。部下の一人にスマートフォンで動画を撮影しておくよう、指示する。この土壇場で、新しいアイディアが浮かぶとは、俺はさすがだな、と自らに感心するほどで、いい機材を用意しておけば良かった、とそのことを悔いた。

部下が録画を開始したのを見計らい、「よし、撃て」と言う。

「あの」

「何だ」

「何回、撃っていいんですか？」

事情を知らない綿子ちゃんの問いかけに、稲葉は笑いそうになる。「三回だな。三回外れたらおしまいだ。だから慎重に、ちゃんと狙え」

綿子ちゃんがうなずき、銃を前に出した。反動があるから気を付けろ、と稲葉は後ろから声をかける。袋の横にいた部下を、離れさせる。

綿子ちゃんはなかなか引き金を引かない。稲葉は焦《あせ》りはしなかったが、うんざりし、秒読みをはじめる。妻が夫を殺す五秒前、と内心でつぶやき、「五」と綿子ちゃんに刻み込むようにはっきりと言うと、「四」と間を取りながら数えた。

震えながらも一生懸命に狙っている綿子ちゃんの姿に、稲葉は喜びを抑えきれない。そうだ、よく狙え。即死させてやらないと、苦しむぞ、とも思う。いや、苦しんでいる図のほうが価値があるだろうか。
三、二、一のカウントが終わり、ゼロを口にした瞬間、倉庫内に銃声が大きく鳴り響いた。
やった。稲葉は自分の両手を耳に当てたまま、歓声を上げた。が、期待していたような悲鳴はなく、どうしたのか、と見れば綿子ちゃんの手は上を向いていた。天井部分めがけて発砲したのだ。

「おい、何やってるんだ」と稲葉が問い質《ただ》そうとしたのとほぼ同時に、綿子ちゃんが、「これはあれでしょ。岩と間違えてオリオンを射っちゃったやつでしょ」と叫んだ。

「知ってるんだから」

岩とかオリオンとか何のことだ。稲葉は理解できなかったが、相手が歯向かっていることははっきりしている。

かっとして、自分の銃に手をかけようとしたが、そこでまた大きな音が響き、同時に、下半身に熱の塊がぶつかるような衝撃が襲ってきた。

前にいる綿子ちゃんが腕を必死に捻《ひね》り、後方に発砲したのだ。闇雲《やみくも》に撃ったのだろうが、至近距離だけあって太腿《ふともも》に当たった。

綿子ちゃんは、孝則君！　と名前を呼ぶ。麻袋の中の兎田はすでに銃声が聞こえた時点で泡を食っており、外へ出ようともがいていた。

稲葉はもはや、この二人を許すつもりはなかった。痛みの広がり始めた太腿に顔をしかめながらも、綿子ちゃんの腕をつかみ、銃を奪い取る。

大声で、すぐに二人を撃つようにと部下に指示を出した。

あとはいくつかの発砲音がし、兎田と綿子ちゃんがその場で倒れ、血をふんだんに流しながら息絶える。はずだったが、そうはならなかった。

倉庫の重いドアが左右に開きはじめたからだ。

いったい何事か、と稲葉たちの意識はそちらに向いた。綿子ちゃんはといえば、もはやどうにでもなれ、の心境だったのか、後ろに倒れるような形で稲葉にぶつかった。太腿の激痛のせいもあり、稲葉は体勢を崩し、手から銃を落としてしまう。

綿子ちゃんの反応は速い。命綱に捕まるかのような必死さで、転がった銃を奪い取った。

しゃがんだまま、その銃を構え、稲葉に向ける。息が切れ、肩が揺れているが、この至近距離なら間違いなく、撃っても外さない、とは分かった。

稲葉といえば、目の前の銃口を睨みながらも動くことができない。

「ずいぶんひどい顔しているよ」綿子ちゃんは腫れた顔ながら精一杯の笑みを、無理やりに浮かべた。「悲劇ね。非力を恨んでね」

そして、腿を撃つ。

部下たちが、倉庫に入ってきた影に向かって発砲したのはその後だ。銃声が連続して、鳴る。


話の空白を埋める必要がある。〈ノースタウン〉の場面まで戻るべきだろう。

二階から犯人が飛び降りた、と警察が慌《あわ》ただしくなり、少し経《た》った頃だ。

まだ、中村たちは現場近くにいる。

彼と今村は、立てこもり犯と人質としての役目を終えた達成感と高揚を抑えながら、行きかう警察関係者に紛れて、歩いていた。彼らの機動隊員の制服は、その時、本物の隊員たちが着ているものとは少しデザインが違っていたが、それを不審に思う者はいない。救急隊員が数人、担架を持ってすれ違い、マスコミも今や制止する捜査員の脇《わき》をすり抜け、現場に近づこうとしている。中村と今村は透明ガードのついたヘルメットをかぶったまま、家から遠ざかっていく。

背広を着た小柄ながら貫禄《かんろく》のある男が、周囲に指示を出しているのが横目で見えた。中村は通り過ぎた後で、その声に聞き覚えがあり、ええと誰だったか、と立ち止まった。

ああ、あれが夏之目か、例の捜査員か、と気付いた。

中村は立てこもり犯として電話でやり取りをしていたものだから、先ほどまで一緒のステージで共演していた仲間に会えた感覚で、「いやあ、お互い頑張りましたね」と握手を交わしたくなった。思慮浅いと言うべきか、無邪気というべきか、のんきに、「ようやく会えましたね」と言わんばかりだったが、ちょうどそのタイミングで、今村が路上に落ちている紙を拾い、まじまじと眺めはじめたので、中村は、どうした、と横に立った。

「これ落ちていたんですけどね。風で飛んできたみたいで」

「住宅地図か」

「いたずら書きしてありますよ」ヘルメットのガードがあるため、声は少しくぐもるが聞こえなくはない。「あ、これ、星座じゃないですか」

言われてみれば、サインペンで黒い点が置かれ、結んだ線は図形を作っているようだ、と中村も気づく。

三人寄れば文殊の知恵だが、同じレベルの、勘の鈍い二人が一緒にいても問題はすぐに解決しないものなのだろう。地図を広げて宝探しをする小学生の如く、並んで顔を近づけ、頭を捻ったところで、「その星座らしきものがオリオン座に似ていること」「地図の横に、手書きの住所が書かれていること」を把握するのにはずいぶん時間がかかり、さらに、これこそが黒澤がオリオオリオを演じて手に入れようとした情報だ、と考えが至るまでにはもっと時間を要した。

とはいえ、答えには行き着いたのだから評価はされるべきだろう。

彼らはその住所こそが、警察に逆探知させた目的地だと理解した。

今村が、「この場所で決着がつくんですかね」と言うと中村は、「だろうなあ」と答えた。二人はそれきり無言になった。こういった場合の彼らは良からぬことが頭に浮かび、それを発言すべきかどうか悩んでいる時で、悩んだところで口に出すことが大半であり、そこでも結局はこう言った。

「行ってみるか」「行ってみますか?」二人の声が重なり合う。

ああ、またそんな余計なことを。

多くの方の呆《あき》れ声が聞こえてくるかのようだ。どうしてそうなってしまうのだ、と諦《あきら》めの溜《た》め息を吐《つ》きたくなるだろうが、床にバナナの皮が落ちていればそこで滑る者が出現するのと同じく、これは、否《いや》も応もなく起きてしまう約束事に近い。

「どうしましょうか」今村が言ったのは、どうやって行こうか、という意味で、つまり行くことはすでに決定事項となっている。

「黒澤がそろそろ来る」

現場が騒然となった隙《すき》に黒澤も現場を離れ、どこで調達するのかは分からないが、車に乗る。そして中村たちを拾い、退散する、という段取りだった。

「でも黒澤さんに言ったら絶対に反対されますよ。首を突っ込むなって」

「だろうな」

「だからタクシーとかで行っちゃいましょうよ。目的地は分かっているんですから」と地図に書かれた住所を指差した。

「どれだけかかると思ってるんだよ、タクシー代」

「大丈夫ですよ。今回、黒澤さんの頼みを聞いて、かなり頑張ったんですから、それくらい払ってもらいましょうよ」今村は、この騒動の発端の一つに、自分のミスがあったことなどすっかり忘れており、中村も特に物事を深く考えるほうではないから、「それもそうだな」とあっさりと納得し、「そうとなったら黒澤が来る前に行かないとな」と足を速めた。

その場にいる警察関係者やマスコミは、事件現場そのものに注目していたから、遠ざかっていく中村たち二人を気にする者はいなかった。

いや、違う。一人いた。

彼らに視線をやっている者、夏之目だ。

はじめはただ、夏之目の視界に中村たちが入っていただけなのだが、二人が地面に落ちている紙を拾い、それを眺めている様子が気にかかった。

ほかの機動隊員は、立てこもりのあった家の近くに集まっているか、もしくは、機動隊車両の付近で待機している。その二人が現場とは反対方向へと歩き出しているのが、不自然に感じられた。

夏之目は彼らに近づき、何をしているのか、と問い質そうとしたのだが、すると彼らが背中を向け、遠ざかっていく。道路には野次馬が集まっており、捜査員が整理に当たっていた。なるほどあの二人はその整理担当をサポートしに行くところなのかと納得しかけたところ、彼らは野次馬の中に進入し、さらに向こうへと立ち去っていくではないか。

夏之目は速足で後を追った。その時もまだ、大きな疑念を抱くほどではなかった。籠城《ろうじょう》事件は、最善の形とは言えないものの、決着したところだったから、事件の裏側や真犯人を疑う必要はない。

ただ、野次馬の群れを掻《か》き分けたところ、二人の姿が見当たらず、小走りで角を曲がると、機動隊員の恰好《かっこう》をした中村と今村がタクシーに乗り込むところだったため、さすがに違和感を覚えた。

二人はタクシーのトランクに、機動隊員用のライオットシールドを詰め込み、ヘルメットを被《かぶ》った制服姿で乗り込んでいる。

明らかにおかしい。

事件の最中に機動隊員がタクシーに？　誰から指示が出ているのだ。

次の現場にでも向かうところなのか？　次の現場とはどこだ？　こっそりと授業をさぼって、勝手に早退する不良少年のようなものなのか？　単に規範意識の薄い機動隊員が二人いる、ということでいいのか？

混乱した夏之目は少しの間、その場で考えてしまったが、とにもかくにもいったん指揮を執る現場に戻らなくてはいけない、と踵《きびす》を返した。先ほどのタクシーについては誰かに調べてもらえばいいだろう。夏之目はスマートフォンを取り出し、春日部課長代理に連絡をしようとしたのだが、それはできなかった。

「すみません、緊急でお願いが」目の前に男が立っており、スマートフォンを操作しようとしていた手をつかんできたのだ。

はっとし、前を見ればそこにはオリオオリオが、ではなく眼鏡をかけた黒澤が、立っている。

「ああ、折尾さん、どうしたんですか」夏之目は自分の手をつかまれたことで、ハリネズミが針を立てるような警戒心を抱いた。

「どこにも連絡しないでください。そして、さっきのタクシーを一緒に追ってほしいんです」

「折尾さん、これはいったい。あの機動隊員は何なんだ」

「説明は後でします。今は時間がありません。車、あるので乗ってくれませんか？」

「そんなことできるわけがないだろうが。俺は現場に」

「人の命がかかっているんです」黒澤はいつも通りの無表情で、オリオオリオのふりをするために丁寧な言葉遣いで言っただけだったが、そうすると実に真剣な言いまわしに聞こえた。

「人の命？」夏之目が気を引き締める。「それならなおさら」捜査員たちに連絡しなくてはいけない、と言いかける。

「話が大きくなるとまずいんです。それに時間もありません。今すぐ、一緒に行ってください」黒澤は道の脇に停めている車を指差した。「詳しくは車で説明します。警察の内部に、犯人と通じている人がいるかもしれないんです」

黒澤が車を路上に停めたのは、その数分前だ。中村たちと合流する段取りになっていたのだが、そこで電話がかかってきた。

スマートフォンを見れば、非通知表示がされている。

このスマートフォンが黒澤の手に渡るまでにも、それなりの手順が踏まれたことは述べておくべきかもしれない。

白兎作戦の最中、最初は当然、兎田がスマートフォンを持っていた。勇介の家にいながら、稲葉からの着信があれば、それに応《こた》えるためだ。ただ、最終的には、オリオオリオに扮《ふん》する黒澤がそのスマートフォンを警察の前で掲げ、「この発信元を調べてください」と頼む必要があるのだから、黒澤の手になくてはならない。

「どのタイミングで、どうやって渡せばいいんだ」打ち合わせの際、兎田にそう訊ねられた黒澤は、どうして何でもかんでも俺に訊《き》くのだ、とすげなく答えた。実際のところ、答えを持っていたわけではなく、さてどうしたものか、と悩んだが、その時、勇介の母親が、「ドラマですと」とまたヒントをくれた。「ドラマですと、立てこもり犯が、刑事にあれを持ってこい、これを持ってこい、と言いますよね。食事とか」

「なるほど、それか。それを利用するか」

「どうやって」

「食事を持ってこい、と警察に要求する。もちろん、そのままでは意味がない。できれば、この家を使いたい」

「この家？」勇介が首をかしげる。

「そうだ。立てこもりが起きるのはこの隣だ。だったら、『隣の家から投げ入れろ』と犯人に要求させればどうだ。隣の家から見た隣は、ここだ。そうだろ？　つまり、警察は食事を投げるためにここに来る。オリオオリオを寄越せ、と言えば、そのふりをしている俺がここに来ることになるだろう」

「ここから隣に物を投げる？　本気で言ってるのか？　そんな玉入れみたいな」

「意外に不自然ではないかもしれない。立てこもり犯からすれば、食事は欲しいが、警察は怖い、という状況だろうからな。直接、近くまで運んでこられるのは避けたい。投げ入れろ、というのは悪くない要求だ。しかも、そうすれば、その時におまえがこの家から出られる」黒澤は、視線で兎田を指す。

「俺が」

「犯人の指示があれば、この家に警察が来る。勝手に、人の家の敷地を利用するわけにはいかない。『ここから、物を投げ入れろ、と犯人に言われまして』と協力を求めてくるはずだ。その時におまえは、この家の住人が、いかにも、逃げ遅れていました、という様子で出ればいい」

「スマートフォンはどうする」

「家から出る時に、庭のどこかに置いておけ。後で、その場所は決めるが、とにかく俺は隙を見つけて、そいつを拾う」

「そこから後は、スマートフォンに出るのはおまえってことか」

「せいぜい、ばれないようにやってみる」

どのタイミングで、稲葉が兎田の位置情報を検索するのかははっきりしない。が、黒澤が持って、警察と行動を共にすれば、位置情報は少し変化があるだろう。それを稲葉が、誤差の範囲と思うか、もしくは何らかの動きがあったと思うかは推測するほかないものの、どちらにせよ、何かあったのか、と電話で確認してくる可能性はあった。

となれば、逆探知の機会は遠からず訪れる。

実際、おにぎりの入った袋をベランダに投げ入れた後、警察車両の中にいるとそれほど待たずして、非通知着信があった。黒澤はそれには出ないままに、夏之目に向かい、高らかに言った。「この電話の発信元の場所を教えてください！」

そして今、自分の手の中で着信の反応を示すスマートフォンを見つめながら黒澤は、出るべきかどうか考えた。まず間違いなく稲葉からの電話だろう。

逆探知は完了したのだからもう放っておけばいい、と思うが、一方で、まだ怪しまれるのは良くない、とも考え、最終的には、通話ボタンを押した。

「おい、今どこだよ。さっきはどうして出なかった。どうなってるんだ。報告しろ」と稲葉が言った。

先ほどお話しした倉庫の場面、稲葉の電話のやり取りがこの時のものだ。

稲葉が、「いいか、十分でどうにかしろ。じゃなけりゃ、この女は」と言った際、黒澤は思わず、「お星になる」と答えてしまい、稲葉が怪しんでしまうこともすでに述べたが、黒澤はもちろんそのことを知る由《よし》もなく、「分かった。十分後だな。それまでにオリオオリオを捜しておく」と電話を切った。半ば強引に通話を終わらせたのは、中村たちが見えたためだ。しかも彼らはタクシーに乗ろうとしていた。

俺が車で迎えに行くはずだったが、あのタクシーがそれだと思ったのか？

まさかな。

あの二人が打ち合わせの内容を守らない、もしくは守れないのは今にはじまったことではなかったが、これほど簡単な段取りすら守ることができないことには、呆れを通り越し、感心した。

タクシーの中に消える今村の手に地図がつかまれているのが目に入り、どこへ行くつもりなのかも見当がついた。

兎田の目指す場所に、物見遊山《ゆさん》で確かめに行きたくなったのだろう。

あの恰好で乗ってこられたタクシー運転手に同情しつつ、勝手にすればいい、と黒澤は思ったが、そこで夏之目の姿が目に入った。

夏之目は明らかに、中村たちを不審がっていた。電話を取り出したのは、隊員に連絡を取るためだともすぐに分かる。ここで中村たちがマークされては面倒なことになる。タクシーを警察車両で取り囲まれ、確保される二人が目に浮かんだ。それは避けたい。何より、ようやくこれで面倒なことから解放される、と思ったところなのだ。

これ以上の厄介事はごめんだ。本来は自分と無関係なはずの事柄に、かかずり合うことほど黒澤をうんざりさせるものはない。

黒澤はそっと夏之目課長の近くに駆け寄り、その手をつかみ、訴えた。人命がかかっているため、こっそりと協力してくれ、と口から出まかせを発する。

こんなことをするよりも、と別の、もっとシンプルな選択肢があることに気づいたのは、その後だ。電話で中村たちに連絡し、「警察が追っているから逃げろ」と伝えれば、それで済んだのではないか。

黒澤にしては冷静さを欠いていたとも言える。とにかくこの芝居を続けるほかない。

「お願いします。一緒に来てください」黒澤はそう繰り返し、車に夏之目を乗せた。

もちろん夏之目も怪しんでいるのは確実で、もし彼が、「何を企《たくら》んでいるんだ」という態度で来るならば、そうでなくても、「現場責任者として、この場を離れるわけにはいかない」と頑固に主張してきたら、無理をするつもりはなかった。うやむやにし、すぐさま立ち去ろうと構えていた。中村たちのことはもう放っておけばいい。どうとでもなれ、だ。

が、「人命がかかっている」という訴えと、「警察の内部に、犯人と通じている者がいるかもしれないので、連絡されると困る。特に、人命が」という説明が功を奏したのか、夏之目は不審感を滲ませながらも助手席に座った。

「どこに向かうんだ」

黒澤は答えず、カーナビに住所を設定する。目的地の住所を兎田に送信した時のメールが、スマートフォンには残っていた。

「目的地はどこだ」

それにも返事はせず、黒澤は車を発進させた。

アクセルを踏みながら、警察の人間を横に乗せて運転する緊張感を、新鮮に感じた。ちょっと速度を上げた途端、横からすぐに手錠をかけられる場面を思い浮かべてしまう。これはこれで貴重な経験で、いつか誰かに喋《しゃべ》れるエピソードになる、と黒澤は思ったが、そのことを話す自分の姿もなかなか想像できない。

「おい、いい加減に教えろ。誰が危険なんだ？」宮城野区の広い県道に入ったあたりで、夏之目が訊《たず》ねた。

「人です」

「人は分かっている。どこの誰だ」

「さっき話をしましたけれど」黒澤は慣れない丁寧口調をまた始めなくてはならない

ことがつらかった。「あの立てこもり事件の裏側には、グループがいます。その一部の人間が人を監禁しているかもしれません」

「タクシーに乗った奴《やつ》らは何なんだ」

軽率な二人組だ、と黒澤は言いたいところだ。言われたこともできない二人組、と。

「たぶん、グループの一員かと」

「あいつらは機動隊の恰好をして、立てこもり事件を見ていたというのか？」

そういうことにしてもいい、と黒澤は思う。「現場近くから状況を、仲間に伝えていたのかもしれませんね。あの恰好で紛れ込んで」

「それで今から、仲間のところに合流する、と」

「その可能性が高いです」

「俺を連れて行ってどうする」

分からない、と正直に答えそうになる。

「それに」夏之目が言った。「どうして俺は大丈夫だと踏んだんだ」

「大丈夫とはどういう」

「警察内にグループの内通者がいる、と言っただろ？　俺がその内通者だったらどうするつもりだったんだ」

「内通者なんですか？」

「違う」

「だったらいいじゃないですか」黒澤は言う。

夏之目はそこで気持ちを落ち着かせるためなのか、深く息を吐いた。「内通者なんですか？　と訊かれて、はい、と答える内通者はいないだろう」

「そうですかね」慣れない口調で警察とやり取りするのは、やはり楽なことではない。乗りかかった船から下りるタイミングが把握できない。

「がらがらだな」夏之目が言った。確かに、通行車両はほとんどなく、信号も青ばかりが点灯している。夏之目は、黒澤を問い質《ただ》すこともしなくなっていた。自分がＳＩＴの責任者であることも忘れているのかもしれない。窓の外を眺める目からはそう感じられた。

目は口ほどに物を言う、目は内面の代弁者とはよく言ったもので、実際、その時の夏之目はＳＩＴのことをすっかり忘れていた。

暗く、冷たい色をした車道を等間隔で並ぶ街路灯が照らすが、その光は弱々しく、車線の白い線は永遠に続くかのようにまっすぐに延びていく。単調な直線道路を音もなく進んでいるからか、助手席に座る夏之目はぼんやりとしはじめていた。夜を纏《まと》った大きな手が、車を包み込んでくる。

いったいどこまで行くのか。

このまま止まることがなく、人生が終わるまで走り続けるのかもしれないと夏之目は想像した後で、それならそれで好都合だと思う。

「お父さん」

その声で目を覚まし、夏之目は自分が眠っていたことに気がつく。運転席でハンドルを握るのは、オリオオリオではなく、娘の愛華だった。「お父さん、ひさしぶり」と声をかけてくる。「疲れているねえ」

いつの間にまた運転できるように？

もちろん亡《な》くなった娘がいるわけがないのだから、脳が眠りながら見ている光景に過ぎないのだが、夏之目は微笑《ほほえ》んだ。後部座席には、妻がいる。

妻と娘がいなくなって以降、夢に二人が出てくることは多い。ほとんど毎日だった。それらはたいがい凄惨《せいさん》な場面ばかりだった。あのいんちき占い師の命を奪った後は、おぞましい場面ばかりが目に浮かび、できるだけ眠らないようにと努力するほどになっていた。それに比べ、今、車内に現れた娘たちはとても落ち着いている。暗い夜だとはいえ、明るさを伴った場面だ。

「相変わらず、仕事に一生懸命なんだから」と妻が後ろから声をかけてくる。運転席の愛華も、「わたしたちよりも仕事が大事だからね」とからかってくる。

そんなわけがあるか、と夏之目は小さく答えた。仕事をしていないと、おまえたちのことばかり考えて胸が潰《つぶ》れてしまうのだ。「もう、何もかもやめて、そっちに行きたい」と本音を漏らしてしまった。

駄目だよ、と愛華が言った。もはやフロントガラスを見ておらず、真横の夏之目にまっすぐに目を向けている。お父さんのことをこんなにちゃんと見るのは初めてだなあ、と笑う。

夏之目は自分が泣いていることにも気づかない。声はひっくり返り、まともに出ていかず、しゃっくりめいた息を吐くことしかできない。

「お父さん、星の一生に比べれば、わたしたちの人生なんて、ほんと一瞬だけど」

はい、生まれました。はい、いろいろありました。はい、死にました。以前、愛華が言ったことを思い出す。

「でも、それでも大事な時間だよ。昔からお父さん、わたしが何か言うと、よその家と比べても意味がない、とか怒ってたでしょ。うちはうち、よそはよそ、とか。星の一生と比べるのなんてもっと意味がないって」

娘の言いたいことが分からなかったが、夏之目は、うんうんそうだな、とうなずいている。

「わたしがね、ジャン・ヴァルジャンが凄《すご》いと思うのは」娘はまた、その小説の話をした。「自分と間違えられて別の人が逮捕されちゃった時、しらばっくれていれば助かったのに、すごく悩むんだよ。あの男は濡《ぬ》れ衣《ぎぬ》だ。どうしたらいいのだろう、って。これは神様がそう望んだからだ、自分がわざわざ名乗り出る必要はない、と自分に言い聞かせたりするけど、でも結局、考えた末に、裁判所に向かうわけ。その時も、交通手段がなかなか見つからなくて。馬車にどうにか乗った後も、間に合いそうもなくて。やっと到着したら、今度は法廷が満員で入れないの」

「どういうことだ」

「しょうがないね、あった、って諦める口実はいくらでもあった、ということ。やるだけはやった。でも、たどり着けなかった。という言い訳はいくらでもできたの。なのに、ジャン・ヴァルジャンは結局は、乗り込んでいって、ちゃんと言うわけ。俺がジャン・ヴァルジャンだ、その男は違う！」

娘が憧《あこが》れのアイドルの話をするかのようにしゃべる声を聞きながら、夏之目は呻《うめ》き声を上げる。

「大丈夫か」

急に男の声がしたところで、夏之目は背中を起こした。先ほどまで愛華がいた運転席でオリオオリオ、のふりをした黒澤がハンドルを握っている。

「魘《うな》されていたぞ」

「ああ、そうか」

「嫌な夢でも見たか」

折尾はこんな喋り方だっただろうか、と夏之目は違和感を覚える。もしかすると、これもまた夢の途中ではないか、と。だからなのか急に、自分の心を縛っていた紐《ひも》を少し緩めたくなり、「オリオン座が好きなんだろ？」と友人に話しかけるように言った。

「ああ」と黒澤が苦笑いをする。「そういうことになっていたからな」

「そういうことに？」まあ、いい、と夏之目は思う。「知ってるか？　海より広いもの、それは空。そして、空よりも広いものは」

黒澤は、「それなら知っている」と即座に答えた。

「知っているのか」

「俺も読んだことがある。あれは泥棒の話だからな」

泥棒の話だから何だと言うのか。「俺は読んだことがないんだが、いいことが書いてあるのか？」

黒澤は少し黙り、そのまま車を走らせていたが、やがて、「罪は引力みたいなものだ、と書いてあったな」とぼそりと言った。

「罪が引力？　どういうことだ」

「地上にあるものは罪から逃れられない。罪をゼロにはできない、生きてれば誰だって罪がある、という意味かもしれない。罪のない人間なんてありえない」

「罪のない人間なんてありえない」夏之目は意識するより先に、復唱している。

「そうだ。だから、できるだけ罪を少なくするのを目標にしろ、と書いてあった。罪を犯したことなんてない、と言い切れる人間はむしろ、嘘《うそ》だ」黒澤は言ったが、うろ覚えの上に彼なりの要約であるからこれをそのまま引用だとは思わないほうがいいだろう。「迷ったり、怠けたり、罪を犯してもいいが、正しい人になれ。司教がそう言う場面があるんだよ」

「正しい人とはどういう意味だ」

「俺に訊くな。ただ、ジャン・ヴァルジャンを追う警部は、正しさについてずいぶん悩んでいたんじゃなかったか。主人公を追い詰めるから、嫌な奴《やつ》に思えるが、悪人ではないんだろ。あの男はあの男で、法を守って、社会を守りたいだけだった」

「警部ということは、俺と同業者なわけか」

黒澤が、横目で夏之目を見たのは、自分がジャヴェール警部と並ぶジャン・ヴァルジャンとなった感覚に襲われたからだ。

「警部はこう言った。優しくするのはじつに容易《たやす》いことですが、難しいのは正しくあることです、とな」

やはりこれはまた変な夢を見ているのだ、と夏之目は今度こそ本当に目覚めよう、と瞼《まぶた》に力を込め、手で目をこすろうとしたが、そこで黒澤が車を止めた。「着いた。来てくれ」

「いったい何なんだ」

そこで黒澤が、「実は少し嘘をついていた」と話した。「ただ、そこの倉庫に悪い奴らがいるのはたぶん間違いないんだ。これをどうにか収められるのは、警察だけだ。俺はそう思う。つまり、あんただよ、夏之目さん」

一方的にそう言われるものだから、夏之目は険しい顔になりかけたが、先ほどまで見ていた妻子のことが念頭にあったのか、相手を許したい思いのほうが強かった。そして、ずいぶん前に、自分が娘の愛華から言われたことをそのまま口にしたくなる。

「まあいい。分かりやすい嘘をつかなくちゃいけない、よんどころない事情があったんだろ？」

そして一言、ぼそりと洩《も》らすと足を踏み出した。


そこからのことは想像がつくだろうから、できるだけ簡潔に記して終わりにしたい。黒澤と夏之目が例の倉庫に近づいた時、ちょうど銃声がいくつか続く。機動隊員の装備を身につけた中村と今村が中に入ったところだ。

夏之目は、警察官としての使命感が発火したのか、顔を引き締めると黒澤に、「離れていろ」と言う。さすがにこの騒ぎとなったら、応援部隊を呼ばないわけにはいかない。電話をかけはじめたが、黒澤も止めなかった。

夏之目が倉庫を覗《のぞ》き込むと、中は騒然としている。機動隊員の恰好をした二人がそれぞれ一人ずつ、男を押さえつけている。シールドの重さで押し潰すかのようだ。

いったい何が起きているのか、仲間割れか、と夏之目は考えながら中に入り、「宮城県警だ」と声を張り上げた。倉庫のまわりは警察が取り囲んでいる。抵抗しても無駄だ。そう叫ぶ。騙《だま》されてくれ、と願った。

左側にいる女が見えたのは、その後だ。足を縛られているのか、不恰好に這《は》うようにしてこちらに向かってきた。必死に逃げようとしているその姿は痛ましい。駆けつけようとしたところ、その背後に人が立つのが見えた。怪我《けが》を負っているのか、よろよろとしているが、銃を構えて、女に向けている。

夏之目は考える前に、動いた。

銃を取り出すと迷わず、発砲する。射撃は得意でも不得意でもなかったが、ここで外すわけがない、という自信があった。実際、発砲した瞬間、弾道が外れたように見えたが、そこにすっと現れた愛華と妻がふっと息を吹きかけ、正しい方向へと戻してくれるのが、夏之目には見える。

悲鳴を上げ、倒れた男に走り寄れば、もちろんそれは稲葉なのだが、稲葉は耳を押さえてもがいていた。罵《のの》りの声を上げながら、転がっている。太腿《ふともも》からも出血していた。先ほど離れた女性が、つまり綿子ちゃんが撃ったのだ、と素早く察した夏之目は、落ちている銃を拾った。

あの子をできるだけ面倒なことに巻き込まないであげて。お父さんが撃ったことにしてあげれば？

と娘の声が聞こえたのかどうかは怪しいが、銃を持ったことで、夏之目の指紋がそちらにはっきりと残ったのは事実だ。

依然として稲葉は喚《わめ》いている。痛みに呻きながら、怒りをまき散らしていた。偉そうに振る舞い、綿子ちゃんに暴力を振るっていた、憎らしい男への仕打ちがこれだけで良いのか、と不満に感じる方もいるかもしれない。ご心配なく、詳細は記さないものの、のちのち稲葉は刑務所に入り、ざまあない、と思えるような、楽ではない死に方をする。

夏之目は騒がしい稲葉に手錠をかけ、その後で、機動隊員の恰好をした中村と今村が押さえつけた男たちのことも縛った。

ほかにはいないのか、とあたりを見渡せば、先ほどの女が尺取虫のように、体を動かしながら麻袋に近づいていくではないか。

夏之目は駆け寄り、その袋を開くが、中に男がいるものだから驚いた。

慌《あわ》てて引っ張り出すと、粘着テープで巻かれた男が現われる。

孝則君、孝則君、と縛られた女がその男に伸《の》しかからんばかりに、寄っていく。はっと見れば、女の顔は大きく腫《は》れ、痛々しく夏之目はまた驚愕《きょうがく》するが、二人が再会を喜んでいることは伝わってきた。

あとは応援部隊が来るのを待つだけか、と思い、縛った男たちをひとところに集めようとしたところで、そういえば折尾はどこだ、と振り返った。

黒澤は倉庫の入り口付近に立っている。服の内側に忍ばせていた物を、中に放り込むところだった。

手榴弾《しゅりゅうだん》じみた形状のそれは、赤い煙を噴き出しはじめる。続けてもう一つ、さらに一つと放り投げる。勇介の家の二階、父親の陳列棚から拝借してきたアーミーグッズが役立ったわけだ。

黒澤は、倉庫内を満たしていく赤い煙幕を前に夏之目が立ち尽くしているうちに、その煙に紛れるように中村と今村のもとに駆け付け、「置いて行け」とシールドを手放させると、外に引っ張り出す。「そんなのはまた買えばいい」

何だ、黒澤か。中村は後をつけてこられたことに驚きつつも、まあ、黒澤ならそれもやれるだろうな、と思っている。「シールド、本物を買っておいて正解だったな」と答えた。

倉庫内が煙で充満しはじめる。

有毒な物だったらもはや逃げられない、と夏之目は覚悟を決めかけたが、「夏之目さん、ちなみにそれは、無害だ」とどこからか声がした。

夏之目はもくもくと広がる赤い煙に体を包まれながら、内面の汚れを吸い取ってもらうかのような、瘡蓋《かさぶた》じみた精神の鎧《よろい》を剝《は》ぎ取られる感覚を覚えている。
足元には摘むべき花が、天井には娘と指差すことのできる星があるかのようだった。

白兎事件から三ヶ月ほど経《た》った頃、黒澤は仙台市の泉中央駅で地下鉄から降りた。「白兎事件から三ヶ月」という言い方は間違っているかもしれない。依然として白兎事件は続いているとも言えるからだ。とはいえ何度も言うが、世間で、仙台市で起きたあの一戸建て籠城事件のことを白兎事件と呼ぶ人間などそもそも一人もいないのだから、細かいことは気にしないほうがいい。

立てこもり事件は世間を混乱させた。

はじめは、犯人が飛び降りたことで決着！　と警察関係者はもとより、ニュースを観《み》ていた一般人もそう思ったが、そこから明らかになった事柄は不可解さに満ちていた。

二階の窓から落下して死んだはずの犯人、正確には「犯人とされた男」は、実はそれよりも数時間前にすでに亡くなっていたことが判明し、おまけに立てこもり事件の人質の姿がどこにもなかった。しかも同じ日に、仙台港の倉庫では銃を使用した争いが起きていた。監禁されていた女性とその夫が発見され、その夫、兎田の供述から、倉庫にいたのは誘拐《ゆうかい》を業務とするグループのメンバーであることが分かり、芋づる式に東京にいる別の者たちも逮捕となった。真相は明らかになるどころか、より複雑になってきたと警察関係者はもちろんマスコミも不安を覚えた。いや、大丈夫だ、きっと港で逮捕した者たちの供述によって、真実が見えてくるに違いない、と期待したものの、誘拐グループは、立てこもっていたのは兎田のはずだ、と主張し、兎田はといえば、立てこもっていない、と否定するものだから、真相究明の道に暗雲が立ち込めはじめた。実際、立てこもりの起きた家からは兎田の指紋は検出されず、警察と電話で喋った声も、兎田のものとは異なっていたと断定される。さらにいえば、その立てこもりが起きた家自体に謎《なぞ》が多く、所有者が見つからない上に、不動産取得の際に偽名が使われた可能性すら出てきた。

暗雲どころか雷鳴さえ聞こえてきたわけだ。

もちろん何もかもが不明のままではなく、明らかになったこともある。

家の二階から落ちた死体は、折尾豊と名乗る自称コンサルタントで、誘拐グループと関係があった。さらに、その折尾豊が亡くなったのは、泉区の道路である若者と口論になり、路上に倒れたことがきっかけだった。その若者はすぐに出頭してきた。若者とその母親が、折尾豊の死に動揺し、家に死体を運んでしまったことが判明し、その家が立てこもり事件の隣家だったものだから、繋《つな》がってきましたね、これは行けますよ！ と劣勢のスポーツチームのベンチから上がるような、興奮の声が捜査員から出たのも当然だろう。ただ、その家からどうして隣の家へと死体が移動したのかは答えが出ない。

母子は、自分たちが家を空けている間に、死体が運ばれたのかもしれない、と言った。もちろんその母子が運んだのではないか、とは誰もが想像したが、証拠はなく、「なぜわざわざそんなことを？」という問いに答えられる者もいない。

結局は、立てこもり犯が何らかの事情で、母子のいる家から死体を持ち去ったのだろう、という、それらしいが具体的なことはまったく分からない答えと、事件当日、警察が訪れた際に出てきた男は一体何者だったのか、という謎が残るだけとなった。

折尾を名乗る男が、警察に協力していた、という話もあった。ただ、その男が誰だったのかは今となっては分からず、指紋も残っていなかったという。立てこもり犯が送ってきたという写真はあったものの、はっきりと見えるものではなく、どうせ変装した姿なんでしょ、と誰もが諦《あきら》め気分だった。

これはちょっと戦況が怪しくなってきたかも、とベンチの士気が落ち始めた矢先、警察側にとっては予想外の大きな爆弾が爆発することとなり、もはや白兎事件は、一つの事件というよりは、犯人が誰それとは名指しできない天災のような様相を呈し始めた。

「あの後、若葉がうるさいんだよ。わたしがどれだけ頑張ったのか、となとつい先ほどまで黒澤は、仙台駅東口の釣り堀にいたのだが、その時に隣に座った中村が、困惑気味に言った。「俺と今村は、家の中にいただけで何もしていなかったような言い草だ。黒澤、おまえから言ってやってくれよ、俺たちがどれだけ活躍したのか。警察とのやり取りだって、そりゃ面倒だった。芝居ってのは難しいな」

黒澤は答えず、釣竿《つりざお》の先をじっと見るだけだ。

「そういえば黒澤、あの親父はどうなったんだ」

「あの親父？」

「あの家の、アーミーグッズを集めていた父親だ。強権野郎」

勇介と母親は、折尾豊の死に関与し、おまけに死体を隠蔽《いんぺい》しようとした。これだけ複雑な事件であるから、簡単に警察から解放はされないだろうが、それでも勇介は故意をもって相手を殺害したわけではなく、母親にしても子供を思う一心だったわけだから、先入観なしに司法が判断を下すのならば、それほど大きな罪にはならないだろう、と黒澤は予想していた。もちろん、仮に大きな罪になったとしても黒澤には関係がなかったが、それでも最後に向き合った際、「大変なことになってしまいましたが、これでもうやっと覚悟が決まりました」と言ってきた母親の顔は印象に残っている。「何の覚悟だ」と問えば、「もう一回、やり直します。一度しかない人生ですし」と母親は答える。言うのは勝手だが、「やり直せますよね？」と訊ねてきたことには驚いた。俺が答えを知っているとでも思うのか？　と言いたかったが、面倒だったので、「そりゃ、できるんじゃないか」とだけ答えた。

司教と出会ったジャン・ヴァルジャンはその後、波瀾《はらん》万丈ながら幸せな人生を送る。そしてその司教との出会いは、あの長い小説のほとんど冒頭だ。先はまだまだ長い。読み切るのに五年かかるやつもいた。黒澤はそう説明したかもしれない。

「父親はかなりまいってるんじゃないか？　表に出れば出るほど、嫌われていくしな」家族が捕まったことで、勇介の父親のもとへとマスコミは押し寄せた。強気の性格が災いしたのか、父親は傲慢《ごうまん》で、不謹慎な発言を繰り返し、むしろ勇介や母親に対する同情が集まりはじめてもいる。

「誰が正しくて、誰が悪いのか、訳が分からなくなってくるよな」

「人間の歴史はいつだってそうだろ」

「知らねえよ」中村は笑う。それから、「でも、黒澤、おまえ、本当に仙台から出ていくつもりだったのか?」と言った。浮子《うき》が沈んだのか、竿を思い切り引き上げるが鯉《こい》は引っかかっておらず、餌《えさ》だけが消えている。

あの夜、とっさの判断で、〈ノースタウン〉から仙台港まで、助手席に夏之目を乗せて運転し、会話をした。変装とはいえ、眼鏡をかけた程度であるから、その時は逃げ切ったとしても、いつかどこかで遭遇した際に、「おまえはあの時の」と咎《とが》められる可能性はあった。危険は避けたい。少なくとも、宮城県警の管轄《かんかつ》からは出て行ったほうがいい、違う土地で暮らす時が来た、と覚悟を決めていた。

が、そこで、先述したように、警察も予期しなかった爆発が起きる。

夏之目が過去に犯した殺人を告白し、捕まったのだ。

白兎事件を取り巻く複雑さもここに極まれり、といった具合で、警察とマスコミは、どれをどういった文脈で取り上げればいいのか、と頭を悩ますことになる。

「あの夏之目ってのは、おまえのことを喋っていないんだろ?」

「らしいな」仙台港で監禁されていた綿子ちゃんをどう助けたのか、そもそもどうしてそこに行けたのか、といったことに関して、夏之目はいっさい話さないらしく、警察は困っているようだった。

「何で、喋らねえんだよ、夏之目は」

「精神鑑定が必要な状態にあるのか、もしくは」

「もしくは？」

「法が全《すべ》てだ、と信じていたジャヴェールみたいになったのかもな」

「誰だよ、そいつは」

「夏之目は夏之目なりに、正しくあろうとしているのかもしれない」

「でもな、よく考えてみたら、おまえがあんなことに付き合う必要はあったのか？」

「何がだ」

「あの家から出られたなら、別に、そのまま逃げることもできたじゃねえか。何も警察に近づいて、危ない芝居を打つこともない。兎田を放って帰れば良かった」

「ああ、俺もそう思った」

「なのに、わざわざ手を貸してやるとは、おまえらしくなかった。そうは思わないか？」

「俺も思った」黒澤はほとんど感情のこもらぬ声で言い、釣竿を構えて、じっとしている。実際のところ、自分がどうして面倒な芝居をし、協力したのか、分からないでいた。確かなのは、兎田やその妻に同情したわけではなかったことだ。「たぶん、人質を誘拐している奴に腹が立ったのかもしれないな」

「正義感か？」

「悪いことをして、自分だけは安全地帯にいる人間は、困るじゃないか。集団の規則を平気で破る奴は」

「渡り鳥に、渡る時季を教えたやつのせいか」

黒澤は答えず、釣竿を引く。鯉が引っかかった手ごたえがあった。水が飛び、引き上げられた鯉が跳ねる。おお、可哀想《かわいそう》に、と横の中村が、おまえは魚にこんなことをして心が痛まないのか、と嘆いたが、黒澤は気にしない。「それにしても、折尾のふりをしたおまえが最初に電話で、『どちら様でしょうか』と言ってきた時はおかしくて、笑いをこらえるのが大変だった」と言ってきても、やはり反応しない。

黙々と、釣り針を鯉の口から取り外すだけだ。


改札から出た黒澤は、副業の探偵の仕事のために人の行動を調べに来たのだが、駅構内にある売店に立ち寄った。

新聞記事の見出しが目に入る。おそらく夏之目のことだろう、警察関係者が犯した殺人について大きく書かれていた。

あの倉庫内に入っていく直前、彼が洩らした一言を、黒澤は思い出す。よんどころない事情があったんだろ、と言った後で、ほとんど自身に言うかのような声で、「いろいろあるもんだな」と呟《つぶや》いたのだ。

はい、生まれました。はい、死にました。その間には、いろいろあるんだよ、お父さん。

もしかするとその時の夏之目には、その声が聞こえたのかもしれないが、もちろん黒澤の考えの及ぶところではない。

新聞を購入するために、店員に金を渡す。

ちょうどそこで、別の女性店員がやってきて、「綿子さん、そろそろ交替ね」と呼びかけた。

黒澤に釣りを渡す店員が、「あ、はい」と答える。

その名前に聞き覚えがあり、黒澤は顔を上げ、店員を見た。せっかく物語が終わるところなのだから、「兎田のことを待っているのか」くらいの声をかけてもいいように感じるが、もちろん彼はそんなことをせず、実際のところ、そうならなくとも幕はおりる。

あとがき

籠城物《ろうじょう》、人質立てこもり事件の話を今までにいくつか書いてきたので、このあたりでその決定版を、と取り掛かったものの、はじめに思い描いていた、硬派な犯罪小説、警察と犯人との緊迫した攻防戦、といったものにはあまり、近づくことができませんでした。ああでもないこうでもない、と考えているうちに結局は、自分の好きな映画『ホステージ』、『ダイ・ハード』や『交渉人』の混ざり合ったもの、自分なりの『ホステージ』といったお話になったような気がします。

無事にできあがるのかどうか不安で仕方がなく、おそらく無事にはできあがっていないのですが、それでもこうして完成したことにほっとしています。

立てこもり事件については、過去の実際にあった事件のニュースや元警察官の方の話を参考にし、加工している部分がありますが、この小説自体は作り話ですので、現実とは離れたものとして楽しんでいただければ幸いです。

作中で引用されている『レ・ミゼラブル』は、ちくま文庫版の西永良成さんの訳をもとにしています。

〈参考文献〉

『オリオン座はすでに消えている?』縣秀彦著　小学館101新書

# A Hole 伊坂幸太郎という〝穴〟

小島秀夫

それにしても『ホワイトラビット』の解説を依頼された二〇一九年の年末に、オリオン座のベテルギウスが爆発するかもしれないというニュースが飛び交うことになるとは、さすがに偶然にもほどがある、都合が良すぎる。なにしろ、ベテルギウスが爆発すると、中性子星《パルサー》になると考えられているが、もっと質量が大きければブラックホールになるのだから。

小説を未読で、この解説から読み始めている読者にとっては、何のことかわからないかもしれないが、先に結論を述べてしまうと、小説とはベテルギウスなのだ。オリオン座の肩で輝くその赤い星は、地球からおよそ六四〇光年離れている。私たちが見ている光は六四〇年前のもので、既に発せられたものの残像である。それを、あたかも今生まれた光だと錯覚してしまうのだ。とっくに爆発している可能性もあるというのに。

作家は錯覚を演出する。過ぎ去った幻を実在するものとして見せる、あるいは、過去に起きた出来事を未来の予言として語る、それが小説というエンタテインメントなのだ。

『ホワイトラビット』は、〝ブラックホール化する（した）ベテルギウス〟であり、夜空に浮かぶ星のひとつである。しかしそれは、今も実在するかどうか定かでない星のように我々を照らす「変な小説」だ。

だから、物語が始まってすぐ、あるキャラクターにこんなことを言わせる。「あの小説って、ところどころ、変な感じですよね。急に作者が、『これは作者の特権だから、ここで話を前に戻そう』とか、『ずっとあとに出てくるはずの頁のために、ひとつ断っておかねばならない』とか、妙にしゃしゃり出てきて」

「あの小説」とは、ヴィクトール・ユゴーの『レ・ミゼラブル』のことなのだが、それは同時に、『ホワイトラビット』のことでもある。作者は開幕してすぐに、『ホワイトラビット』が「変な小説」であることを、自ら告げるのだ。読者が「変な感じ」を抱くより前に、半歩先回りしてそれを宣言する。

まず、穴に入ってみる——お話はこんなふうに始まる

実は私は、伊坂幸太郎の善い読者ではなかった。本作もこの解説を頼まれるまで未読だった。なんとも〝ああ無情〟な読者だったのだ。その結果、白兎《ホワイトラビット》を追いかけて穴に落ちていったアリスのように、白兎《しろうさぎ》事件を語る伊坂幸太郎という穴に見事にはまってしまった。

東京都内の路上で車を停めた兎田孝則は、冬の夜空を見上げ、妻の「綿子ちゃん」から聞いたオリオンの神話を思い出していた。巨人のオリオンは狩りの名手だったが、女神に送り込まれたサソリに刺されてしまう。だからサソリ座が見え始めると、オリオン座は逃げるように沈む、というエピソードだ。

やがて仲間が戻ってくると、車をスタートさせる。その後部には、誘拐した女性が梱包《こんぽう》されて横たわっている。兎田たちは、誘拐を生業《なりわい》とする「ベンチャー企業のようなもの」の一員なのだ。しかし彼らのグループには、ちょっとしたトラブルが発生し

ていた。オリオオリオなるコンサルタントによって、組織の金を騙《だま》し取られてしまったのだ。取引先に送金する期限が迫っており、なんとしてもその金を奪還しなければならない。それを命じられたのは兎田。愛《いと》しい綿子を人質に取られ、オリオオリオを探すように仕向けられてしまう。誘拐犯が身内を誘拐されてしまうのだ。

そのオリオは、「オリオン座と言えば、オリオ」と評されるほどのオリオン座オタクだった。物語は、まさに「変な冒頭」から始まる。

どうやら穴はひとつだけではないらしい

舞台は東京から仙台に移る。

新興住宅地の一軒で、人質立てこもり事件が起きている。出動した特殊捜査班SITが犯人と交渉するが、オリオオリオを連れてくることと、立てこもりの現場をテレビ中継することが要求される。

穴はそれだけではない。立てこもり事件が語られる合間には、死んだ詐欺師の自宅に三人組の泥棒が侵入し、そこから名簿を盗むというお話が語られる。視点が変わり、話者が変わり、交わされるウィットに富んだ会話を追いながらページをめくっていく。

振り返ると、穴に降りるために使った梯子《はしご》は外されている。出口を探してさまよっているうちに、読者は、穴のさらに奥深くに入り込んでしまうのだ。

映画はスクリーンを外側から眺める。小説だって、本の文字を眺める。けれど『ホワイトラビット』の読者は、穴の中にいる。キャラクターや語り部と一緒に、物語という穴の中にいる。

読者がはまった穴は、伊坂幸太郎という戯作者兼興行主兼演出家によってつくられた劇場なのかもしれない。しかもこの穴＝劇場では、舞台《ステージ》だけでなく、プラネタリウムのように、天井を見上げることにもなる。そこでは星々がつながって、同時進行する物語を描いている。

これが「変な感じ」の正体なのだが、もはや読者は、変に思わなくなっている。むしろ心地よくなっている。

だがしかし、読者よ、伊坂幸太郎の語りに騙されてはいけない！

それでも穴から出られない

騙されるな、と言われてもページをめくる手を止めることはできない。

あるいは鋭い読者ならば、作中で語られる、もう爆発しているかもしれないベテルギウスの話から、『パルプ・フィクション』のタランティーノによる時間軸を操作した語りを思い浮かべるかもしれない。今、語られていることは、「昔の残像」かもしれないのだ。

しかし、読者が「おや？」と思うタイミングで、「そうでしょう、おかしいですよね」と、絶妙の合いの手を入れてくる。それは地の文であったり、キャラクターの言葉であったりと、自在だから油断がならない。

読者の疑問を放置したままだと心は離れてしまうし、ひどい場合はご都合主義と罵《のの》られてしまう。読者の反応の半歩先を行く語りが、それこそ犯罪的にうまい。これが本当の舞台《ライブ》ならば、お客の反応を見ることも可能だろうが、それを小説という媒体で成し遂げているところが凄《すご》い。

肩が痛いとマッサージを頼むと、なぜか足の裏を揉《も》まれる。おいおい、そこじゃないよ、と文句を口にする前に、全身が気持ちよくなっている。血行がよくなって、疑問はいつの間にか消えていく、いや、忘れてしまうのだ。

ビデオゲームでも、ユーザーがあたかも自分で決断したかのように行動を選択させるという演出や、ゲームデザインは重要だ。主人公が使命を請け負うという大きなレベルから、テーブルに置かれたコップを手にして一杯の水を飲むという小さなレベルまで、プレイヤーに行動や選択を強いるのではなく、自ら望んで行動したという気持ちにさせなければ、ユーザーは感情移入も世界への没入もできなくなってしまう。ゲームクリエイターの腕が問われる局面でもある。本当の嘘つき《クリエイター》は、相手が自ら摑《つか》みにくるような極上の嘘《フィクション》を創造できるのだ。

## この穴は、いつかどこかで見たことがある

読者の心を摑むテクニックは、語りのうまさだけではない。

たとえば、オリオン座の逸話や『レ・ミゼラブル』をはじめとする、作中にちりばめられた蘊蓄《うんちく》や挿話の使い方。『走れメロス』や『因幡《いなば》の白兎』、渡り鳥などのアイテムの選び方が巧妙なのだ。どれも小中学校で教わるもので、名前くらいは知っている。『レ・ミゼラブル』のような大長編は読んでいなくても大丈夫。読み通した人は滅多にいない、と安心させてくれる。だから興味を惹《ひ》かれるし、中身を知っていれば、ちょっとした優越感もくすぐられる。教え諭す偉そうな先生ではなく、同じ穴の友人のように寄り添ってくれるのだ。

これがタランティーノの映画だと、引用される元ネタがマニアックすぎて、置いてけぼりになる可能性もあるが、こちらは幅広い読者に届くポピュラーなアイテムをばらまいて、その先に広がるどこまでも深い穴に連れて行く。作者はこれを「あくまでも話を膨らませる一種の、ドライイースト、ベイキングパウダーのようなもの」に過ぎないと言い、これまた巧妙な予防線を張るのだが、それすらも読者を騙すために機能しているのは間違いない。

仙台という実在の都市も同じ役割を果たしている。東京でも大阪でもなく、架空の都市でもない。知らない人はいないが、必ずしも万人が訪れたことはないだろう都会。本作のストーリーは、仙台でなければ成立しないわけではないだろう。しかし、仮に東京や大阪にしていたら、それらの都市に対して人が抱く個別の先入観や予備知識がノイズのように邪魔をして、本作がまとっている寓意性《ぐういせい》や抽象性は薄まっていたかもしれない。おそらく仙台は、オリオンやジャン・ヴァルジャンのような役目を果たしているのだ。

あるいは仙台とは、「A Town」であり「A Hole」なのだ。この絶妙な抽象性は、だからこそ普遍性にもつながる。冬になれば日本中でオリオン座が見えるように、仙台は読者の中で〝それぞれの仙台〟として実在する。だから、皆が楽しめて、〝それぞれの穴〟にはまる。全員を同じひとつの〝仙台という穴〟にはめようとはしていないのだ。

## 穴の奥から見えたもの

ようやく穴の果てに辿《たど》り着いた物語の終盤で、ある人物が、「誰が正しくて、誰が悪いのか、訳が分からなくなってくるよな」と語る。

これは、人間が社会というものを作ってから今に至るまで、常に問いかけられている問題でもある。人というのは、善にも悪にもなる存在だ。たまたま落ちた穴が、その時代に用いられる基準によって、善と悪に区別される。昨日の善は今日の悪かもしれない。

これは、正義と悪の本質への問いであるだけでなく、何が正しくて、何がミスリードなのかという本作の語り＝騙《かた》りの種明かしでもある。ストーリーテリングと物語の二重の次元で、悪と正義について、問いかけているのだ。

これによって、本作は「今」のシステムへの問いではなく、人類レベル、宇宙レベルの話に広がっていく。

見上げれば今も、夜空にはオリオン座が見える。しかし、本作を読み終える前と後では、その意味が違っていることに、読者は気づくだろう。

ベテルギウスから届く光は、六四〇年前のものなのだ。ユゴーが『レ・ミゼラブル』を、伊坂幸太郎が『ホワイトラビット』を書くよりも前に、その光は生まれていた。

今見ているもの、自分が見ているものだけが正解ではない。予言だと思っていたもの、未来の先取りだと思っていたもの、これらはみな、既に起きたことの語り直しであり、錯覚なのかもしれない。小説は、時間を超越するトリックとマジックによって、そのことを教えてくれる。それは、かつての神話が果たしていた役割と同じだ。

『ホワイトラビット』という穴は、星《ブラックホール》である。はまったら抜け出せない。しかし、そこはワームホールで繋《つな》がっている。そこから読者は別の星に辿り着く。さらに次の星へ。やがてあなたは、伊坂幸太郎ワールドという、大きな星座にはまっていることに気が付くだろう。

## 追記

このゲラをチェックしている二〇二〇年二月末、ベテルギウスは輝きを取り戻し、爆発の恐れは薄れたという速報が流れた。原因は明らかではないが、ベテルギウスに先例のない乱れが生じたのではないか、と天文学者は考えているようだ。しかしこれもまた、過去に起きた出来事で、あなたはそれをまだ知らされていなかっただけなのだ。三年前に書き下ろしのハードカバーで出現した『ホワイトラビット』が、今、文庫化されて再登場する。星の光は消えずに輝く。伊坂ワールドにはまったあなたは、この現象すら、伊坂幸太郎という星《ホール》に繋がる語りと重ね合わせてしまうはずだ。

（令和二年二月、ゲームクリエイター）

この作品は平成二十九年九月新潮社より刊行された。

伊坂幸太郎著

## オーデュボンの祈り

卓越したイメージ喚起力、洒脱な会話、気の利いた警句、抑えようのない才気がほとばしる！　伝説のデビュー作、待望の文庫化！

伊坂幸太郎著

## ラッシュライフ

未来を決めるのは、神の恩寵か、偶然の連鎖か。リンクして並走する4つの人生にバラバラ死体が乱入。巧緻な騙し絵のごとき物語。

伊坂幸太郎著

## 重力ピエロ

ルールは越えられるか、世界は変えられるか。未知の感動をたたえて、発表時より読書界を圧倒した記念碑的名作、待望の文庫化！

伊坂幸太郎著

## フィッシュストーリー

売れないロックバンドの叫びが、時空を超えて奇蹟を呼ぶ。緻密な仕掛け、爽快なエンディング。伊坂マジック冴え渡る中篇4連打。

伊坂幸太郎著

## 砂漠

未熟さに悩み、過剰さを持て余し、それでも何かを求め、手探りで進もうとする青春時代。二度とない季節の光と闇を描く長編小説。

伊坂幸太郎著

## ゴールデンスランバー

山本周五郎賞受賞
本屋大賞受賞

俺は犯人じゃない！　首相暗殺の濡れ衣をきせられ、巨大な陰謀に包囲された男。必死の逃走。スリル炸裂超弩級エンタテインメント。

宮部みゆき著

魔術はささやく

日本推理サスペンス大賞受賞

それぞれ無関係に見えた三つの死。さらに魔の手は四人めに伸びていた。しかし知らず知らず事件の真相に迫っていく少年がいた。

宮部みゆき著

龍は眠る

日本推理作家協会賞受賞

雑誌記者の高坂は嵐の晩に、超常能力者と名乗る少年、慎司と出会った。それが全ての始まりだったのだ。やがて高坂の周囲に……。

宮部みゆき著

淋しい狩人

東京下町にある古書店、田辺書店を舞台に繰り広げられる様々な事件。店主のイワさんと孫の稔が謎を解いていく。連作短編集。

宮部みゆき著

火車

山本周五郎賞受賞

休職中の刑事、本間は遠縁の男性に頼まれ、失踪した婚約者の行方を捜すことに。だが女性の意外な正体が次第に明らかとなり……。

宮部みゆき著

英雄の書（上・下）

中学生の兄が同級生を刺して失踪。妹の友理子は、〝英雄〟に取り憑かれ罪を犯した兄を救うため、勇気を奮って大冒険の旅へと出た。

宮部みゆき著

悲嘆の門（上・中・下）

サイバー・パトロール会社「クマー」で働く三島孝太郎は、切断魔による猟奇殺人の調査を始めるが……。物語の根源を問う傑作長編。

# ホワイトラビット

新潮文庫　い－69－12

令和二年七月一日発行

著者　伊《い》坂《さか》幸《こう》太《た》郎《ろう》

発行者　佐藤隆信

発行所　株式会社　新潮社

郵便番号　一六二―八七一一
東京都新宿区矢来町七一
電話　編集部(〇三)三二六六―五四四〇
　　　読者係(〇三)三二六六―五一一一
https://www.shinchosha.co.jp

価格はカバーに表示してあります。

乱丁・落丁本は、ご面倒ですが小社読者係宛ご送付ください。送料小社負担にてお取替えいたします。

印刷・錦明印刷株式会社　製本・錦明印刷株式会社


ISBN978-4-10-125032-8 C0193